众神的微笑

芙圣力 / 著

中国言实出版社

图书在版编目(CIP)数据

　　众神的微笑 / 关圣力著 . —北京：中国言实出版
社，2015.5
　　ISBN 978-7-5171-1316-4

　　Ⅰ.①众… Ⅱ.①关… Ⅲ.①中篇小说—小说集—中
国—当代②短篇小说—小说集—中国—当代
Ⅳ.① I247.7

　　中国版本图书馆 CIP 数据核字（2015）第 087767 号

责任编辑：周汉飞

出版发行　　中国言实出版社
　　　　地　　址：北京市朝阳区北苑路 180 号加利大厦 5 号楼 105 室
　　　　邮　编：100101
　　　　编辑部：北京市西城区百万庄大街甲 16 号五层
　　　　邮　编：100037
　　　　电　话：64924853（总编室）64924716（发行部）
　　　　网　址：www.zgyscbs.cn
　　　　E-mail：zgyscbs@263.net

经　销　新华书店
印　刷　北京温林源印刷有限公司
版　次　2015 年10月第 1 版　　2015 年10月第 1 次印刷
规　格　710 毫米 ×1000 毫米　1/16　15.5 印张
字　数　192 千字
定　价　38.00 元　　ISBN 978-7-5171-1316-4

目 录

漂浮在河心的灯光

一

　　吕秋日掉沉井里了。那会儿，我刚刚把胳膊放到了周晓苏的肩膀上。但周晓苏不让我放，她固执地扭动身体，还抬起胳膊抵挡我。但我是下定决心要这样做，一定要把胳膊放她肩膀上。我说你别挣扎，那没用，你那么瘦弱的身体，怎么抵挡得了我？我就把胳膊在你肩膀上放一放，又不干别事。你看咱们俩挨这么近坐着，我的胳膊是不是没地方放啊？我这么说着的时候，周晓苏的身体已经不再扭动，她稍稍向前倾了倾身体，尽量不接触我。她用胳膊抱着双腿，下巴抵在膝盖上假装不理我。我把胳膊放到周晓苏肩膀上了，但这样放上去很别扭，我故意加把劲，想把她的身体扳直，但她不动，固执地向前倾着身体。

山区的夜，一望无际地黑暗。几颗小星星点缀在遥远的半空里，只能看见一点微不足道的亮在闪烁。月亮瘦得可怜，只剩下席篾儿似的一个小弯挂在遥远的天边。偶尔可以看到不远处的大山上，有两三个淡淡的绿色或橘红色荧光小圆点，在深深的黑色里缓慢地飘动跳荡。

我们掏完了沉井，吕秋日说你和小周找地方坐会儿，顺便盯着机器。我去下几个拦网，要是粘着鱼，明天早晨下了班，咱们开荤。吕秋日是长辛店人，他会逮鱼，从小跟父亲学逮鱼。什么钓杆儿，甩杆儿，撒网，粘网，他鼓捣得都像模像样，也确实能逮到鱼。他把从家里带来的渔网渔杆儿什么的给我们看，说都是他老爹曾经用过的，还说家里有许多渔网和渔杆儿。只要说起钓鱼的事，他总是充满自豪。

吕秋日带来的这许多渔具，让我们这些来自城市的学生开了眼。但也仅仅是开开眼而已，我们不会撒网不会甩渔杆儿，更逮不到鱼。吕秋日会逮鱼，他出尽了风头。除了会逮鱼，他还有个绰号叫"驴球日的"，但几乎没人敢当面叫他这个绰号，连吕字的发音都不敢马虎，要是他感觉那"吕"字的发音像"驴"字的发音了，他会立刻跟你急。至于为什么叫他"驴球日的"，是因为谐音还是另有其它原因，谁都不知道。后来大家为了避嫌，再叫他的时候，一律都叫他秋日。

永定河慢悠悠地往前流淌，河水很大也很清亮。坐在河边，顺着河床看去，那河水竟泛着闪闪白光，一鼓一鼓地涌动着翻滚着向前。众床里笑闹着风，听不见水流动发出的哗啦哗啦的声音。我和周晓苏坐在便桥边上，秋的凉风，像瓢泼出去的水，很潇洒地轻轻拂过大地，拂过我们裸露着的胳膊、大腿、脖子什么的，凉得很舒适。

周晓苏坐在我右边，俩手抱着双腿，头微微低着，下巴搁在膝盖上，大眼睛睁得圆圆地盯着远处，愣愣地一动都不动。秋风吹凉了我的胳膊，只有放在她肩膀上的胳膊感觉到微微地热。就这么的一点点的温热，足已使我感到了女性对我特有的引力，让我沉浸在胡

周晓苏不动，坐得很沉稳。我看到周晓苏的脸被
夜黑衬托得分外白皙，很好看。秋风轻轻掀动她额头
边垂着的一绺儿长发，那一绺儿毛发在秋风的吹拂里
很轻很轻地飘动，那一种清香便更浓了。

思乱想里。

我几乎没这样感触过女性，上学时，虽也有过与女同学手碰手的
时候，但都是在不经意间碰到的，什么感觉也没有。现在真实地挨着
一个女人，虽说还隔着衣服，但毕竟是把胳膊放到她的肩膀上了。我
感觉自己的心跳加快了，有股子劲儿在脑袋里一拱一拱地闹腾。我琢
磨着这时应该做出点什么举动，周晓苏不是曾经说过喜欢你嘛，呆坐
着怎么成。但我不知道该从那里下手，男人和女人之间的亲密接触，
究竟怎么开始呢？就这么坐着，挨着周晓苏，好像一本正经似的，可
我心里却每分钟每秒钟都在想周晓苏说过的话：你这个人挺好的，也
有才。你要不是比我小 5 岁，真想和你谈朋友呢。这么想的时候，我
的大脑皮层一阵一阵痒痒地麻木着，感觉陷入到男女情爱的强力想像
中，晕旋着，失去了自我意识一样。

我闻到了秋风里弥漫着的一种清香味儿。我知道这香味儿来自周
晓苏，但我不知道是什么香味儿。仔细闻闻，香味儿很像雪花膏的香
味儿，但绝对不是雪花膏的香味儿。雪花膏散发出的香味儿浓厚尖锐，
而我闻到的香味儿却清淡柔和，沁人肺腑，足以让人沉醉。我感到奇
怪，她的身体怎么会散发出香味儿呢？我从未闻到过的香味儿，一阵
阵飘过来，诱惑着我，使我陶醉。我悄悄歪了头，斜了眼睛看着周晓
苏，鼻子也仔细闻着，寻找香味儿的发生处。

周晓苏不动，坐得很沉稳。我看到周晓苏的脸被夜黑衬托得分外
白皙，很好看。秋风轻轻掀动她额头边垂着的一绺儿长发，那一绺儿
毛发在秋风的吹拂里很轻很轻地飘动，那一种清香便更浓了。说心里
话，周晓苏的话一直使我激动，我曾经很多次想跟她说你也挺好的，
比我大点不算什么呢，我不在乎。可每次都是想想而已，从来说不出
口。此时此刻，我的身体变得不安分起来，非常闹心。我清楚地记得
到，她说这话的时候，还对我微微笑了笑。笑完了，她的身体突然间

日扶到工棚里，让他坐在一条用很长的木模板支搭的长凳上。

周晓苏问他："你怎么会掉进去？"我也说："是啊，你怎么会掉进沉井里去呢？你不是在围沿和石笼上捣鼓你那几个渔网和渔钩吗？要是掉，你也应该掉河里呀。"

吕秋日低着头，挥了挥满是泥浆的胳膊说："你们别问了行吗？"停了半天他才接着说："他妈的！吓死我了。你们把门关上行吗？我冷！冷！"

周晓苏过去把门关上，阻断了工棚与外界的连通，凉凉的秋风进不来，感觉屋子里暖和多了。但是这时候，吕秋日已经冷得支持不住了，他的身体已经抖起来，连他的头都在抖动，甚至可以听见他的牙齿打颤的声音。

周晓苏拿出自己的手绢，想给吕秋日擦擦脸上的泥浆，嘴里还说着："自己也不注意点，多危险呀！你要是淹死了，我和郑白都说不清楚。"

可吕秋日不让周晓苏擦，他往后闪着身体，抬起手来拦着周晓苏。然后他问周晓苏："你说，你刚才在哪儿？这会儿给我擦什么擦？假装好心！我不用你管。"

我和周晓苏都感觉吕秋日这么说话有点不近人情，人家帮你擦擦不是为你好么。周晓苏说："我和郑白一直在一起，在岸边放油桶的地方坐着来的。我帮你擦擦脸上的泥水，怎么叫假装好心呀！？"

吕秋日不信我们一直在一起，就问我："真的？"我说真的，我们俩想坐那儿歇会，然后准备给机器加油。吕秋日看看我，看看周晓苏，满脸困惑的表情，他张了张嘴，却没再说什么。我看到吕秋日的嘴唇已经冻得发紫，就对周晓苏说，你背过身去，我把衣服脱给他换上，要不他一会就得冻坏喽。

秋天的夜里，山区里很凉，我们上夜班时一般都要多穿件衣服。

那天我穿了两件衣服，一件是工作服，另一件是穿在里边的薄绒衣。本来我是想把里面的绒衣脱给吕秋日，可看到他被冻得浑身哆嗦，就把两件衣服都脱下来，还脱下了穿在外面的裤子。我身上只剩下一条棉织的衬裤，再也不能脱了。即使这样，瘦瘦的衬裤仍然显露出我男性的突起，方便处的小开口，也被撑得咧开着，很难看。我感觉周晓苏已经向我的腿间偷偷看了几次，刚才让她转过身去，真是多余。

吕秋日换上了我的衣服，又让周晓苏帮他擦了脸，感觉好多了，但他还说冷！他两手抱着肩膀，不停地在原地跺脚，嘴里还吸吸吸地出粗气。我已经没有衣服可以再脱给他了，虽然我的身体很壮实，但光着上身，我也已经感觉到了凉。我知道，要是这么呆下去，过不了多久，我也会坚持不住的。为了使自己保持一点热度，也为了遮掩我腿间突出的尴尬，我便拉着吕秋日，在工棚里蹦蹦跳跳地活动。我把身体的前面，尽可能地躲避着周晓苏，总是用后背对着她，嘴里却鼓励吕秋日："活动一会儿就好，一会儿就好！"

周晓苏说："真笨！咱们点堆火烤烤吧！你们先活动着，我去工地里去找点破苇箔、碎木头什么的，给你们烧把火吧，可别把吕秋日和你冻坏了。"我说："好吧，你多弄点来，快去！我这里有火柴。"

就在周晓苏要转身的时候，吕秋日说："别！小周先别出去。你等等，我再问你一句：我掉沉井里的时候，你在哪儿？"

我挺生气地说："吕秋日你有病了吧，不是跟你说了几次了嘛，我们俩一直在油桶那边坐着来的吗。你怎么不信？你掉沉井里，干吗老问小周在哪里呀。你是不是掉沉井里吓糊涂了？真是他妈的吕秋日犟脾气。我再说一遍，我们俩一直在一起。周晓苏也说我们本来就一直在一起。"

听我的话有点急，吕秋日不好意思了，他说："你跟小周别瞎想，别误会我。我不是那意思，我虽然害怕，但还没被吓糊涂。可有句下，我怎么会瞎说呢。那手很温柔，绝对不是吕秋日的手。"周晓苏说："没有的事，你不准造谣啊。"看着周晓苏一本正经的样子，我也弄不清楚她到底摸没摸我的胸脯了。我就想，爱承认不承认，反正你摸了我的胸脯，我的感觉是真实的。"哎，真的，你到底摸了我没摸呀？"我还是忍不住问她。

周晓苏有点急，她说："你们怎么了？吕秋日老问我在哪儿，你又老问我摸没摸你？你们是不是中了邪呀！"说完了，她就快走几步，再也不理我了。我走在后面，仔细地琢磨，这事有点奇怪，我自己的感觉怎么会出错呢，肯定是周晓苏故意捉弄人。

大家喊完了口号，指导员就严肃地宣布："下面揭发开始！郑白，你是班长，你说说当时的情况，揭发检举吕秋日是怎么散布封建迷信的！"

我从坐着的床板上站起来，我说："我说说过程吧！"

我先带着大家喊了几句口号，然后说："13 号夜里，我和周晓苏，还有吕秋日一起上夜班。我们班张卫东的爷爷死了，他回老家奔丧去了。所以那天夜里的班，只有我们三个人。开始一切都正常，后来吕秋日就掉沉井里了。当时我们刚掏完沉井里的渣滓，出了点汗。吕秋日盯着机器，我和周晓苏准备给 WUKAS 加油。加油前，我们先在放柴油的地方坐了一会儿。大约有 30 多分钟的样子吧，突然就听到吕秋日的喊叫声，我们俩个就赶紧跑过去，一看他在沉井里挣扎呢，就赶快把他从沉井里拽上来了。

吕秋日浑身都被泥浆浸透了，被冻得不行。我怕把他冻坏，就脱了衣服给他。由于我把两件上衣和一条裤子都脱给他了，我只能光着上身。后来我被冻得也受不了，我们就到工地上找了些碎木头，在工棚里点了火。后半个班，我们没开机打井，确实停了大半个班。

但是我没听到吕秋日宣传封建迷信，他掉沉井里没淹死，可是后来把他冻得够呛，他一直哆嗦来着，他确实说过'见鬼了'，可我没以为他是散布迷信。大家遇到烦心事时，不是都这么'见鬼了、见鬼了'的说吗。所以说他宣传封建迷信的事，我不知道。耽误了生产，是因为吕秋日他不小心，掉进了沉井里。我们一停机，影响了工程进度，也就影响了抓革命，促生产！影响了抓革命促生产，也就影响了军工厂的建设！影响了军工厂的建设，也就影响了保卫我们伟大的祖国。这个问题是非常严重的！"说完了，我便向上举了举胳膊，很夸张地喊了两句口号。

所有参加批判会的人，都随着我很愤怒地高声呼喊口号。

吕秋日在会场中间的空旷地儿撅着身体，低着头，两只胳膊向后直直地伸展着。我们喊口号的时候，他的身体动了动，脑袋也向上抬了抬，但他没敢直起身体，更没敢抬起头，仍然规规矩矩地撅在那里。站在吕秋日左边的周顺，看到吕秋日动了，马上就伸出手按在他的头上，很严厉地吼了声："老实点！不许乱动！"

我坐下的时候，看到了吕秋日的腿在微微颤抖。

周晓苏的发言和我说的没有太大的区别，她说完刚坐下，指导员立刻站起来说："你们俩人的发言，是揭发检举吗？我看明明是在为吕秋日开脱责任。别以为你们做的坏事没人知道，让你们揭发检举吕秋日，是给你们一个机会。

既然你们不愿意和吕秋日划清界线，那就让事实来说话。王得福！你把你那天夜里看到的一切都说出来吧！"

王得福中等偏矮的身材，不胖，他从工棚的另一端站起来，脸上洋溢着掩饰不住的得宠之态，他一边说着："我揭发，我揭发！"一边迈着小碎步快步走到会场中间。站定后，他先问指导员："我站这里说行吗？"指导员说："你说吧，就站在那儿。"

　　王得福微微哈了腰，抬起一只脚，把还没抽透的烟袋，使劲地往鞋底子上磕了磕，然后把烟袋装进工作服兜里。喊过了口号后，王得福恶狠狠地喊着说："我揭发郑白在工作时间搞流氓活动！"

　　他发言的第一句话，就使会场里的所有人都感觉惊讶，都兴奋起来。

　　王得福没细说吕秋日掉沉井里的事，只是轻描淡写说他散布封建迷信，破坏了军工建设。可接着他所说的事情，一下子就把所有人的情绪调动起来，散乱坐着的人，立刻直起了身子，坐得远一点的人，使劲侧耳细听。会场先是安静得无人之境一样，接着就开了锅似地闹腾。

　　王得福说："我揭发郑白！吕秋日掉沉井里的时候，郑白和周晓苏没在施工现场，他们也根本没去准备给机器加油，而是郑白调戏妇女，搞流氓活动来着！

　　那天晚上，因为我的烟袋忘在工地了。大家都知道，我手笨，不会卷烟卷儿，不会把很多碎烟叶子卷进一张小纸条里，卷得像烟卷一样地叼在嘴上抽。所以我一直抽烟袋，离开烟袋我就抽不了烟。可是不抽两口，我熬不住，我的烟瘾大呀。那天晚上，'晚汇报'完了以后，我就去工地找烟袋。到了便桥附近我一看，机器停着，围沿上就吕秋日一个人在一边捣鼓他的破渔网。看不见郑白和周晓苏，我就站在黑暗处呆了一会儿，又悄悄地沿着工地转了转了，于是，我亲眼看到了郑白与周晓苏搂抱在一起。"

　　这时候，整个会场悄无声息，所有的眼睛都盯着周晓苏和我。每一个人都知道，夜里山区的河滩上是多么的黑，而人们观念里的流氓事件，又都是发生在这样的黑暗中。再说秋天又不是冰天雪地的季节，黑的河滩里到处都是浪漫的去处。而王得福说他亲眼看到了我抱着周晓苏，这就不能不使大家充满了兴趣。周晓苏的脸红红的，头深深地我莫名其妙，不知道事情为什么会发生这样的变化，就很不服气地想把头抬起来。我根本没干什么坏事，凭什么要批判我？

低着，过一会儿就抬起头来，很愤怒地瞪王得福。

王得福说："在工地上，机器在那里停着，根本没开机！只有吕秋日一个人坐在围沿上，也没见他掉沉井里。我到处看，哪里都没有郑白和周晓苏。我就纳闷儿，怎么不开机工作呢，他们躲哪里去了呢？后来我想，开不开机又不是我的事，有指导员和队长管呢，我还是去找我的烟袋吧。我就到工棚那里去了。我接近工棚处的时候，先听见声音了，什么声音我就不说了，等我隔着窗户往工棚里一看，我看见了郑白正在耍流氓。我亲眼看见的，郑白把周晓苏按在工棚的角落里，拽着周晓苏的手，使劲撕扯人家的衣服。周晓苏大概不愿意，可郑白硬是拽着周晓苏，两个人跌跌撞撞地在角落里扭打了半天，最后，周晓苏不动了，郑白就抱着人家亲嘴儿，他的手还……还……，哎，没法说出口呀。然后，郑白就把人家挤到里边黑暗地儿里去了！"

说完了，王得福重新掏出烟袋，很得意地在一个铁烟盒里捏出一小撮碎烟叶儿，往他的烟袋里装。有的人愤怒了，就小声地骂人，"他妈的，看这小子平时挺规矩挺沉稳的，原来不是个好东西！"有的人兴奋起来，说："俩人准是干了那事！老王，他们干没干呀……！你接着说！"所有的人都在议论。我看到指导员把手举起来，又很有力地向下一挥，坐在我身边的两个人，突然站起来，先用飞快的速度，把红袖箍套在自己的胳臂上，然后狠狠地抓住我的胳臂把我拉起来，两只手凶狠地按在我的头上，把我按到了吕秋日身边。

我莫名其妙，不知道事情为什么会发生这样的变化，就很不服气地想把头抬起来。我根本没干什么坏事，凭什么要批判我？我不想像吕秋日一样撅着身体，供大家批判，就用力挣扎。再说了，王得福说的也不是事实，完全是胡说八道，我根本就没和周晓苏怎么样，我们什么都没干！从接班开始，一直呆在工地上，根本就没回工棚里去过。在工棚里烤火，是吕秋日掉沉井里以后的事。假如我和周晓苏要干什么事，吕秋日也不会安心侍弄他那几个渔网和渔线。可是我无法实现站直身体的愿望，只好低着头大声喊着说："你胡说！你诬陷好人！王得福你血口喷人！"

但是，我说什么也无济于事了。抓着我的两个人，都身强力壮，都是我们施工队里出了名的大力士。他们坐在我身边，肯定是事前安排好的。这两个人是干粗活的壮工，体力特棒，18磅的大锤，一抡就是五、六十下。从他们按着我脑袋，掐着我脖子的力道感觉，我知道这俩家伙是发了狠劲儿的。

把我按住以后，指导员站起来，往前走了几步，站在我们对面。吕秋日和我低着头，我偷偷看了看他，他也正歪了脑袋看我，我小声说"操！"他没说什么。我看到他的脸烧得很红，眼睛眯眯着。

指导员说："根据王得福同志的揭发的事实，停工事件就真相大白了！郑白在工地、在工作时间不坚守工作岗位，而是躲进工棚里调戏妇女，是不折不扣的流氓坏分子；吕秋日违反工作纪律，不按照安全生产规则工作，不仅掉进沉井里影响了工程进度，而且散布封建迷信的谣言，说什么见了鬼了？祖国的大好河山，哪有鬼？！他们的破坏才是鬼！以封建迷信破坏生产，是犯罪！给我们祖国的军工建设造成了巨大的损失！吕秋日和郑白的罪行是可忍，孰不可忍的！

我们全体工人同志们，要认清形式，要团结起来，要艰苦奋斗，不要被这两个坏分子的胡说八道所迷惑。从今天开始，我们要对这两个家伙实行群众管制，监督他们，改造他们！

现在，我正式宣布：对郑白和吕秋日实行群众专政！撤消郑白的乙班班长职务！两个人到采石班接受改造！郑白和吕秋日必须写出深刻的检查！王得福同志的揭发，是革命行动，从现在起，王得福同志正式调到乙班担任班长的职务。周晓苏同志要认真对待这次停工事件，不要沮丧，要勇敢地站出来，揭发流氓分子郑白调戏妇女的真相，揭发他的流氓丑恶嘴脸，一定要与流氓坏分子郑白划清界线！

下面，由周晓苏揭发检举郑白调戏妇女的流氓行为！周晓苏你说说他调戏你的过程！"

指导员的话音刚落，周晓苏就站起来，她擦了擦眼泪，愤怒地说："郑白没耍流氓，王得福他造谣！我们一直在工地上，接了班就开机了，出事之前，没停过机。吕秋日掉沉井里之前，我们根本就没在工棚里呆过。"

会场上又乱了，工人们哄哄地小声议论着。有的人说，"到底谁说的是真的呀？"也有人大声喊着说："让郑白坦白他怎么调戏周晓苏了！都摸周晓苏什么地方了！怎么脱得衣服！"还有人附和着说："对！对！让他坦白交代！让王得福接着揭发……揭发细节……揭发细节呀！"

指导员大喊一声："散会！散会！！散会后，周晓苏同志到我办公室去。"

这时候，周晓苏哭得更伤心了。她双手捂着脸，头深深地低着跑出会场。

三

周晓苏、吕秋日和我，谁也没想到事情会突然变成这样。按照我们工作的规律，打桥桩孔的时候，只要有一个人盯在机器旁，根据大锤下落的进度，适时地放一放钢丝绳，让大锤实实在在地砸到桥桩孔的底部，不打空锤就可以了。用 WUKAS 打孔，不同于钻孔，是靠大铁锤一下一下地砸下去，把孔底的岩石砸碎，靠粘稠的泥浆把被砸碎的岩石渣滓裹起来，每隔半小时到 1 个小时的时间，再把渣滓掏出去倒掉，往沉井里添加一些黏土和水就可以了。这样大锤才能不断地向桥孔深处进展。而打空锤是非常危险的，重达 2500 公斤的大锤头，挂在钢丝绳上不停地砸下去的时候，若是砸不到底，可能会把钢丝绳拽断，也可能会把倾斜竖立着的 WUKAS 的工作臂坠弯，甚至将机器拽倒，造成机器损坏事故。

吕秋日掉沉井里那天，我们并没有违反工作程序。那天我们班儿的张卫东请假回家，剩下周晓苏、我还有吕秋日三个人，工作起来根本不影响任何程序，只是在掏碎石渣滓的时候，人手显得紧张，其它的完全正常。

假如吕秋日不掉沉井里，我和周晓苏坐在岸边看河，看夜色，我体味挨着周晓苏胳膊的感觉，根本不算个事。吕秋日不是一直盯在机器旁吗。往常他侍弄渔钩、渔网、渔线的时候，不是我和张卫东交换着盯机器吗。

在 WUKAS 上工作的 3 个班儿，哪个班儿的都是这样。可偏偏吕秋日掉沉井里了，他要不说看见鬼了，也可能没事。假如那天张卫东没请假，我们也不会停机。张卫东要是在，我们会每人脱下一件衣服给吕秋日就可以了，我们这样的小伙子，穿着一件衣服应付一夜是不会有太大问题的。或者张卫东和我其中的一个人跑回宿舍去取衣服，也是不必停机的。可是张卫东请假了，这一切的假如都没有了。

事情变化的起因，发生在吕秋日掉沉井里的第二天。6 号沉井被流沙淹了，大锤被埋在沉井里。事情发生的时候，我正在睡觉。指导员和队长到宿舍里找到我问，"你们昨天停机了？"我说："是啊。刚开始开机了，开了少半个班，后来吕秋日掉沉井了，我们就停机了，停了大约 5 个多小时吧。""井淹了！"队长说。他很气愤。"到底是怎么回事？吕秋日掉沉井里了，不是还有你和周晓苏呢吗？为什么停机？"指导员急了。我说："停机是因为冷，我把衣服都脱给吕秋日了，他的衣服湿了，河套里太凉，他冻得直哆嗦。"指导员又问我吕秋日怎么掉沉井了的，我说他掉进去的时候，我没看见，您还是问他自己去吧。坏就坏在吕秋日对指导员说，他掉沉井里是因为看见了鬼！而又不肯说他到底看见了什么。

一切好像都很神秘，一切都被吕秋日那句"看见鬼了"弄坏了。

批判会开完后的下午，我和吕秋日就被迫到采石工地去干活了。吕秋日因为高烧不退，病得很重。但是施工队不允许他病休，只是让队里的赤脚医生给他开了退烧药，打了针。指导员还规定，必须按时出工。他很严肃地对吕秋日说："什么叫群众专政？'专政'就是带有强制性，你病了，你发烧就想不出工？那还叫什么'群众专政'？你们必须接受监督，好好改造自己的世界观，争取早日回到人民群众的怀抱！"

吕秋日因为发烧，没了往日的模样，眼睛浮肿得眯成了缝儿，头发乱草一样蓬蓬着，双手软绵绵的没有一点劲，打锤扶钎干什么都不行。他支撑着自己，用手扶钎子的时候，我就轻轻地打锤。即使这样，他也常常是干着干着，就一只手抓着钢钎，突然半靠在山坡上，迷迷糊糊死过去了一样。这时，我就很害怕，无论我的大锤抡到什么位置，也只好迅速停下。有时候我的大锤已经砸下来了，而他扶着钢钎一歪，倒在山坡上了。我的身体不得不随着大锤下落时的惯力，把大锤砸向一边的土地上。这时，我只能挂着大锤把儿，看着吕秋日，站在一边等他喘口气。说实话，吕秋日真可怜，我摸他的额头，烧得烫手。有时候，他靠在山坡上的时间长了点，我就害怕，我真害怕吕秋日靠在山坡上就睡过去了。我挺心疼他的，可我没有办法，只能蹲在他的身边跟他说话。那天出来得急点，我没带烟，就问吕秋日要。

吕秋日半躺在山坡上，摸摸索索地掏出铁烟盒和纸，说，"咱们歇会吧。都他妈的干了这个了，还能把咱们怎么着呀？不至于送公安局吧？他妈的，这不是没影的事吗！我跟你说，我感到很冷！"

　　我一边卷烟一边说,"你冷是因为在发烧,要不我脱件衣服给你?"吕秋日听我说脱衣服给他,没说什么,只是眼巴巴地看着我。我把外衣脱下来,盖在他身上说,"他妈的,王得福那孙子真坏,你说他怎么就想得出来呢。怎么能把根本没有的事,编造得跟真的似的呀?吕秋日说那孙子无事生非,心坏了。他的话说得软绵绵,蚊子飞一样嗡嗡。"

　　我把一支卷好的烟递给吕秋日,又帮他点着了火,再卷另一支。我说,他不是早就想上 WUKAS 嘛,你这一掉沉井里,再加上遇到了流沙淹了井,给了兔崽子造谣生事的机会。对了,有件事我得问问你。那天夜里,你老说见了鬼了,还老问周晓苏在哪儿,你到底看见什么了呢?今天就咱们俩,说说我听。

　　吕秋日说,"我没看见鬼,要是看见了鬼,当时就得吓死。我是说这事本身见了鬼了。你说,你不是一直跟周晓苏在一块儿来着吗。可我偏偏看见了周晓苏!你们俩问我怎么掉沉井里的,当时我说什么呢?我要是说周晓苏叫我,我往她身边走的时候,突然就掉沉井里了,你们信吗?准不信,可当时真实情况就是周晓苏她叫我,还冲我摆手,让我快点过去。那会儿,我正在鼓捣我那几个小拦网,刚挂在一边的石笼上,另一边还没下好,就听见她叫我。我一看小周站在便桥边上,机器在一边运转也正常,我就喊着问她什么事?她说你快点过来呀。说着话,她还把上衣扣子解开了。她脱了外衣,脱光了上身呀。哥们儿,我从来没见过女人的身体,我跟你说,她上身非常白,前胸鼓鼓的,一下子就把我迷住了。咱不是没见过吗,我心里还问我自己呢,小周这是怎么了?可事实不容你不信,她就那么站在不远的地方,还不断地冲我挥手。这么着,我向她走过去!我往前没走多远,也就十几步的样子吧,一下子就掉进沉井里去了。你说怪不怪?可我当时没看见前边有沉井呀,小周站的地方离沉井很远,机器也轰隆轰隆干着呢。我跟你说，掉下沉井里去的时候，要不是我从小跟我爸爸一起去摸鱼，练得手快，一下子抓住了沉井的模板，准他妈的淹死。你说，这是不是见了鬼了？"

听了吕秋日的话，我半天没出声，感觉脊背直冒凉气。我楞楞地看着他，好半天才问他："真的？"吕秋日说："真的，开始我不愿意说出来，也没法说。你说，我要是说我看见小周赤身裸体了，谁信，你还不说我流氓啊。人家小周也不干呀。现在呢，不一样了，咱们都这样了，都成了阶级敌人了。王得福那孙子不是已经说你和小周干流氓事了吗，再在我这个散布封建迷信的坏分子名称上加个流氓的称号，我也不在乎什么了。"

我说，"不是你编的故事吧。"吕秋日说："没编，我要是骗你让我再掉沉井里一回。"

我说："吕秋日，这事真的有点怪。你说的要是真的，就证明这地方确实有鬼，把咱们当流氓坏分子对待这不公平。可这事说不清楚，当时你要不跟指导员说你见了鬼，也许不会有后面的事情发生，咱们也不会来开石头当苦力。可是这一切，都与王得福那孙子没关系呀，他凭什么胡说八道，凭什么毁了我和周晓苏的名誉。这事不能算完。"

吕秋日闭着眼睛说，"跟指导员说我见了鬼，也不是我的本意，我那天不是烧糊涂了嘛。对了，你说得对，这事不能就这么算完，咱们得干他妈的！王得福那孙子，说了张三说李四，小子的嘴太缺德，不就是想开机器嘛。说你也就说了，可人家小周还是姑娘呢，叫人家以后怎么做人？哥们儿，等我病好了以后，我跟你一起干王得福那小子！打他一顿不解气，咱们得想个好办法，把孙子扔山涧里去，还得弄得像是他自己失足掉下去的。怎么样？"

听吕秋日这么说，我心里很高兴，他和我想的一样。但我没接着他的话说。我没想跟他或者跟别人一起干王得福，我想自己做了他。

再说了，皮亮说他也会开机器。过几天张卫东不是也就回来了嘛，没问题！"

王得福摇晃着自己的秃脑袋，一只手在脑袋上习惯性地胡噜了几下，另一只手冲队长晃了晃他抓着一大团棉丝，说："我早就准备好了。"然后他便围着 WUKAS 转圈，看看这里，摸摸那里，弄出很懂行的样子。又东一下西一下地用棉丝擦擦 WUKAS 的外壳，抹抹大铁锤和打捞桶，还用手抓着粗壮的钢丝绳使劲地摇晃了摇晃。干这干那地假忙活了半天，也不见他去启动机器。

夜的河套，被探照灯照射得通亮。被笼罩在亮光里的几个人，身影显得高大，却恍惚不定。

队长站在一边看着王得福，心里总感觉不怎么塌实，可王得福嘴硬，把话说满了，自己也不好再说什么。周晓苏确实是从一分到队里就开机器，对柴油机很熟悉，有她在，应该不会出问题的。队长不言声儿地站在那里，场面上显得有些尴尬。王得福很聪明，他不慌不忙地掏出特意买来的八达岭牌烟卷，抽出一支。他先把整盒烟重新装进衣服兜，才把那根烟递给队长说："队长您抽烟，我让周晓苏马上启动WUKAS，我们这就开工。"王得福说启动 WUKAS，而不是说启动机器，显得很专业。队长听了，面无表情，把王得福给他的烟卷夹在耳朵上，冲王得福摆摆手说："抓紧时间工作，赶紧开机吧。"说完，队长就走了，沿着便桥，走进了黑的夜色中。

等队长走远了，王得福转过身对站在围沿上的周晓苏说："小周，开机工作！"他一连说了三次，周晓苏也没理他。

再叫小周时，周晓苏冲他说："每天开机都是班长亲自动手，这是交接班的程序，得检验机器有没有毛病。我开机？WUKAS 出了事谁负责？"说完，就转过身坐在围沿上的一个草包上，看着远山的黑暗和近处河水泛起的涟漪。

王得福看看周晓苏，又看看和他一起调到乙班的皮亮，一脸的无可奈何。皮亮走到周晓苏身边，劝她开机。皮亮说："小周你先开机干活，这么大个儿的机器，能出什么毛病？即使有毛病，也不一定就在你这回开机上出啊。给班长点面子，再说了，不开机，这搁的时间长喽，回头沉井底下又该流沙了。"

周晓苏说："懂不懂啊你？你以为地底下哪儿都流沙子呢？我告诉你，那桥桩沉井让流沙给淹喽，与停机不停机没有任何直接的关系。那是因为沉井下面遇到了流沙层，开着机器打到那里，如果不及时加大黏土添加量，也一样被流沙淹喽。现在下了模板，停三天也没事！队里借口停机，把淹井的责任推给吕秋日，还把郑白说成是流氓给调到采石班去弄石头，完全是别有用心的人玩得阴谋诡计。这些与王得福造谣有很大的关系，我给他点面子？他造谣言，猪一样胡说的时候，毁坏我名誉的时候，他想过给谁面子了，我管不着这事！有本事说瞎话，就该有本事自己干呀！没有真本事，揽什么瓷器活？"

周晓苏的话，王得福站在一边全听到了，他想急，却没急。他心里很清楚，自己对操作 WUKAS 没有把握，要是把周晓苏哄好喽，只要一开机干活儿，干多干少干好干坏的，队长就没话可说了。所以他没跟周晓苏较真儿。而是厚着脸皮走到周晓苏身边说："小周，我揭发郑白调戏你，可是为你好，你可别误解我的好心。我是保护你呢！郑白那小子，别看他岁数小，一脸的流氓相，他看女人的时候，眼睛跟钩针儿似的，你自己觉不出来呀？你这么漂亮，这么年轻，不能让个流氓把你的青春给毁喽啊。你对我有什么意见，找时间咱们私下里交换交换看法，促膝谈谈心，你就是骂我几句，也行。一帮一，一对儿红嘛。今天别赌气，先工作行吗？"

"谁是流氓？你说谁是流氓？！"周晓苏直直地瞪着王得福说："工作？你还知道工作？我告诉你王得福，让我开机也行，你必须把郑突了几声，整个机身也随着响声晃了晃。王得福看看皮亮，看看机器说："没着！"皮亮说："没着，他妈的！"又弯了身体，憋足了力气，再一摇。再一摇。WUKAS 轰隆一声点着了火，整个河套都跟着它的轰鸣一起颤动起来。

王得福笑了，笑出了声儿。他冲皮亮喊一声："呀！咱们打井！瞧我的吧。"皮亮也感觉很得意，他感觉刚才自己没吹牛，这轰隆轰隆响着的 WUKAS 给他争了气，也证明了自己确实在回家探亲的时候，帮舅舅启动过手扶拖拉机。

走在山道上的队长，听到河套里的机器声，回过头，看了看河面上那团明亮的光团，摇了摇头，就继续往回走去。此时此刻，队长还不知道，河面上他熟悉的那团光亮，已经失去了往日的明亮内涵，充满了恐怖，也以其明亮的极致，超越了自然的黑暗，变成了一个怪物张开的大嘴，正在吞噬着他的 WUKAS，吞噬着河套里的一切。

王得福正在小心地摸索着 WUKAS，因为他发现 WUKAS 上有两个离合器手柄，究竟应该操作哪个手柄才能吊起大铁锤打井呢？他弄不清楚。于是他就搬搬这个手柄，碰碰哪个手柄。搬动手柄的时候，他就看着机器上面的两个卷扬机哪个动，很快的，他就弄清楚了这上面的两套离合系统。小一点的手柄，连接着打捞桶的机械系统；大一点的手柄，就是操作打井的离合器刹把了。

王得福找到了操作的机关，心里更兴奋了。他回头看了一眼皮亮，冲他眨了眨眼睛，然后双手一使劲，便拉动了离合器。

大铁锤被吊起来，随着卷扬机的转动，快速向上升起。巨大的锤体，带得沉井里泥浆翻滚，然后呼啦响了一声，窜出沉井，忽忽悠悠地一直往上升。

王得福开始还蛮兴奋，但他突然发现，大铁锤并没有停下来的意思，而是一直向上升起。他突然感到要出事，便想停住不断升起的大锤头，可是已经晚了，王得福根本不知道怎么操做才能使大锤停下来，仍然紧紧地拉着离合器手柄！

很快。那重达 2500 公斤的大铁锤被卷扬机吊着，晃晃悠悠直接冲上了机架的顶部，狠狠地撞在了 WUKAS 的机械臂上！

整个河滩在响过一声巨大的撞击声以后，突然就悄无声息了，便桥上的探照灯也随着那一声巨响熄灭了……

2007 年 12 月 12 日

创作谈：《中篇小说选刊》选载时随作品发表

生命在三维空间中的迷幻

关圣力

有时候，时间过去了，现实却依然如故。改变了的，只是西历上标注的数字。经历过去，经历过来，许多人，许多事，并非表里如一。人的感觉有苦，有甜，都揉在经历里，变成了经验。其实，经验于人，于任何人，真是一种刻骨地疼。冬的阴冷，可黄萎了花草，却挡不住春日阳光。渐渐地，我知道了，在现代社会里，文章不能载道，仅仅是故事的记忆。可我一直相信，有些记忆是值得，也必须记忆的。小说为我们提供了这样的可能。

生活里，有一种人，无能无力，更无知识，却不懂装懂，仅精于妒忌，时刻编造谎言，为私卖魂，陷正直于无辜，试图满足一己的私欲。这样的真实很多，仅会写名字的勤杂工自荐跨行做文化部主任，卖身女因脸蛋漂亮当了政府局长这样的事，几乎每个人都知道，绝非街谈巷议，更不是作家杜撰。凭什么？"无中生有，自我推荐，妖言惑众"，是这种人的唯一手段。有得逞者，更多的是不能如愿。现实中的领导人，大多德才兼备，不像小说里的指导员那样盲目。这是众生的幸运！"道"和"义"两个字，做好很难，"人"一个字，做好更难。

这篇小说使用的素材，是一次偶然事件，几个人物的遭遇，时代的独特阶段，这些东西总合在一起，以强势记忆留在我的记忆里，人和物，连绵的大山，秋日静谧的深夜，还有那片宽阔的河滩，滔滔向前的永定河，河心熄灭了灯光时那无尽的黑暗。

2007年秋天，到山西出差，火车途经我曾工作过的那个河湾，移动中远远望去，我望见了我的记忆，虽隔着车窗玻璃，却如新如昨。小说中所写的打井机，仍然灰头灰脑地支架在河中心，竖立着的工作臂，像一把利剑，直直地指向天空。它象征着什么，我想。眼前的永定河水枯竭污染得很厉害，已经没有了当时波涛清涌的模样。锈红色的，污浊的脏水泛着泡沫，变换着奇形怪状，漂在瘦小的河面上。自然的变化使我心惊肉跳。车轮轰隆轰隆地响着，仿佛打井机的铁锤，不断锤击大地那沉闷的声音，咚咚，咚咚地渗透进我的思维。出差后，恰巧接到《福建文学》编辑练建安主任的约稿，便抽空把这篇小说写了下来。

世间，本无鬼怪，却有鬼怪事。为什么？人心里常有鬼，每个人都如此。情的蛊惑，欲的搅扰，权的梦想，日子与生命的同步，都注定了生命存在于三维空间中的迷幻。深夜飘飞在大山上的那些小光球，不是文学借用的象征，自然里它们真的存在。只是现代经济，喧嚣着，把自然逼退得离我们更遥远了。于是，记忆一切消失了、正在消失和可能消失的自然与非自然，更加珍贵。

这篇小说所载故事，没有离奇的情节，没有叱咤风云的人，更没有轰轰烈烈的事件，几个小人物工作里的小事碰撞而已。然而，那样的迫害，在现实中却曾经存在，也确实左右了他们的命运，现在想起，仍然心疼。或许这是岁月流逝中的必然，或许这是生命的局限。物的毁灭，无论在当时，还是在以后，都不重要，它随时间一起，如一缕烟尘般飘渺散去，无踪，无影，未在我们的世界留下丝毫痕迹。败道寡义之人也一样，只能猥琐在阴暗里残喘，如物样灭失。

当我用小说记述这个故事时，我相信，文学仍然会温暖人的身心，希望读者也喜欢这个它。

向肯定这篇小说价值的《福建文学》和《中篇小说选刊》致敬！

2009 年 2 月 21 日

轻脆响亮的声音。

项长江家住 3 层，在我家楼上。他们家目前只有老项自己，独生儿子高一那年，被送到意大利留学，妻子梅萱想孩子，上个星期因公去俄罗斯，再转道去意大利看儿子。项长江说孩子的舅妈，自己在那边弄了个贸易公司，从国内往那边倒腾低档服装和鞋，再把高档的意大利货倒腾回来，虽说进货，运输，报关，纳税、质量、卫生等等检查很麻烦，但她还是把贸易做得十分红火，这一出一入都是利。

孩子刚走那阵子，高兴之余，突然发现，家里变得清静了。好好的家，突然少了个人，还是家庭的核心主力，怎么会不清静呢。老项和梅萱在屋里呆着，常常是你看着我，我看着你，谁也不说话，跟没人一样，也听不见叮叮当当的做饭声，偶尔能听见一句半句的唉声叹气。在外面瞧见别人孩子大人的一块儿走路逛市场，也是没个笑模样。

项长江现在是一家国营大建筑公司的采购处处长，负责给建筑工地买建材、工具、机械的申请审核签字，应酬、迎来送往也在他的工作范围内。这个职位坚挺，硬得就像工地上使用的 45 号钢筋棍儿，随便往哪里一扔，都能摔出当啷当啷的脆响。光本市的工程，他们公司就开了十几个盖居民小区的项目。哪个小区不得有十几幢楼，甚至更多的大楼会所啊。凡是这些项目所需的建筑材料，机械工具，都要经过项长江审批签字，才能购买。有句俗话说，买的没有卖的精，但这说的是一般民间买卖，小本小利卖家是一定要赚钱的。但凡买卖一够上项目的说法，就天翻地覆了。在项目里，虽然卖东西的仍然要赚钱，但买东西的也一样赚钱，甚至比卖的赚钱还要多很多。这事谁都知道。

就是这份工作，将项长江的儿子送出了国，并支撑着他儿子在意大利的一切费用。但项长江不这么说，他说孩子舅舅只有一个女儿，没有儿子，舅妈又喜欢儿子，经济条件和环境允许再生一个的时候，她的年龄又大了点，再加上生性娇嫩，打小就怕疼，便放弃了再生一个的想法。舅妈说：姑舅亲，辈辈亲，砸断骨头连着筋，便格外疼这个外甥，把他当成自己的儿子，接他去国外上学，一切费用也是舅妈料理，说是只图身边有个人。舅妈跟他亲妈一样。

平常日子里，来找项长江的人挺多，绝大部分是卖东西的厂家销售代表，也偶然有干部模样的人来。后一类人来，十分谨慎，也从不张扬，不像销售代表们那样兴奋，却显得有点神秘。项长江有办不完的事，每天都忙忙碌碌。刚开始，来找他的销售代表，总是悄悄地有所避讳的样子。后来他们发现这楼里住的都是书呆子，整天忙忙碌碌，手里拿的不是报纸就是各种各样的大小信封，见了生人连看一眼都不爱看，他们便不再拘束，逐渐放松了情绪。从一进楼道，他们说话的声音逐渐大起来，那声音把楼道震得嗡嗡响。他们先互相核实项长江家的门牌号，接近3层的时候，大家准会抢着大声说：就是这层，就是这层。3层嘛，我不会记错的！然后大声喊着项处长，使劲敲他家的房门。

销售代表们吵吵嚷嚷的说话声音特别大，敲项长江家房门时，喊叫的声音就更大，我们在自己的家里都能清楚地听到喊项处长的声音。这项处长、项处长的喊声，在过道里嗡嗡嗡地带着回音，听起来让人心烦。其实项长江家的门外装着电子门铃，我们这楼里的所有户门外，都装着门铃。可来老项家的人，约好了似的，一律不按那玩意儿，一律扯开嗓子大喊大叫。生活中，习惯了安静的我们，虽然也在乎职称、职位什么的，愿意听到别人称呼自己XX长什么的，聊天时也要说说自己目前有没有升职的希望，但还是腻味这么响亮的喊叫声的。

我们这幢大楼的每一扇门里，都住着相当于处长、局长甚至更高职位的人。这种按职位集中分配住房的办法，如同将一堆相同品牌，不同规格的产品堆积在一间库房里。挤挤挨挨的居室房间，大同小异的建筑格局，搭积木似的形成了一幢大楼。我们楼里住着的人，一般

> 项长江早几年和我们一样，也是写文章的文化人，除了每月那点固定的薪水，加上爬格子鼓捣来的或多或少的稿费，生活过得去而已。

出席会议等正常场合，要穿西服革履，平时就没有那么严肃了，一般都是休闲装，随意，也透着和气。大家烦躁的时候沉默不语或发发牢骚，开心的时候互相说说笑话，与菜场上卖菜的小贩没两样，在货物紧俏的时候，他们随心所欲地标高价，天快黑时也会让点利，高兴时便一脸微笑，不痛快时就给你看"驴脸"。大家除了工作内容不同外，都是跟着太阳、月亮那样黑天白日转转悠悠地过生活。

只是项长江那种超现代的生活方式，让人看得眼花缭乱。光看看他家那扇单元门的豪华程度，你就可以知道这绝不是一般的防盗门。这门关上时的"砰砰"响声，跟顶级豪华轿车的门关上时一样沉闷张扬。项长江进出有单位的小车接送，司机是个瘦瘦的中年人，看上去实在厚道，爱抽烟，见了谁都笑着点头打招呼，闲言碎语总有话说，却从来不多说一个带工作的字，人缘很好。

老项自己有驾照，家里也有私车，可一般情况下，他家的车是在车库里停着。老项不说开自己的车，没人给报销油钱，用公车，组织负担费用。他说坐公车不仅是待遇，重要的是身份象征。自己开车算什么？给组织丢脸！

项长江早几年和我们一样，也是写文章的文化人，除了每月那点固定的薪水，加上爬格子鼓捣来的或多或少的稿费，生活过得去而已。早先我们聊天时，大家都会开玩笑说：兜儿里比脸还干净，他妈的！然后还要一起哈哈哈地大笑。

那时的项长江，情况与我们大家差不多。我们写文章，写长篇或写短篇，虽然换回的稿费不多，可老觉着自己已经了不起了。我们些家伙心有灵犀，商量好了似的都清高。我们习惯低着头看世界，觉得芸芸众生慧心灵智未开，缺少艺术的感悟性，只有我们弄文学的人才崇高。工人做工，农民种地，我们则使俩手指头捏着钢笔雕琢人的心灵。搅动人的心灵让人哭，让人笑，让人郁闷，让人充满希望，是容易的事情么？我们不高傲谁高傲？工人、农民兄弟们卖力气，我们卖思维，这是本质的区别。

可我们毕竟不是万能的造物主，在我们眼前脑后，还藏着无数只手，每一只手都可以翻手为云，复手为雨。每隔一段时间，我们便会被不同的运动，使用不同的借口归置归置。风水轮流转，明年到别家。尤其是经济，它不仅仅有自己的规律，还能不声不响地改变了人心。我们总以为能看到别人的心灵，还可以扬言要雕琢他们的心灵，却无法剔除人性中的兽性，当然，更看不到经济的发展规律，看不到巧取豪夺的实惠，写字换稿费就是我们的经济概念了。

我们这里一得意的工夫，整个世界都改变了模样儿。满大街都是花花绿绿的时尚报刊和杂志，它们的每一页、每一块版面，甚至每一个小栏目，都散发着性气息，都炫耀着女人的丰乳肥臀，所有的平面上，都铺满了女人裸露迷人的曲线。看看那些报刊杂志上的女人图片，总是比自己的妻子妩媚许多，妖艳许多，还有明星隐私、主持人自述什么的文字助阵，随时都在满足着人们露淫和偷窥的欲望。谁要是手里拿着本《汤姆叔叔的小屋》，说自己喜欢文学，不会被人认为是白痴，也会被认为缺少时尚细胞。

项长江是个聪明人，挺早就干脆地撂笔了。他不失时机地转行跳槽，踏踏实实地去当了处长。他干的是那种实实在在的处长，不像我们只有个处长、副局长、国家一级或二级作家什么的名称，还是"相当于什么什么"。甭说使公款洗脚按摩、吃鲍鱼喝燕窝，就连出去参加会议，往往都得自己掏腰包出差旅费。项长江管着人，还管着物，权利实在，现在他写张条子，十几个字，甚至签个仨字的名儿就值几万。而我们成千上万的写字，也值不了两壶醋钱。

项长江总和别人说自己40岁，其实他快50岁了。和所有的中年男人一样，头发里会在这个时期出现白毛。项长江大约由于操心，白发更多一点，白头发与黑头发搀杂在一起，看上去他的头发整体显灰白色，也就显的有点苍老。可他非常注意自己的形象，隔一两月就把头发染黑。项长江是文化人，懂得体面，也跟得上时尚，他从不把染发说成"染发"，而是说"焗油"。他不在家里染发，他到美发厅去染头发，是那种黑黑的颜色。他那头发"焗"了油后，油黑锃亮的蛮神气。

谁要是说他的头发像假的染的，项长江会立刻抬起手，使劲胡噜着自己焗过油的黑头发让你看。还要眯缝着眼睛对你说：假吗？告诉你吧，头发是真的，颜色儿是假的，跟没染不一样吧，是不是？！被女人揉搓的时候，很疼呢！常疼得我快乐的大笑，哈哈……

有感觉呀，绝对不假！得感谢现代的科学技术，它总是及时地为我们提供修理肉体的化学手段，使女人看起来漂亮，使男人看起来年轻。我不就染了染头发么？这是休整自我形象的小手段，和男人理发刮胡子，女人擦粉抹口红一样。你说我这头发像假的，可你知道你老婆的乳房和屁股是真的还是假的？你抚摸她前胸那柔软蛮有弹性的两团肉的时候，你揉搓拍打她那圆润结实的屁股的时候，准以为在爱抚女人性感的肉体。实际呢，你可能在抚摸一块包着人皮的硅胶。哈哈哈……

这些东西你也说是假的？敢说吗！就算你知道她那人体部件是经过了修理，好意思说是假的吗？即使是由硅胶充填过的假乳房，你摸它，她也会出声！就像会发声的塑胶娃娃，你一用力捏它，它内部那个发声系统会吱啦吱啦地叫唤。女人也一样，在你捏弄她前胸的时候，一样发出声音。形状和声音不是一个概念，形状只提供视觉感受，声音才是传达深层次情感的手段。现代人，过的是科学生活，玩的是心灵感应，享受的是视觉迷幻。只要视觉舒服，还有触摸感觉，就是真的！

　　我跟你说，染头发的时候，发廊里的小姐有很多耐心。她们那双小手不仅仅白皙，还温柔啊！就那么慢慢地在你的脑袋上，前后左右地抚弄，抓挠，软绵绵地触摸，那是什么样的感觉呀。她围着你前后左右地转，鼓胀的前胸，不！也许是硅胶液体或垫了塑料、钢丝、海绵什么东西的前胸，会有意无意地在你身上蹭蹭。她们把一种感觉传递给你的同时，身上还散发出一种化装品的香味儿，那香味儿与女人身体独特的气味儿混合在一起，你不闻都不行，它往你的鼻孔里钻！舒坦！这种不动声色的诱惑是真舒坦。

　　还有洗的时候，十指尖尖的小手，在你脑袋上挠啊，挠啊，抓啊，抓的。啊！……哈哈……哈哈……！最有意思的是，给你洗完了头发，还要用小手给你胡噜一把脸。你想去吧，那肉乎乎的小手借着水的柔滑，轻轻抚过脸颊的时候，是什么样的感觉。这么说吧，你媳妇的手，无论多么细腻，无论多么温柔，永远也不会把那样的感觉弄出来。每当项长江说起这些的时候，总得意地笑，让你自然地忘掉他染了的头发。

　　有了这许多的乐趣，项长江怎么能不愿意年轻呢。他这个处长当得滋润，衣食不愁，生活也就从容。不像我们和朋友喝酒时，为女人买件礼物时，虽然也慷慨的连眼睛都不眨。可私下里，还是要在心里盘算盘算，总怕一不留神，就把自己的小金库给花掉了底儿。

　　项长江现在不仅不在乎花钱，还有就是他改行后，疏远了和我们的交往，早先朋友之间的往来使他觉着麻烦。他说自古文人相轻，没有一个为文的家伙不以为自己就是孔圣人。其实呢？过时喽！过过高质量的生活？整天猫在乱糟糟的小屋里，闻着空气中弥漫的废稿纸和旧书的怪味儿，在桌子前一鞠，盯着一堆方块字发楞，能把文章给捋顺溜的时候，自己还得意的笑呢。不说泡酒吧，不说进夜总会，不说去发廊洗头，去按摩房洗脚，卡拉OK房和小姐一起嗽嗓子，也不而项长江转行后交往的朋友，与我们不一样了。你看吧，凡是大声喊着"项处长"来找他的人，一律健康色儿，黑红的脸膛，身材也结实，不管天冷天热，大都是皱吧吧的西服裹在身上，漂亮的领带垂吊在胸前，白亮亮的旅游鞋踩在脚下，外表虽不伦不类，却显着性格豪爽。

说吃大餐，你请他打打网球、高尔夫吧，哼，连杆儿都拿不好，更不懂得竞赛的规矩。好不容易有个机会被人请去打打网球、羽毛球什么的，打一拍子就得捡一回球，俩人在网子两边，你发球他捡球，他发球你捡球，显得挺忙活。对方捡球的时候，这边还要伸胳膊探腰地做几个潇洒的击球动作呢。老得捡球不说，一不留神，能把人家价值千金的球拍子给戳折喽。运动的概念，对文人来说，也就是打打乒乓球，游个泳在水里挠几下狗刨儿。除了排列歪歪扭扭的方块儿字，干什么都不行。哼！文人——过时喽！说文人过时了，成了他的口头语，小铃铛似的挂在他的嘴边上，他总是乜斜了眼睛看着我们这些他过去的朋友。

而项长江转行后交往的朋友，与我们不一样了。你看吧，凡是大声喊着"项处长"来找他的人，一律健康色儿，黑红的脸膛，身材也结实，不管天冷天热，大都是皱吧吧的西服裹在身上，漂亮的领带垂吊在胸前，白亮亮的旅游鞋踩在脚下，外表虽不伦不类，却显着性格豪爽。这些人每次来看项长江，都不空着手，总是肩背手提地带着不少东西。都是些箱箱包包的烟啊、酒啊、鹿茸、人参、鳖精、海狗鞭什么的东西。项长江被健康和物质包围着，许多新流行的时尚他都率先体验了。他细长精瘦的身子对灯红酒绿早已熟悉了，没结没完的应酬，常常让他东倒西歪地走回家来。如今，与他说吃说穿说玩说学问说历史说二战说东南亚海啸说松花江污染说太湖的蓝藻说恐怖袭击……，无论你说什么，都不新鲜，项长江张嘴就给你堵回来：甭跟我说这个，都什么年代了，思维模式还停留在20年以前呢？现而今得说经济，得说盖大楼！太湖里有蓝藻，黄河污染，与我与你有什么关系？现在得说自己拿回来的货币厚度，懂吗？活的真他妈的累！要不文人怎么会被扔在边缘了呢，过时喽！

他说的"真他妈的累"，说的是我们大家的生活，而不是说工作

累。由此可见，他跟仍然得趴在稿纸上，坐在电脑前的我们是多么不一样了。我们常常看到他挺胸抬头地在这个大楼里出出进进，鲜艳的领带在他的胸前飘扬，锃亮的皮鞋在他脚下闪光，那种趾高气扬的模样，分明是告诉我们大家，他已经不是昨天的他了，他活得滋润啊。

今天，他大约又要滋润了。

项长江在这个骄阳似火的中午，带着那女人悄悄地向楼上走着。那女人衣饰时尚，举止有几分端庄，几分轻佻，带有一种职业特征。虽然她并不一定从事那个职业，也许是为了增加自己兜里钞票的厚度，兼职做几个活儿而已。或者她仅仅是秘书，是属于白领范畴的职业经理人。我看到，她眼睛里射出的光很不安分，活跃得带钩儿。在她这种眼神里，世上所有的男人都是鱼，她把自己白皙裸露的身体当成了诱饵，把眼光当成了钓鱼的线和勾，在人世的海洋里抢来抢去，就是要逗引鱼们挂上。

我不敢回头去看，因为我和项长江有矛盾，除了在写文章上互相看不起的矛盾，还有就是因为女人的矛盾。

我说过，和许多人都说过，我这个人并非假装正经，说好话不做好事，想做坏事却绝对不说的事情，我干不了。对于和女人有关的事情，我并非保守得像个刚出土的木乃伊，老觉得眼睛里看到的一草一木，都和古时候不一样。有伤风化，那是说别人呢，哪个写小说的人会心静如水？甭管男的女的，只要是写小说的人，肚子里一律塞满了花花肠子，我们管这叫构思。

我这样说的时候，妻子说：你个老流氓！

实话实说吧，我挺喜欢女人的，尤其喜欢那些有独特个性的女人，无论她是倔强得霸道，还是温柔得让人心醉，只要她懂得情感，不是跟你做了一次以后，就哭着喊着非要做你老婆，要逼你离婚私奔的女人，我都喜欢。生活么，不做夫妻，大家不是也一起白头到老吗。

可在男人和女人的肉体之间，若是有一道由金钱连接起来的红线，我就不敢恭维了，绝对不喜欢，而且厌恶！这么说，并不是想证明我多么高尚，只是想说这样的性关系我不喜欢！我总想，干那事之前或之后，把钱放到女人手里，跟一只公狗把一块骨头叼来扔到母狗嘴边上，然后兴奋地跳闹着，围绕着母狗撒欢、叫唤、律动有什么两样。何况今天要干这种事的人是项长江，我就更不愿意看了，是厌恶，还是一种回避的心理，我自己也说不清。

我加快了开门的节奏，把钥匙拧来拧去，转了好几个圈，但我越是着急就越是打不开这个门。虽然这是我自己家的门，虽然我天天开它，关它，虽然我已经从它这里，进进出出了成千上万次，可有时它仍然给我难看。去年冬天，它就乘我出去拿报纸，把我关在了外面，我穿着睡衣睡裤，在温度不高的楼道里不停地活动了2个多小时，直等到妻子从单位赶回来，我才重新走进自己的家。

每到这样尴尬的时刻，我就想，我们的生活其实挺无奈。在生活里，我们不仅需要适应周围的人群，还必须要学会适应飞速变化的环境和日益翻新的日常用品。可即使你愿意融入生活，也会被突如其来的事情弄得手足无措。有时候连自己出产的儿子、闺女都不听话，何况这别人生产的东西呢。

情急之中，我没有一点办法，只好赶忙把眼睛死死地盯在锁孔处，手里的钥匙仍不停地来回扭动，假装聚精会神地研究它。可我越是不想看，就越觉得项长江在我的背后不远处，得意洋洋地冲着我笑，他额头上那条小小的伤疤，也在光的反射下，闪着紫光晃动。他嘴犄角向下撇着的样子，仿佛得意地在说：小子！别瞧你把我弄成这样，今天我比你活得滋润！慢慢地写字吧你！门又开不开了吧，破门！你个只会写方块儿字的东西！

项长江的夫人梅萱，曾半开玩笑半认真地委托过我们这里的邻居：

帮我看着我们家的"项处",他要是有什么招猫逗狗的行为,可得告诉我啊。他这个人啊,就是缺少自觉性。你们男人都一样,就是不能有钱,只要兜里有了俩闲钱,准想着出去淘气!

梅萱说话非常刻薄,她说项长江的时候,一定要把大家也说在里边。她认准了我们都是一样的东西!她这么说我们的时候,透着亲切,也嗲嗲地非常有女人味儿。

她认为,我们这些家伙,除了写写文章,还有个互相监督的责任,也应该尽这个义务。若是没有人向她"汇报",而她又亲自从她的"项处"身上发现了异常,譬如在项长江穿的衣服上找到一根女人的头发,嗅到了生疏的女性化装品味儿,或是香水味儿。那么,项处长夫人那好看的白牙能变成两把利刃,恨不能切碎了她看到的所有人和物,甚至把我们居住的这幢大楼嚼成肉泥。她会用一句话把我们一网打尽:凡是写小说的男人,没一个好东西!

可是当梅萱这么说的时候,我总是猜想,她会不会对我网开一面。因为我和她曾有过那么一点点接触,就一次,就那么一点点,绝对是当时的情境所致,属于偶然事件。况且,我还是她和项长江的媒人。

项长江和女人往来的时候很谨慎,他从不去酒店开房间,说如今到处都安装了摄像头,很容易被人暗算,怕被扫黄行动卷进去。他不愿意因为女人失去自己的职位,也不愿意被人指责道德有缺陷,更不愿意失去梅萱,他认为梅萱是旺夫命,是他的福源。

他总是把女人带回家里,认为只有在自己的家里才最安全。为了不使邻居们尴尬,项长江在做这事情的时候,还是小心隐蔽的,他总是在早晨或者午饭后把女人带来,晚上则绝对不。他知道文化人的作息时间,这样就可以小心翼翼地躲开人们的视线。实在躲不开的时候,项处长也不会尴尬,他会装出带来的女人是自己的部下,或者是友情单位的朋友、推销业务的公关小姐,而大大咧咧地对你拱拱手,低低

看着那白色、红色、黑色编织成的流动的春情，
我的全身火辣辣地热起来。当我逃跑似的躲进自己的
小房子里面时，我如释重负，深深地松了一口气。

头，呲牙一笑。从他的动作里，从他的笑容里，你会看到他的性情，
是多么和蔼可亲。所以，这种时候，你就不得不对他点点头，假装什
么也没看见。大家成年累月地住在一幢大楼中，在一个门里出出进进
的，跟一家人有什么两样呢。何况以前我们又都是同行，既然人家已
经小心，大家也应该自觉，尽可能让自己的眼睛不到处胡看，偶然看
到了，也绝不胡说，而我则加倍谨慎。我和项长江的矛盾虽然已经过
去了，但它毕竟发生过。

　　这时，项长江已经和那女人斜视着我，警惕地走过我的身后转上
楼去，女人的高跟鞋落在地面上的声音收敛了许多，只能听到轻微的
哒哒声。这个时候，我感到女人的神情张扬，眼睛也向外喷涌着媚态，
调皮地射在我的脊背上。她的眼光，两只灵巧的小手一样，淘气地往
下扒我的衣服。我便下意识地回头去看。在两层楼梯的转角平台处，
我看到了那女人白皙健康的长腿闪动着青春的光亮。穿在她身上的黑
色紧身短裙，尺寸窄小得令人吃惊，里面的红色内裤，随着她的走动
时隐时现，跳动的小火一样在她修长的两腿间燃烧着。看着那白色、
红色、黑色编织成的流动的春情，我的全身火辣辣地热起来。当我逃
跑似的躲进自己的小房子里面时，我如释重负，深深地松了一口气。
这时，我以为我已经逃离了世间所有的现代，所有的欲望，所有的肮
脏，重新获得了清净无为的权利，可以安心地随便干些什么了。

　　可是我错了！我这个自以为阅历颇多的家伙，总是对现实生活中
所发生的事情判断失误。

　　女作家沈阿言，曾一本正经地说我不能和女人接触，多看一眼都
不行，甚至不能结婚。她说在这个世界上不会有女人爱我，每爱一个
女人，都会给我带来一次劫难，会影响我的事业发展。我曾经不信，
只当她那是和我开玩笑，闲来没事胡说八道，可生活中的现实正逼着
我不得不信。沈阿言啊，她不是作家，简直就是个女巫！她那黑亮黑

亮的眸子，能在瞬间把一个人看透喽。

当我拿着刚刚取来的报纸，在卫生间坐在马桶上方便时，我听到了通往楼上的管道里传来了"哗哗哗"的流水的声音。我下意识地感觉到，我们现代人的生活，就是被这种横七竖八的管道联系在一起的。

我知道，这时在我的头顶上方，项长江正暗藏着一种犯罪心里的快乐刺激，做事前准备。虽然隔着一层楼板，可我总是觉得他那家伙正对准我的脑袋狠狠地撒尿。那尿柱强劲有力，将马桶中的清水浇出了许多泡沫，咕咕咕地在我的头顶上发出令人厌恶的沉闷声音。不，也许那不是项处长弄出的声音，也许是那女人。我完全可以听见头顶上的铁管子里流水的声响，我完全有理由相信那些污七八糟的东西流到了我的头上身上。可我毫无办法，只好逃到卧室去躲避。然而，只过去了不到十分钟，卧室的天花板上就传来了"吱吱啦啦"的床铺不堪重压的声音。我睁眼去看，那厚厚的水泥楼板仿佛都在颤动。

这个时候，我肯定会想到，无论是谁都会想到，这是他们在做那种事。因为我清晰地听见了嗵嗵地锤击声和呼哧呼哧的喘息声。这些能够穿透一切物质的声音，带着过去、现在和未来的自由自在，嘲笑着现代化的千篇一律的建筑设计，让人忍无可忍，却也无处可藏。在这样的噪乱环境中，我头痛欲裂，已经没有办法没有兴趣继续我的工作。我不得不打开电视机和现代化的音响设备，让高雅的和流行的，让帕瓦罗蒂，让朱哲琴，让斯琴格日勒一起在我的小房间里抒情、放歌，让音乐掩盖杂乱无章的噪音，让它们肆无忌惮地喧响，让它们的旋律张扬着占领我的生存空间，塞满我的耳朵，让音乐替代项处长他们弄出来的那快乐的、恶狠狠的声音。可仅仅过了几分种，我居室四面八方的墙壁后面，我楼下的邻居，就用敲打墙壁和暖气管子的声音对我提出了抗议，电话铃也报警似的尖叫起来。

毫无办法，我只得放弃了一切试图摆脱被搅扰的企图，立刻关闭了电视和音响，抓起那堆钥匙，想跑出去，躲开这个使我烦躁的地方。可在我抓住钥匙，那堆钥匙发出哗啦哗啦地响声的时候，我止住了脚步。

钥匙哗啦哗啦的声音，让我想起了我与老项的往事……

2

第一次去编辑部找项长江，他就使我陷入到了难堪的尴尬中。那天我去他们编辑部送稿件，一进门，老项便扔给我一支烟，大声地问我，怎么样？我不知道他问的是什么，就说什么怎么样？瞧瞧，瞧瞧！我都看见了，还瞒什么瞒啊。项长江开始毫不留情地揭我的老底，还对编辑部里的其他人说我喜欢泡女人，而且说不管漂亮与否，只要是女人，我都喜欢。他把我和刘丽的事情添枝加叶地述说了一遍，说刘丽长的不仅黑，也丑，傍了个有钱的男人出国了，去了澳大利亚。那女人也曾经对他有意思，但他不干，没有一点女人的魅力，提不起"性"趣！说完他就大笑。其他人对此虽没表示太大的兴趣，但也都跟他一起笑，还扭了头来看我。我却觉得这样有点过分，对刚刚认识的朋友，怎么能这样呢？就算我是个为追女人什么都不顾的家伙，他也不应该这么说自己的邻居吧，人家是女人啊。刘丽对我说起老项的时候，说的可都是他怎么怎么好，作品怎么怎么棒。这也是后来我与老项发生矛盾的一个原因。

是在一个夏日的清晨，刘丽介绍我认识了项长江。

那天早上，刘丽打电话约我，说是要在出国前见个面。在此之前，我与刘丽在一个单位工作过三年，三年里我们保持着亲密的关系。她打电话让我必须去见她，说她正在处理家里的物品，出国的手续都办好了，去澳大利亚找先生。我们要团聚了！她兴奋地说。我说你怎么早没跟我提过这件事呢？她说也想过给你打电话，但还是没打。这回真要走了，心里有点空，觉得还是得见见你，要不这一走不定猴年马月才会回来，也许永远不回来了。我想在走之前，走之前一定得见见你。

我们在一个厂里工作时，刘丽在计划室做统计员，我在生产科，由于工作关系常常要与她接触，日子久了，就互相有了感觉。刘丽真的像老项说的那样，不是多么出色的女人，除了修长的双腿，在她的身体上，实在没有什么值得让男人心动的地方。马来西亚人一样黝黑的皮肤，微微向前撅起的小嘴唇，简简单单的杏核眼，扁平的前胸使她的身体永远没有曲线，穿任何衣服都一样。这一切都说明她仅仅是个普通女人。

我们的亲密关系开始于分别，也结束于分别。我因写作的需要，调离工作了 10 年的单位，在与刘丽约会告别那天，在中山公园里的树丛旁，夜的黑色把我们与世界隔离开，也给了我行动的机会。我告诉她我要调离单位，要离开她的时候，她沉默了半天才说：真舍不得分手！从我一进厂，咱们就在一起工作，虽然不是一个科，俩办公室却门挨着门。我说我也是啊，在一起呆了这么多年，有三年多了吧，都有感情了。她也说都有感情了。我以为她和我的想法一样，便突然放弃了虚伪，放弃了自以为文明的矜持，突然将刘丽搂进了怀里。刘丽没有挣扎，却也没有任何反应，只一动不动地任我搂抱着。所有的行为都是我一个人的，当我在树影绰绰的黑暗中，试图把双唇压向她的双唇时，我看到在她双眼中闪烁着眼泪的光亮。

我与刘丽分手了。打电话互相问候，成了我们之间唯一的联系。

今天，刘丽突然打来电话告诉我，说她要走了，要到澳大利亚去找他丈夫。她还在电话里告诉我，她要在这一天，把她留在我心里，还要把我装在她心里，带到遥远的异地，让我永远陪伴着她。

听了这话，我怎么能不兴奋呢。见面那天的天气很糟糕，阴雨欲来，灰黑的云彩塞满了天空。街上的人挺多。我骑着自行车沿着纺织大道向西，直奔向我们的约定地点。

到了约会地点的时候，刘丽已经在那里了。出乎我意料的是她身边还站着一个男人。那男人瘦高瘦高的，长着一脸紫红色的青春豆。他仰首挺胸地站在刘丽身边，看见我来了，就把头转过来，嘴犄角往下撇了撇，算是对我表示了欢迎。

这使我感到意外。刘丽在电话里不是说只我们两个人么？她怎么还带来一个男人呢，莫非是他丈夫？我有点尴尬地和他们打了招呼，并热情地和那男人握了握手。刘丽大约感到了我的不快，就笑着为我介绍说：瓜哥，这就是我经常和你说起过的邻居，作家项长江，老项还是编辑呢。他出去办事，刚好从这里经过，我就把他叫住了，介绍你们认识认识，你们都是搞文学创作的啊。

那男人冲我撇着嘴犄角笑了笑，好像还微微点了点头。他说话刻薄，也直接。他问我写过什么东西，但不等我回答，就接着说从没听说过我，也没看过我写的东西。但没关系，只要是写作的人，大家都是哥们儿。以后有事找我，我在XXX杂志编辑部工作。同行么，互相关照是应该的啊。

听他说是在XXX杂志编辑部工作，我兴奋地说：谢谢！谢谢！我刚开始写小说，以后我要是有发的稿子什么的，还真得求你呢，XXX杂志是著名刊物，你是老师，你可要多指教。他就笑了，哈哈地大笑着说：没问题。没问题。找我，尽管找我。哎，对了你们是不是有事，那你们忙去吧，我也有事，先走了。祝你们玩的尽兴！玩好啊！说着话，他对我神秘地眨了眨眼睛，还"啪"地一声，使劲地打了个非常响亮的响指。刘丽听他这样说，就生气地使劲打了他的肩膀，说：坏，你们都一样，没有一个好东西！项长江笑了，说开玩笑开玩笑。

后来我和项长江接触越来越多了，也知道了他是个很活跃的人。尤其是他有个特点我比不了，他能说会道。

我弄不清楚项长江为什么神秘地对我笑，为什么在说"玩好啊"这仨字时加重了发音，他会不会是误会了我与刘丽之间的关系。其实那时候，我与刘丽什么故事都没有。

刘丽去了澳大利亚以后，我们仅仅通过一次电话。电话是她打到我家里的，她说那回的感觉真好。我也想对她说几句亲热的话，但妻和儿都在，所以只好说你到了，那边还好吗之类的寒暄话。她在电话那边笑了，开朗的笑声，说你在家里说话不方便吧，那以后，以后我回国再找你好么？但直到今天，她还没回来，也没有再来电话。她留给我的记忆是非常深刻的，我也很感激她，一个女人要去与自己的丈夫团圆之前，还把自己给了我，我怎么能不记住她呢。再说，为了我的事业，她还介绍我认识了作家项长江。可能她无论如何也想不到，我和项长江之间的恩恩怨怨，就是因为和她的故事，而拉开了序幕。

后来我和项长江接触越来越多了，也知道了他是个很活跃的人。尤其是他有个特点我比不了，他能说会道。他常对别人，尤其是对比自己年轻的文学青年鼓吹文学。他最喜欢谈论的小说是《在人间》。他甚至可以背诵书里的某些段落，还牢牢地记着高尔基这个名字。每当他谈起这部小说的题目和作者时，他那细长精瘦的身体仿佛充满了阳刚之气，背诵其中的段落时，滔滔不绝，两只黄褐色的眼珠儿就放出蓝绿色儿的光。这个时候，许多文学青年便会对他肃然起敬。

喜欢虽然喜欢，可项长江自己并不写这种风格的作品，他看不起这些翻译过来的文章。他说要看外国文学，就得看原文的作品。尤其是俄罗斯小说，都让那些不懂文学的翻译给翻坏了。开始我一直以为项长江看过那本书的原文，后来才知道他跟我一样，不懂外文，所以老项可能根本就没看过那小说。项长江说在中国，他只崇拜一个叫巴金的作家。他对巴金小说的喜爱程度，视如己出。巴金在牛棚里受罪的时候，项长江上高中一年级，由于那时候不用上学，他就迷恋上了读书。他喜欢巴金，喜欢《家》，还经常学着写一些小诗歌和小文章，总幻想着有一天自己也能够成为一个和巴金一样的作家。

工作以后，项长江对成为作家这件事仍然日思夜想，终于进入"莎士比亚文学院"学习文学创作。从那里毕业后，又如愿调入到XXX杂志社。空闲的时候，他也写点小说散文报告文学等作品。

在"煤城创作大会"之前，项长江突然发表了一部大作品。这篇作品刚一见刊物，就引起了读者和作家们的关注，闹哄哄的一片叫好声，让项长江过足了出名的瘾。这也是他那天在我的房间里特别兴奋的原因。

项长江和许多作家一样，喜欢喝酒，酒后无论醉与不醉，全要假装醉了，然后瞪着眼珠儿，盯着女文学爱好者看。然后便在酒精烧出来的迷迷糊糊中，讲讲文学，说说美学理论是怎么回事，创作的概念是什么。当然，大多时候是讲笑话。项长江在讲完黄色笑话后，还会很自然地说起自己妻子的冷淡，婚姻的不幸，悄悄地把诱惑敞亮出来。曾经写诗的梅萱，就是在这样的时候热血沸腾，最终成为了老项的妻子。

是个夏天，在A城西郊大山里的一个古庙中，我和女诗人梅萱，一起参加了一个研讨会。开会的地方，是在一个古庙里。那里已经没有了和尚，作为地区革命博物馆对外开放，还设有招待所供客人休息。A城的文人们，经常选择去那里进行创作或是开会。古庙分上下两寺，寺中古木参天，两个寺院由沟壑幽深的曲径相连，确实是幽雅的去处。

到那里的第二天中午，阳光灿烂，饭后梅萱约我去散步。出了古庙，我们沿着弯曲的山间小道，随便聊着向前走，不知不觉就拐进了深深的大山中。中午的大山里，弥漫着荆条花的香味儿，空气清新让人陶醉。梅萱一边跟我说话，一边挑挑拣拣地摘野花。她弯腰摘花时，裙子就被身体揪得向上掀起，两条白皙的小腿就露了出来。就是在这

众神的微笑

样清新的空气中，就是在这样的轻松的氛围里，我们越走越远。后来在一棵有千年树龄的古银杏树下，在一块被自然雕磨得平整光洁的青石板上，我和梅萱并肩而坐。

山里的景色美极了，我们沉浸在空气清新的山野之间，举目望去，远山上的绿色植物仿佛是一团团漂浮的墨绿色烟云，自由自在地到处弥漫。散碎的野花零落在青石板四周，一簇簇一棵棵都骄傲地挺拔而立，像是这绿色原野中争奇斗艳的一群美女。肃穆的古庙旁，静谧的大山中的一切，无不显示着大自然醉人的神奇。

我拿出一支烟，边点火边对梅萱说，前些天我发现了一个事，或者说是被人为掩盖着的事，早就想跟谁探讨探讨，可是总不知怎么说。今天遇到了你，想听听你的看法。你说，那么多的作家、评论家都不说，咱算什么呢，咱也不适合站出来说是吧？人微言轻么！

梅萱说在这里抽烟，你可要小心火灾啊，要不别抽了吧。我说不抽我能憋坏喽，不过我会仔细的，这么好的大山，我也舍不得烧掉它。梅萱说，这山一烧起来，准把咱俩烧死，人们还不说咱俩殉情，我不能背这样的风流罪名，咱俩虽然什么都没干，可到时候谁为咱们说清楚？

我说梅萱你知道项长江吗？就是那个瘦高瘦高的作家，发表了一部中篇小说，跟一外国大作家的文字一模一样。

梅萱乐了。她说这事啊，谁都知道。大家都不表示什么的原因，是因为你要是说了什么，就得罪人了。我劝你也别说，他又没抄你作品，你管呢。眼下抄个书，把自己的作品多投几个刊物的人很多，根本不算什么事。能够把大作家的作品模仿好，容易吗。很正常。服装可以翻新，流行时尚可以复古，房屋设计可以模仿，文学作品为什么不行？你说，我说的对不对？其实，项长江这个人挺好，也能干。

我想说不对，想说服装翻新，时尚复古，是因为人的审美需要，把袖子去掉改坎肩，把乳罩面积缩小，把裤腰降低，把裙子剪短，是因为女人要风流，男人要欣赏。可一听梅萱已经给项长江做出了"人挺好"的结论，我没再说什么。

梅萱说得对，他又没抄我作品，我干嘛多管闲事。项长江一定是经过深思熟虑才这么做，专找人们认为不可能的作品抄，谁都不会怀疑。哲学有存在就是合理的概念。我也必须得承认项长江不容易，不是谁都敢做能做这样的事。要想做得天衣无缝，手里得有点花活才行吧。再说了，小说又不是漂亮的女演员，可以抖动着前胸，裸露出酮体，扭动着大腿和屁股招人看，而且是一个人一个风格，当然能逗人兴奋。可是文学作品呢，密密麻麻的小字，讲述着千篇一律的故事，看起来还挺耗时间。都什么年代了？猪牛羊都能克隆出一模一样的来，人的克隆研究也在进行中，小说凭什么不行，凭什么不行？我反复问自己，我决定让自己闭嘴。

我正胡思乱想，梅萱突然用力靠了靠我。她两手抱着膝盖，把头抵在上面，不动声色地扭转了话题。她说：我们不谈文学了吧，我们说点别的吧。我说好啊好啊，我们说点别的什么吧。

我告诉你一个我的秘密吧。可你得保证，不许笑我！

我说说吧说吧，我保证。她说我特饥渴。真的。我丈夫整天跟麻将没结没完，长时间的赌博，让他变得像根儿烂香蕉，什么都干不了。就是俗话说的那种"望门醉"。你一定知道，非常痛苦的哎。我们早晚得分手。我觉得他挺好的，可他却老假装不知道这回事，还故意回避我。你能帮帮我吗？

我说我不知道你刚刚说的那事情有多么痛苦，因为我进门都不醉，千杯都不醉，根本没有那毛病。你既然想让我帮你，可你得告诉我他是谁，怎么个帮法啊。

梅萱不说话了，只是深深地低着头。我也只好沉默了。这种事怎此时此刻，漫天弥漫的阳光，明亮得让人睁不开眼，宇宙里能有如此的清净，身边还有个漂亮的女人，人生真好！此时此刻，我感到自己的身体，正给予女诗人的诱惑以积极的响应。

么开口问人家女人呢。但我在这样的沉默里，偷偷地看梅萱领口处露出的白脖子，心里猜测着她说的那个男人是谁。

山间的小风，一会儿凉一会儿热地拂过我裸露着的皮肤，还从敞开的领口处一拱一拱地往衣服里钻，感觉痒痒的，舒坦极了。我悄悄闭住眼睛，感受大自然的清净和男人与女人之间无语的温馨。

一会儿，我感到梅萱动了动，并悄悄侧过身来，还感到梅萱硬挺而又绵软的乳房，在我的胳膊上慢慢摩动的压力，感到梅萱肌体的躁热和微微发甜的体味儿。我睁开眼睛，看到梅萱微微向上仰起的脸上洋溢着春情与妩媚，白晰的双颊中托举出一个似乎透明的粉红色嘴唇，湿润的舌头在那个透明嘴唇间蠕动裸露，使她的雪白的牙齿充满了活泼性感的魅力。一个真实的没有任何掩饰的诱惑，正在我的面前表现得淋漓尽致。

此时此刻，漫天弥漫的阳光，明亮得让人睁不开眼，宇宙里能有如此的清净，身边还有个漂亮的女人，人生真好！此时此刻，我感到自己的身体，正给予女诗人的诱惑以积极的响应。我感到自己正在充血。

山野间静极了。

梅萱微微斜靠着我的身体，把两条腿舒展在那块光洁的大石板上。她的双臂向上伸出，两手交叉，钩在脖子后面，头便轻轻放到我的肩膀上。

许久许久，梅萱问我你想什么呢？

我说什么都没想，只是感觉你的身体比你的语言，比你的诗歌更有力量。梅萱笑了，她把手放下来，转过身看着我说：许多人都这样说，你也这样认为么？

我没有回答她，而是问她那是谁。

听到项长江的名字，我的心在女诗人面前颤抖了。我原以为女诗人想说却不好意思说的那个男人是我，但却不是我。我觉得自己被一支女性温柔的利箭穿透了，冰凉的空气和人性的悲哀，像盐一样撒在我心的伤口上。

我在不明不白中觉得悲哀，我不理解，为什么女诗人能够将自己的灵魂和肉体分离开来。这种情况，我从来也没有遇到过，即使是在我年轻的时候，在我和妻子的生活中，在我和其他女人的行动中，也根本没有发生过，最起码没有在同一个时间里发生过。我在困惑中不得不承认，作为一位诗人，梅萱思维里的自由与奔放因素是多么的非凡。

我想到了中国一句流传千古的俗语：宁拆十座庙，不破一门婚。君子，应该成人之美。我决定答应女诗人梅萱的托求，成人之美是件好事。我只后悔不该和梅萱提到项长江抄袭别人作品的事情。

梅萱扭着身子坐在我的身边，用一把小巧的梳子规整自己的头发。明亮的阳光仿佛是一把刻刀，将她变为一座棱角分明的雕塑。她坐着的姿势，刚好遮住太阳，身体四周被镶嵌了一圈明亮的光环，闪烁着好看的五光十色。我眯缝着眼睛盯着女诗人红润润的脸蛋看。梅萱散乱乌黑的长发，被汗水粘贴在脸上，随意地遮掩着她的眉眼，显得更加妩媚了。我懒懒地坐在大石板上，感受宇宙间飘飞着的金色阳光。蓝蓝的天空像一床柔软的绸缎被子，松散地搭在我身上，老让我产生一种劳累后快要入睡的感觉。

3

参加煤城创作会那天，我在北京火车站钟楼下的约会处，找到了同去的项长江和周士坚。那时，我们都不住在这幢大楼里。因为这幢大楼还没有盖起来。

从老远的地方，我首先看到了项长江。他右手提着一只深棕色的

众神的微笑

中号真皮旅行包，身穿一件浅驼色的风衣，显得十分抢眼。走近了，我又看到他的左手拿着一本词典，深灰色西服前胸的上兜里插着两支钢笔。这就使项长江胸前垂着的，像叫驴发情过后甩来甩去的生殖器一样的黑色领带，失去了应有的文化意义。项长江看到我时，嘴角微微向下撇了撇，脸上漾满了阳光般的笑容。

当列车把灯火辉煌的都市抛下，扑进黑色的天地之中时，同行的女作家沈阿言，拿出一副扑克牌玩算命的游戏。

正在与周士坚一起喝啤酒的项长江看见了，便喊着叫着，第一个洗了牌。

那时，我们的火车上还没有安装空调，满载的车厢里，聚集着人体散发的燥热，每平方厘米的空气中都弥漫着汗味儿、臭鞋味儿、烈性酒经过人体循环后的酸腐味儿和泡方便面的香味儿。熙熙攘攘的列车车厢，仿佛是个向前急速奔驰着的人市。

这时候，项长江已经解开了衬衣钮扣，裸露着他没肉光皮的胸脯。被揪松了的黑色领带，皱巴巴无精打采地萎缩在他的脖子下面，疲软得十分难看。车上的几位旅客，也因无处可坐而挤在我们的座位周围观看。

沈阿言洗牌的时候，项长江便举起啤酒瓶子，仰着脖子咕嘟咕嘟喝酒。招得周围人们的一个劲夸他能喝，而他也自豪地说了句顺口溜：啤酒不苦有点甜，万盏千杯只等闲。万盏千杯——只等闲啊！说完他就撇着嘴犄角，把一只脚抬起来蹬在窄窄的座椅上，两眼直直地讨好地盯着沈阿言。

沈阿言洗完牌，认真地看着摊开在小茶几上的扑克牌，过了大约两分钟吧，她抬起头凝视着车厢里的空气说：项长江福大命大造化大，今后的发展更大，一生中总有贵人相助，将来必是大作家。第二个是周士坚。沈阿言说周士坚先苦后甜，应该从现在开始停止写诗歌，改写小说。说评论家上官诚离开祖国的时候，他当导演的妻子就将仙逝。说孙晓岚的散文将来能和冰心比美。就是有一样不好，在一生中会和许多男人有关系。

孙晓岚问她：许多是多少啊？到底有几个？和男人有什么关系？

沈阿言并不看孙晓岚，她边洗牌边说：女人和男人能有什么关系，当然是男女关系。

大家被沈阿言的话逗得大笑起来，围观的旅客们也跟着大笑起来，有几个男人还用淫亵的眼光偷看孙晓岚。孙晓岚没笑，她转过脸盯着我说：有什么可笑的，我就喜欢和男人发生关系。哪个女人不喜欢和男人有点关系，那她准有毛病。尤其是咱们搞创作的人，要是连这么一点沟沟坎坎都不敢逾越的话，还能写出激动人心的好作品吗？瓜哥你说，是不是？孙晓岚带着一脸中国作家式的矫情，转过头问我：你说是不是？

当然。当然。这是孙女士的自由，是任何一个人和任何一部法律都不能干涉的自由。如有需要，本人愿随时随地将我贡献出来。我一边调侃，一边用手指了指自己的肩膀说：这里就是你的港湾，欢迎随时靠上来停泊。加加油，歇够喽，开走也自由啊！大家又笑，孙晓岚就用手捶打我。

这时沈阿言狠狠地扫了我一眼，跟着就把已经洗好的牌举到我的面前。我说我不算。可沈阿言却举着扑克牌，继续用两只大眼睛狠狠地盯着我。昏黄的灯光里，我突然看到了沈阿言眼睛里那两个黑亮黑亮的眸子似乎在诉说着什么，便伸手拿过牌，胡乱倒腾了几下交还给沈阿言。

万没想到，这一次开出的牌形竟一塌糊涂。看着那些散乱搭配的纸牌，沈阿言半天没说话。于是，周围的人们也跟着沈阿言一起沉默了。

　　沈阿言对我说：在你今后的生活中，不要去追求女人，也不要接受女人的追求。我是说不要和女人制造什么故事。

　　这时，火车轮子便趁机"哐啷啷、哐啷啷、哐啷啷"固执地勤奋地喧响起来。那个身体肥胖的列车服务员，第五次推着他的窄窄的不锈钢小车走了过来。小车上放满了五颜六色的食品、饮料和啤酒。列车员浑厚的男中音不停地重复吆喝着车上的商品名称，他的吆喝的声音，炸雷似的震碎了列车车厢里暂时的宁静：啤酒、面包、茯苓饼，真正清宫特产茯苓饼，慈禧太后吃过的茯苓饼！

　　没有人买东西，谁都知道火车上的东西贵，胖男人推着小车慢慢地走了过去。项长江看着他的背影说：不是都中华人民共和国了吗！怎么还卖大清朝的东西。你是太监呀？听声音可不像。再说那老太太吃剩下的东西，谁还吃？这最后一句，他是摹仿太监的声音说的。所以逗得大家又笑起来。

　　笑过后，沈阿言抬起头，盯着我的双眼看了好一会儿，终于用平淡的语言，描绘出一个令所有的人都大吃一惊的预言，并把我毫不留情地抛入到一个水深火热的深渊之中。

　　沈阿言对我说：在你今后的生活中，不要去追求女人，也不要接受女人的追求。我是说不要和女人制造什么故事。没有女人会真正爱你，而且，男女之情会毁了你的事业和前程。不过，有一点可以肯定，你只要远离女人，和你的妻子也得分居，最好离婚，独身是你最好的选择。那样，在你生活的路上，就不会有什么坎坷。

　　独身？！独身倒没什么可怕的。我看着沈阿言黑亮黑亮的眸子说：就是不能和女人接触，让人费解。我的女儿怎么办，我不能爱她么？她也不会爱我吗？你这不是把我扔进了悲惨世界吗。你难道不知道离婚就像吃二遍苦，受二茬罪一样难受吗！那些干亘辣倔脾气古怪的家伙，百分之八十是离婚或独身的人。要真的到了那种地步，我还活着干嘛？不是成了行尸走肉了吗。

　　大家狂笑。可我发现，沈阿言没笑，她黑亮黑亮的眸子死死地盯着我。这时项长江又抓过牌，非让沈阿言再给他算一次。

我并不相信沈阿言的话，当然更不相信什么算命的把戏，大家在一起闲聊解闷罢了。可看着沈阿言眸子里放射出的那种光，我知道，一定有什么故事要发生了。

到煤城住进旅馆的那天晚上，大家聚在我的房间里聊天，先讲流行笑话和黄色笑话，又夸项长江刚发表的作品有多么棒，如此写下去，将来一定会有巴金沈从文老舍茅盾那样的成就。然后就开始聊文学。从中国到世界文学里的大作家的名字和他们的著名作品的书名，不断的从项长江和周士坚们的嘴里流水一样的涌出，仿佛谁要是少说出一个作家或一部作品，就是谁的功夫不到家。这让我想起了中国古代的武侠们在正式过招前，先要在彼此互相接触不到的地方比一比内功。看看谁敢把烧红的煤球放到自己的大腿上，谁敢把沸腾的开水直接倒进嘴里，谁敢把手伸进滚开的油锅里去捞炸丸子吃，谁能一口气喝干一坛子老白干儿。我仰靠在床头，觉得项长江他们已经属于世界级文人了，他们的灵魂正在古希腊的城堡、埃及的三角塔、英格兰的皇家园林中、法兰西的大铁架子周围钻来钻去。他们说出的每一句话都是针对我来的，这些话像一把把锋利的飞刀，毫不留情地剁在我的肉体上，并且在我每一寸肌肤中，每一丝血管里寻找我的灵魂。不把我的灵魂从肉体里驱赶出来，再从四层楼房的窗口抛出去，就决不罢休。作家么，要是没有舍我其谁的气势，还叫作家么！

煤城的黑夜，到处都飘飞着黄土粉末儿和黑色的煤末子，浑浊的空气被黄土高原的风驱赶着，在夜色沉沉的黑暗中啸叫。仿佛有许许多多的幽灵在宇宙间游荡笑闹，甚至拥到我们住的房间外，争先恐后地拍打窗玻璃。这个早春的夜晚，充满了恐怖。

我觉得头疼，晚饭时喝过的本地白酒，正在我的身体里作怪。我觉得自己每厘米血管、每立方寸的肌肉，都被那白酒燃烧着了。我的脸也被身体里烧着的大火映红了。那种被称为优质的本地白酒，其实并不优质，它的劲头像酒精对了水。可作家们喜欢劲大的酒，喜欢说"李白斗酒诗百篇"，并把这个当成文化人的骄傲。作家们要是固执起来纯酒精都敢尝尝，所以我们仍然喝了一个痛快。可喝过后，我立刻头疼欲裂，非常难受。

虽然我已经非常难受，但我还是想，我们的创作与其他作家和作品的名字会有什么直接的联系吗？在项长江们的高谈阔论中，我感觉自己1780毫米的身体正在缩小，仿佛变成了一个形体发育不全的侏儒，而且智力也有麻痹的障碍。我真希望自己能够再缩小，或者有隐身术，忽然的就在人们的眼中消失，就是变成一只什么虫子也无所谓。让这些正在描述海阔天空的人们，大大地吃一回惊。可遗憾的是，我蠢笨得无此技能。我无可奈何地闭住眼睛，准备在项长江们的高谈阔论中悄悄地迷糊一会儿，只让自己的身体陪伴着谈兴正浓的作家们。

就在这时，项长江像发现了新大陆，他手舞足蹈，大喊大叫着让大家安静，安静！安静——，大家都安静！！

一屋子人都不知道发生了什么事，就都静下来不说话了。项长江坐在床上，向前探着身子问我：我说老瓜，大伙这儿谈论的热火朝天，你怎么能一声不吭呢？你不是没看过什么书，来这蒙事的吧？你说说你都看过什么书？你这么不爱说话，这样的窝囊脾气，怎么搞文学创作呢？我看你要是这样下去，怎么能写出好作品，你肯定干不了这行。

我沉默了半天，才勉强睁开眼。我不是不想理项长江，我讨厌被一个同行挤兑，虽然有句俗语说同行是冤家，大家彼此互相看不起是正常的现象。可在这么多的人面前，尤其是这许多人里面还有女人，让我难看，我是不能忍受的。但我身体里的酒精比他讨厌得多，也有力得多。我费了挺大的力气才从酒精的统治里挣扎出来，用手撑着床往起挪了挪身子，看着天花板上许多圈圈点点的脏痕说：工农兵学商，车船店脚衙，我真的不知道写文章的人应该算哪行。在你们诸位文学大侠面前，我实话实说，你们刚才说的那些书，我都没看过，我孤陋寡闻。孤陋寡闻这个词你们都懂吧，中国有句老话说：小庙的鬼，没见过大神仙。那说的就是我这种人。不过有句话，我不能不说，我看的书，虽然没有你们多，可我看的书都是经典。嗨！我看的那些玩意儿，可是字字玑珠，没有一本属于闲书。你们看书是挺多，可就好比你们吃的是高粱米和棒子面，改善改善生活也就磕俩鸡子儿，弄碗高汤喝。自己的"肾"亏自己知道，在女人面前打肿脸充胖子，不能丢了男子汉的阳刚之气是不是？我看书少，可那是我在进食燕窝、鱼翅、熊掌、蜂王浆、鹿鞭什么的，那些东西可全是精品蛋白，强力补肾啊。我的'肾'亏不亏我自己也知道，可我不敢说，尤其当着女人我不敢说。因为我十分清楚，男人的阳刚之气不是说出来的。大家吃的食品营养价值不一样，身体的素质肯定也不一样。走题了。走题了！你们聊着，聊着啊。我歇了。

项长江像被高压电棍捅了一下，全身痉挛一下，猛然从床上坐起来，把手中的啤酒瓶往桌子上"砰"地一墩，用一种看稀有动物的眼光看着我说：老瓜！你这不是叫板吗？你说你写出过什么好东西？吹牛也不能没边啊，吹牛你也得先睁开眼睛看看，坐在你面前的人都是谁啊！今天你得当着我们大家的面说说，什么书算经典？你看的那些书要全是经典，我们都成他妈的小儿科了！这话你敢跟xxx、xxx他们说吗？这俩作家的书你看过几本？连人名你都是刚听说吧？依我看呢，你顶多了就像个想学坏的中学生似的，看看自以为能和xx齐名的那个小子写的东西，可他写的那也叫东西？如果把文学作品比做菌类食品，那人家xxx、xxx的作品就是大白蘑菇，又好吃又好看！可那小子写的东西算什么东西呢？狗尿苔！而且还是叭儿狗撒的尿！还，还，燕窝、鱼翅、熊掌、鹿鞭呢，对，还有蜂王浆，往你自己的脸上贴金！你说，什么算经典？你说！今天你说出来的那些书，要真是大家都认可的经典，我把这三瓶啤酒一口气都喝干喽。可你说的要不是经典，就你喝！你从此也就别在我面前说大话。随便找个什么乡村的小学校，啊、喔、呃，叽、喊、嘻什么的，去从头学学去！吹牛——！你吹牛！！

听了项长江的话，我觉得自己刚才的事情办得太仓促了，跟项长江这种刚刚懂得一二三就四六疯紧抽的人，瞎争个什么劲儿。于是，我就扭过身子，面向墙躺着。并用双手的拇指掐住风池穴，再用食指和中指按在太阳穴上按摩，以减轻自己头的疼痛。我说：算了，算了！什么经典不经典的，咱们这不是一说一笑闲聊天吗。你是孔子孟子淮南子庄子和孙子，我故意把孙 zǐ 的发音说成了孙 zì。我是背煤拉纤的苦力成了吧。要不，我给大家讲个笑话吧，黄色的。

不成！黄色笑话谁不会讲？今天你非说不可。项长江喊起来。

谁不会讲？你就不会讲。要不你讲一个我们听听。我面对着墙，嘴里嘟嘟囔囔。可其他人也不干了。

对！对！！！屋子里几乎所有的人都愤怒了。今天你非说说什么书是经典。你以为你是谁呀？连初中三年的学你都没念完整，还，还看的都是经典？

算了吧，咱们聊咱们的，瓜哥他喝多了，说胡话呢，让他躺着他的。沈阿言在一边打圆场。

不成！沈阿言你甭管，这里没你的事！这事要是不整明白喽，他要疯！

对，今天非让老瓜说说！他说出来的话，也太没边了！

你们非让我说，那我可真说了。是说中国的还是说外国的？要不咱们听老项讲黄色笑话吧，他说他会讲。我猛地坐起来，说完话又重新躺下去。

嗨！你别在这儿装孙子，少拿黄色笑话转辙，我不会讲，怎么

　　我斜靠在床上，看着垂在项长江胸前的黑色领带

笑着说：哎——，这么说才是文明人的样子，作家

么，人家不是管咱们叫人类灵魂的工程师么，就算是

装孙子吧，咱们也得装着点是吧。

了！告诉你，讲黄色笑话多下流啊，不是我们作家应该干的事。现在，

甭管中国书外国书，你快说。说！说——！

　　说不出来就喝酒！痛痛快快地喝，别让人费劲。项长江不依不饶，

乜斜着眼睛瞪着我。

　　我说我可以说，但你也不能把话说得这么糙。你不是口口声声地

说你是作家吗？听说话可有点过了。我从床上坐起来，瞪大了被酒弄

得有点迷糊的眼睛盯着项长江说。

　　好！好！！你甭跟我这儿拐弯抹角地找辙，现在听你的，咱们文

明地说。项长江坐直身体，扣好白衬衫领口的纽扣，又用手反反复复

上上下下地整理、系紧脖子上的黑领带，长满紫红色青春疙瘩的脑袋

还不住地晃动。这让人看起来，他整理领带的动作，好像在给驴手淫。

然后他把三瓶啤酒整齐地放在茶几上，正襟危坐两眼盯着我，一本正

经地说：老瓜先生，请你说说你都看过哪些经典书？

　　我斜靠在床上，看着垂在项长江胸前的黑色领带笑着说：哎——，

这么说才是文明人的样子，作家么，人家不是管咱们叫人类灵魂的工

程师么，就算是装孙子吧，咱们也得装着点是吧。

　　哎！哎——！这回可是你不文明！项长江不失时机地指责我。

　　好好好，我错了！咱们文明地说。项长江啊，你知道你系的这条

领带，还有你刚才的动作像什么吗？算了，算了！说出来你又不爱听。

我不说了，我还是说我看过什么书吧。我从小就看《幼学琼林》《千

字文》《弟子规》《论语》和《毛泽东语录》什么的，看了好几十年了，

前些年我还把毛泽东那些条语录天天读呢。不知道这些书，算不算

经典？

　　听了我的话，屋子里静了好一会儿，没有一个人出声。只听见周

士坚因鼻窦炎而不能控制自己的喘气发出的"吭，吭，吭"的嗽气声

音。过了一会儿，项长江似乎在自己的沉默中找到了反击我的根据和

力量，突然就炸了窝。

项长江蹦下床，把那三瓶啤酒"砰！砰！砰！"墩在我面前，喊叫着，大骂我迂腐、耍赖。非要我把三瓶啤酒喝光。我却对此不屑一顾，慢条斯理地对站在床边的项长江说：喝三瓶啤酒不算什么，可你知道泰坦尼克号游轮在哪儿沉没的吗？

项长江瞧着我，不知道我说这话是什么意思，以为我故意给他出难题。就生气地说：这种简单的问题谁不知道，小学生都能回答上来。

可你就不知道。我盯着项长江说。我告诉你，说着话，我用手指着自己的肚子说：在这儿，知道吗？泰坦尼克号游轮就沉没在这儿！如果你能证明我刚才说的那些书不是经典，而且在座的诸位也认同，我不仅把这三瓶啤酒喝光，我自己再给我自己加六瓶，九瓶酒往这里一倒，沧海一粟啊，就跟把一杯水倒进缺水的黄河似的，不算什么！可你敢说那些书不是经典作品么？你写本《声律启蒙》我瞧瞧！干脆点，你别在这里废话，招我生气。自己把酒拿上，找个没有人的地方，或者回你自己的房间，去把酒喝喽。一口气喝不完，就慢慢地喝，喝一夜也没人管你，偷偷倒进马桶里也没关系。没人看见，也不丢面子，我们就当你喝了。可你别忘喽你可是个男人！

我的话把项长江弄得面红耳赤张口结舌，他想说那些书不是经典，可他自己心理也十分清楚，那是无论如何也证明不了的。他知道，我跟大家玩了个偷换概念的游戏，也就堵住了大家的嘴。

结果，那三瓶啤酒谁也没喝。大家不欢而散。只有沈阿言没走，当屋子里只剩下我们俩人的时候，她用黑亮黑亮的眼睛看着我说：要我陪你说说话吗？你看上去有点不舒服。

我摇了摇头说：谢谢，我头痛，只想睡觉。对了，你把那三瓶啤酒给老项送他房间去，摆我这里我瞧着心烦，拜托了！谢谢你。

沈阿言拿了酒，也离开了我的房间。

4

第二天中午的饭桌上，我像什么事情都没有发生过，当着大家的面，我公开问沈阿言，如果我不要事业，也不写什么小说，只要女人，那将会怎样？有没有什么办法把我从水深火热中拯救出来？

沈阿言笑了说办法是有，可你不要事业，哪个女人会要你呢？说着她就笑。然后小声对我说，吃完饭，他们都去开会时，你到我房间来，我再给你好好地算一卦。保证会让你有个辉煌的前程。沈阿言说话的时候，瞟了孙晓岚和项长江他们一眼。

于是，那天晚上，伴着黄土高原的狂风，在春天难耐的干燥中，在柔软的长毛地毯上，在并不软的软床上，有了永远响在我脑中的那一声撕心裂肺的呻吟。这一声呻吟，至今搅扰着我。使我总也弄不明白，为什么在我和别的女人交往时，总要想起沈阿言来，而且总是沈阿言，从来也不会有其他的女人在那种特殊的时候，出现在我的脑子里。

那天午休后，狭长阴暗的楼道里，陆陆续续有了人们的脚步声，项长江和周士坚们，都准时走出各自的房间去开会。我先随着人们进了会议室，然后乘着会前的混乱，又溜了出来。我先奔公共卫生间的方向走，经过沈阿言的房门时，回头看看没有人注意我，便一头钻进了沈阿言的房间。

沈阿言先锁好房门，然后从挎包里拿出一盒香烟，甩给我说：你先抽支烟，我给你倒杯水。

我靠在沈阿言的床上抽烟。我把吸进的烟使劲吹到手中的烟盒上问沈阿言：你怎么抽这种男人抽的烟？

国产烟里哪儿有专供女人抽的呢？这个牌子的柔和，挺好抽的。

你放几包茶叶?

几包都行,越浓越好。

在火车上我就发现你爱喝浓茶,你也不怕苦?

咱们不是从小就被教育一不怕苦,二不怕死吗,我苦惯了,也不敢怕苦。

你这嘴是挺讨厌的。说着话,沈阿言把一杯水放到小茶几上,然后坐到我对面的床上。她两条修长的腿在我的面前伸展开,双腿绷直,裤脚下露出光裸的纤巧小脚,套在一双黑色的半高跟儿皮鞋里。我看着,就觉得沈阿言的两只脚在闪光,微微突起的脚弓,恰倒好处地在黑皮鞋的衬托下张扬着。我惊诧她的脚怎么会长得这样好看,以至于我的眼睛竟忽略了她裹在深蓝色紧身毛线衣里高耸的前胸。我不能再靠在床上了,两腿之间正在悄悄膨胀。继续仰靠着,那个地方会显山露水,让沈阿言看着笑话。我便装作若无其事地坐直身体,但眼光仍然离不开沈阿言的脚。

沈阿言大约也感觉到我的眼光,可她没有收回自己的双脚,而是非常自然地把两只脚交叉叠在一起,并微微摇动。于是那白光便一闪一闪,好像故意引逗我似的。

我为了掩饰自己龌龊的心态,就装模做样地说:你不是要再给我算一卦吗,现在开始吧。

你怎么也相信这个,大家一起说着玩玩,别当真啊。沈阿言笑着说:我就是想把你骗来,咱们俩人聊聊天。我想听你讲笑话,黄色的。

我说:不会讲。沈阿言说:你昨天晚上还要讲,怎么隔一夜就不会了呢。讲吧讲吧,我要听。

我就给沈阿言说了一个谜语让她猜。沈阿言说你讨厌!我猜着了,你再说,说个笑话。我讲完俩饺子的笑话,沈阿言就扑上来捶打我,你真讨厌!你流氓!太坏了你!就没有别的吗?

　　听了沈阿言的话，我心里感动，也激动，同时充满了惆怅，我摇摇头，又随口说了声：你说的意思十分明确，我听明白了。如果我现在可以走了的话，我可先去开会了。

　　有有有——，你听好啊，我又说了个谜语，让她猜，你猜吧，猜不上来，我就去开会了。

　　沈阿言想了想，说：猜不着。但我晚上准能告诉你答案。现在我给你看一样东西，看完你就去开会。沈阿言从小提包里掏出两把钥匙，将其中的一把递给我。

　　我接过钥匙，看到栓钥匙的白塑料牌上刻着"B楼709房间"的字样。我就盯着沈阿言的双眼问：什么意思？

　　沈阿言看着我说：去了你就知道了。

　　说到这里，沈阿言转身从小茶几上拿起两支烟，将一支递给我，另一支自己用打火机点燃。她深深地吸了一口烟，就像人们疲乏时做的深呼吸。我感到她呼出的烟雾，温馨地带着一股浓浓的香味，缓慢地弥漫开来，随着屋子里充满惰性的空气，软软地向我扑过来，像是她的手在抚摸我一样。沈阿言坐回我刚刚坐过的床上，微微低着头，用一种有气无力的语调说：晚上我在那里等你，告诉你谜语的答案。哦，对了，我不想让别人知道这件事，只是诚心诚意地邀请你，和你找个没人打扰的地方聊一会儿天，给你讲讲我的故事，没有别的意思。如果你感到为难的话，可以在离开这个房间后，抽个空直接去那里，把钥匙放进房间，然后撞上房门，悄悄离开就可以了。而且，你不必对我解释什么。

　　听了沈阿言的话，我心里感动，也激动，同时充满了惆怅，我摇摇头，又随口说了声：你说的意思十分明确，我听明白了。如果我现在可以走了的话，我可先去开会了。走到门边的时候，我忽然觉得自己应该说点什么，便回头盯着沈阿言黑夜一样黑的眼睛说：你的，你的，哎，我不知这么说成不成，你的脚非常好看！

　　沈阿言说：是么，谢谢你。沈阿言说话的时候，双眼眯眯着，直直地看着我的眼睛，粉红色的嘴唇也微微向前噘着，充满了迷人的诱惑。

如果这时我不去开会，而是去把钥匙放到那个房间里，你不会介意吧？

当然，那是你的自由。沈阿言虽然这么说了，可她眼睛里仍然飘出一缕忧虑。接着她说：我坚信你不会这样做，拒绝女人的邀请不是绅士风度。

是么？我有绅士风度吗？你真的这么自信？我没再继续说下去，只是随便看了沈阿言一眼，慢慢关上房门走了。

空空荡荡的楼道昏暗而狭长，坚硬的紫红色化纤地毯踩上去仍然显得柔软，它悄悄地规定着人们的走向，或去或来，似乎使两侧雪白的墙壁，失去了它们存在的根本意义。阳光从楼道尽头的小窗户爬进，把它淡黄色的光沿着这条灰色的地毯，舒展开来，越向里延伸就越暗。就像一条虽然有水却不流动的小河，经年累月地静卧在那儿，任人们随意地在它的身上趟来趟去。

楼道里静极了。只有一位楼层服务小姐，孤独地斜倚在服务台边，拿一支圆珠笔在一个什么东西上胡乱画着。我沿着脚下红色的"小河""唰啦、唰啦"地"趟"过她身边的时候，小姐抬起头，先木然地看了我一眼，紧跟着脸上就有了经过商业训练的笑容。我看到了，就把自己并不英俊的脸庞，变成灿烂的微笑给了那位小姐。小姐向我点点头。我便兴奋地"唰啦、唰啦"地从她面前"趟"了过去。

小姐仍然低头在纸上胡乱涂抹，楼道里复归宁静。

5

我没有去会议室，而是回到自己的房间。沈阿言的做法让我感到吃惊。我们在来煤城开会的火车上才第一次见面，以前只是彼此听说过。我只知道沈阿言是写小说的，但究竟都写过那些作品，并不十分清楚。

在火车上，我们有过一次短暂的接触。那是刚上火车的时候，大家吵吵嚷嚷地闲聊起来，我站起来说去抽支烟，沈阿言也就跟着我去了那里。车厢连接处像个狭小的长方形盒子，四壁上虽然没有油污灰尘，却永远显得脏兮兮的。这里的空气比车厢里冷清多了，小小的空间里弥漫着香烟烟尘难闻的气味，车轮和铁轨摩擦发出的噪声，塞满了这个狭小的空间。

我把肩膀靠在壁板上，而沈阿言怕弄脏自己的衣服，不敢接触油腻腻的壁板。我笑着说：人有时候活得挺累的，常常被自己的感觉和视觉欺骗喽。其实这壁板并不脏，只是瞧着脏。为了安全，我建议，你还是靠着点好。说着话，我用手在车厢的壁板上使劲抹了一下，让沈阿言看我的手，没有一点黑油污。然后我递给沈阿言一支烟，我们就聊了起来。

沈阿言说我看过你写的《我是什么东西》，挺喜欢的，生活里这样的人和事不少。然后，沈阿言放轻了声音问我：那男人的原型里有没有你自己的成分啊？

听了沈阿言的问话，我笑了笑说：有时候，搞写作的人，跟不上社会的发展，所以根本不知道生活是快乐还是痛苦，不是所有的人都有这样的经历，也许所有的人都有这样的经历，瞎编虚构的故事而已。

沈阿言拿出自己的烟，为自己点上一支，又把烟盒递给了我接着说：我以为，那里肯定有你的影子，只不过你不敢承认罢了。你讲了一个看似混乱的故事，却是一个让人思索的也值得深思的故事。

嗨，对了。看过你的小说后，我一直想问你一个问题，一个你的小说以外的问题，不知成不成？

问吧。咱们一起闲聊，问什么问题，我都愿意回答。

你敢离婚吗？沈阿言问我。

除了不敢杀人放火，我什么都敢。可是，我干嘛要离婚，谁会无缘无故地离婚呢。这不是敢不敢的事儿，是你这个问题问的没有道理。

沈阿言摇了摇头说：我就是随便问问，关心你嘛。

我想问沈阿言为什么要关心我，但是还没来得及问，项长江和孙晓岚就大喊大叫地来了。

抽支烟就得了，别没结没完地躲在这里说悄悄话！有什么话不能当着大家说啊？说着话，项长江伸手就要掏我的衣兜。哥们儿，来支烟抽。

我掏出自己的烟盒递给项长江，对孙晓岚说：你可别和项长江太近乎喽，他可是随时随地都想勾引女性，上他当的女青年多了去了。尤其是对喜欢文学的女青年，他就跟蚊子闻到了汗腥味似的，嗡嗡地绕晕了你算。你刚一疏忽，他就得手了。

上当？我上谁的当？瓜哥我告诉你，你这样说人家太缺德。项长江人不错，谁和他好，也不能算是上当。但是我不可能，绝对不可能，因为我不喜欢他的酒糟鼻子。孙晓岚说完就大笑起来。沈阿言和我也笑了。

项长江用力推了一下孙晓岚说：怎么说话呢？干吗说我的鼻子呀，酒糟鼻子也是没办法的事，打一生出来就这样。你喜欢不喜欢都与我没关系，孙晓岚啊，我告诉你，压根儿我也没打算勾引你。这么说吧，我媳妇也不喜欢我，可是有人喜欢我，当然也包括我的鼻子。

自慰！孙晓岚说你这叫自我安慰！

你这话可说过了头啊，什么叫自慰呀，多难听的语言！我知道你不信？可梅萱亲口跟我说过，说她就觉着不错。不信你问老瓜。说着话，项长江已经把烟点着。他只象征性地嗑了一口，就把烟卷儿从嘴上拿下来，硬往沈阿言的嘴上塞；什么破烟，呛死人。沈阿言你试试，真难抽。也就是老瓜这样的穷酸文人，才抽这种劣质香烟。

沈阿言勉强向后仰着身子歪着头躲避项长江塞过来的烟，可项长江仍然嘻嘻哈哈地一个劲儿非要塞到她的嘴上。沈阿言没办法，只好用手接过来，狠狠地塞进挂在车厢壁上的烟缸里。嗔怪地说：项长江你别讨厌，这么脏的东西，怎么能随便往人家嘴里塞。你以为你是谁啊！讨厌鬼！说着还打了他一下。

开玩笑，开玩笑！我就是不能像老瓜似的刻意讨好女人，总是在不经意间犯错误，已经把人得罪了，可自己心里还挺美。不过，沈阿言啊，我告诉你，老瓜这小子泡妞让我遇上过。追求不高，一个钢铁工厂的破工人，那女人是我的邻居，名字叫刘丽。你可别光听这名字好，人却是长得黑不溜秋的，又矮又瘦，眼睛也是眯缝眼。颜色比非洲人浅点，却没有非洲女人性感。

然后项长江转过头对我说：你总是随时随地贬低别人，却在每时每刻每分钟都给女人下套儿，谁要是上了你的套儿，双眼皮都得哭成单眼皮，那准是灭顶之灾，想后悔都来不及。所以我和孙晓岚一发现沈阿言被你勾引出来，就跟踪而至，来劝劝沈阿言，让她随时提高警惕，保护自己。这么漂亮的女作家，我们不能眼瞧着她往你的套儿里钻！

他的话刚说完，孙晓岚就喊起来：项长江你不要把我牵扯进去，我没有什么要劝沈阿言的。大家在一起随便聊天，没那么神秘，没那么复杂。说着话，孙晓岚就有意无意地用胳膊碰了碰我，眼睛也在这同时把一个温柔递给了过来。然后她转过脸对沈阿言说：项长江爱开玩笑，你别信他说的话。

我什么都不信，只是你们吵了我们的谈话。根据"阿瓜"定律，任何中断了的谈话，要想回到原来的主题和兴致上，都是相当费劲的。沈阿言说：你们如果还要呆在这里，我就先回去了。说完，沈阿言就强拉着我向车厢里走去。

项长江说：嗨，孙晓岚你听见没有，人家已经有了定律了。咱们什么时候也弄个联合宣言啊？

孙晓岚边随着我们往回走，边说：什么联合宣言，就是有宣言，也是我的人权宣言。

于是，我们就一起走回车厢。沈阿言重新拿出了扑克牌，接着和大家玩起了算命的游戏。也就不动声色地，一语道破了我的心病。

这个简单的经过，使我不能不想想，我究竟是否要走进 B 楼 709 房间。仅仅为了聊天，用得着单开一间房吗？在马路上散步、泡酒吧、逛公园，可去的地方多着呢。

我躺在床上抽烟。但过了一会儿，我就做出了决定，无论发生什么事情，我都要去 B 楼 709 房间，是在晚上，而不是现在去送钥匙。人家沈阿言是诚心邀我，或许真的是想避开人们的视线随便聊聊天，也不一定就会发生想象中的事。怎么可以这样猜想人家沈阿言呢？我们男人的内心世界，有时候真肮脏。

是不是我们这些搞写作的家伙都会这么想呢，还是仅仅我自己这样想。沈阿言眼睛里那双黑亮黑亮的眸子，每时每刻都向外流露着纯情，她是水一样清醇的女人。我翻了个身向外侧身躺着，又拿起支烟接上，把剩下的烟屁股按灭在烟灰缸里。就在烟头上的火亮最后一闪的时候，我脑子里欲望的幽灵也跳闹着活跃起来。我忽然决定我要去。而且我要为我和沈阿言策划一个安静长久的夜晚。我必须在晚上到来之前，装得像什么事情都没有，要和大家一起开会，讨论，说闲话，吃饭，甚至再逗逗项长江，最好我们俩人吵起来。然后我就装做生气的样子消失在大家的视线中，像我脑子里的幽灵一样，欢快地去找沈阿言。让项长江当托儿，这个创意真棒！哪怕是到了晚上什么故事都不发生，和沈阿言静静地坐在昏黄的灯光下聊天，也是一种享受啊。

　　一下午都非常顺利地过去了，开会讨论时，我和
沈阿言都尽可能不去看对方，就怕别人起疑心。到了
吃晚饭的时候，我却被项长江缠上了。

　　于是，我像一只狗似的，快乐地一个翻身站到地上，把刚刚抽了两口的烟按灭在烟灰缸里，又在烟灰缸里倒上点剩茶水，然后拉开门向会议室走去。

6

　　一下午都非常顺利地过去了，开会讨论时，我和沈阿言都尽可能不去看对方，就怕别人起疑心。到了吃晚饭的时候，我却被项长江缠上了。

　　当时我和孙晓岚、周士坚正坐在一起吃饭，项长江拿着一瓶白酒晃晃地走过来。他让孙晓岚向边上挪挪，然后"砰"地把酒墩在桌子上，鞠着身子对我说：昨天你肯定没喝好，今天咱们哥俩好好地喝喝。中午就想跟你喝，可咱们不能耽误下午的会。现在没事了，我倒要瞧瞧是你这个引车卖浆的能喝，还是我这个"孙子"能喝！骂人不带脏字，你有两下子啊！

　　我心里有事，也不想喝酒，可在项长江面前又不能软喽，就说：咱们改天吧，我都快吃饱了，还喝什么酒？就是喝了酒也是水味儿，没什么劲。

　　来劲不是，我请你喝酒，又不跟你要钱。就算是水，你也得喝，这点礼貌你应该懂啊。说着话，他招呼服务员拿来两个杯子，咕嘟咕嘟就把酒倒上了。你要是不喝，就当着孙晓岚和周士坚的面说，你晚上去发廊泡妞，我呢也就不勉强了。什么事都可以请个假，惟独泡妞这事不行，你有这个爱好嘛。俗话说，劝赌不劝娼。说吧，你要是去泡妞，咱们就不喝了。

　　听他这么说，我真想打他俩耳光，我怎么能说我今天晚上去"泡妞"呢？项长江啊，项长江！你这是把我往绝路上逼呀。

　　不说？我早就猜到了，你虽然有泡妞的爱好，可你没那闲钱！

那——咱们就喝酒！项长江不依不饶。

我看了看那瓶白酒，看了看孙晓岚和周士坚，又回过头去想看看沈阿言。沈阿言这时正和汪老头、韩教授、陈大哥他们坐在一起。或许我们生存的空间里有一种外在的感应现象存在，这种像线绳一样的感应电波，能把相互关注的人们悄悄地系在一起。所以，我看沈阿言的时候，她也正好抬起头向我这边看。虽然我们两人之间有一段距离，可从她黑亮黑亮的眼睛里射出的光还是让我感动得鼓足了勇气。沈阿言这时候的眼光，对于我来说可不是普通的眼光，那是兴奋剂呀。我把心一横，转过脸对项长江说：你甭来劲，你以为你能吓着我啊！不就喝酒么，你说怎么喝？

项长江不说话，只甭拉着上眼皮，乜斜了我一眼，伸手拿起自己面前的酒杯，一仰脖，光了。然后他用手抹了一下嘴唇，"砰"地把杯子墩在桌子上，连口菜都不吃，只用两眼直直地盯着我。

三两的杯子，他一口喝光了。我呢？肯定也得喝。但我故意不急着喝，不是下午就想好了要逗逗项长江吗，现在他正好送上门来。我两眼盯着项长江，伸手抄起酒瓶，就往他的杯子里倒酒。没想到项长江还真有骨气，他愣没拦着，就那么甭拉着眼皮，撇着嘴犄角，瞧着我把他的杯子倒满了酒。那杯酒可是真倒满了，酒液都高出了杯沿，圆圆的鼓起了一个包，要是再往里滴答一滴答酒，就得溢出来。但是项长江仍然一声没吭。

我没辙了，喝吧。可喝我也不能让项长江心里痛快喽，我把酒杯拿起来，对项长江说：我觉得你这酒喝得有点劲道，喝出一个英雄来，跟李自成似的。冲！可就是有点贼气！你不是口口声声说你是作家么，作家是这样的贼气吗？你以为你这样能吓着谁啊，别人不知道，我可清楚，你不就是一个海绵体么，酒一渗进去就膨胀，有地方搁是不是？我告诉你，说到这儿，我把酒杯举到嘴边，不给项长江说话的机会，我的胃好、肾好、管道好。你瞧着，我牙还好呢，我把这酒嚼着喝……

说实话，这杯酒一下肚子，还是真烧得慌。足足的三两，那是 56 度的白酒啊！跟酒精似的，要是这么喝，我今天晚上是什么都别想干了。沈阿言可是满怀希望地等着我呢。我不能为了跟项长江这个酒鬼子斗酒而让沈阿言失望，我把酒杯放下，赶紧吃菜，又扒拉了几口饭，就站起来想开溜。项长江坐着没动，只从对面冷冷地扔过一句话来：站住！你也是男人，把酒倒上！我刚才可是倒了两杯。

我抓起酒瓶晃了晃，先看了看项长江的酒杯，然后把剩下的酒倒进我的杯子里，不满，浅浅地三分之一的样子。我抬眼看项长江，以为他会把自己杯子里的酒倒进我的杯子一部分，两杯酒匀匀。但项长江没这么做，他的嘴犄角撇着，上眼皮下垂，根本没看我。他把手伸进怀里，"噌"又拿出一瓶白酒，"砰"地墩在桌子上。这时，项长江抬眼皮瞟了我一眼，只那么一瞥，就慢条斯理地从兜里拿出一个开瓶子用的小扳手，先用左手把烟塞到嘴犄角叼着，接着两只手那么一配合，"嘣！"的一声，第二瓶酒也被他打开了。

我知道，要是再这么喝下去，我和项长江俩人都得醉。可不喝又没法收场，他都说了：你也是男人！言外之意是我要不喝这酒，连男人都不是了。我正左右为难，不知是接着喝还是坚决不喝的时候，沈阿言站到了我的身边，她手里拿着两个空酒杯，对项长江说：还有几瓶酒？都拿出来。

此时，项长江的脸已经红了。他抬起头看着沈阿言说：沈阿言，你甭管。我们俩人就喝点酒，就两瓶。没了！他拍拍自己的前胸让沈阿言看，呆会儿他醉喽，我去陪你说话，跟你说对不起，给你赔礼道歉，给你讲笑话听。

谁用你陪！自做多情！昨天你就逼着他喝酒，今天又逼着他喝酒，大家都知道他不能喝酒，你这不是欺负瓜哥吗！今天我倒要看看你能喝多少酒。说着话，沈阿言把她拿着的杯子和我用过的杯子倒满了酒。

项长江这会儿俩眼珠子泛红，不知道他为什么不敢正眼看沈阿言，只是盯着我说沈阿言喝不算，让女人替酒不是爷们儿！可他的话已经说晚了，沈阿言一连气喝光了两杯酒。她也像项长江似的"砰、砰"把酒杯墩到桌子上，也不吃菜，只盯着项长江说：你要是人你就喝，两杯两杯地喝，你要承认自己是流氓，你就甭喝！说着话，她把另一杯酒推到项长江那杯酒的边上。

听了沈阿言的话，我感到莫名其妙，觉得这事有点邪行，我们毕竟是"文化人"啊，沈阿言这么漂亮的女作家，怎么在大庭广众之下，说出了如此狠毒的话呢，怎能这样说自己的同行呢。孙晓岚和周士坚也面面相觑，更是丈二的和尚——摸不着头脑。

这会儿，项长江的脸已经通红了。他低着头说：喝就喝，这与是不是流氓没有直接的关系，喝两杯酒算什么！

项长江喝了，喝的一塌糊涂。

结果，孙晓岚和周士坚扶着项长江回房间，而我则跟着沈阿言回房间。走到半路，沈阿言靠在我身上悄悄对我说：咱们去 B 楼。

你怎么样？能行吗，其实你没必要跟项长江斗酒，失身份！我安慰沈阿言。

沈阿言摇摇头，什么都不说，只一个劲儿往楼外走去。我也只好跟着她。

于是，在到煤城的第二天晚上，我和沈阿言消失在大家的视线中。

7

走进 B 楼 709 房间，我才发现这里原来是个高级套房。房间里除了酒店配置的家具、电视、寝具等物品外，什么都没有，显得空空荡荡干干净净。地毯也不像我们住的标准间，是化纤地毯，这里铺的是纯毛编织的那种，长长的毛非常柔软，踩在上面，两只脚会把舒服的感觉传递到全身。我扶沈阿言在沙发上坐下，帮她在靠背上靠好，就拿起放在茶几上的暖壶要为她倒水。可沈阿言仰着身子，伸出手拉住了我的胳膊说：你坐。你也坐。我不喝水。

我给你沏杯茶，你喝一点水，解解酒劲吧。

不。不——！今天这酒是多了点，但我还没到醉的程度，还能坚持。我知道我自己，你放心吧。对，沈阿言把头靠在沙发上，闭着眼睛说：呆会儿，你打个电话，让服务员给送两杯咖啡来，要凉的，有冰块更好。我想喝咖啡。

我听话地放下暖壶，转身抓起了电话。

等我打完电话，坐到沈阿言对面的时候，我看到沈阿言泪流满面了。我赶忙又站起来，去盥洗间给沈阿言拿来毛巾，并轻轻地为她擦眼泪。沈阿言仰靠在沙发靠背上一动不动，任我摆布她。我轻轻为她擦干眼泪，建议她抽支烟，放松放松情绪。她点了头，仍然不动。我把自己的烟拿出来，抽出一支塞在她的嘴唇间，然后拿出打火机，准备给沈阿言点燃香烟的时候，服务员送来了咖啡。

服务生是个年轻的小伙子，长得帅气，也非常懂礼貌。他规规矩矩端着放咖啡的盘子，径直走到茶几前，什么也不说，也不看靠在沙发里的沈阿言，轻轻地把两杯咖啡放在茶几两侧，把装方糖的盘子和装鲜牛奶的小杯子放在中间，再把两把小勺子轻轻地分别放在装糖的盘子上。然后他直起身后退了几步，转身对我说：先生请慢用，如果您还需要什么，请随时打电话叫我。说着，不等我回答，对我微微鞠了一下身子，就拉开门走了。

我关好房门，坐到另一个沙发里，侧着身子为沈阿言调咖啡。

瓜哥啊，我想说说我的事，你愿意听吗？沈阿言的声音不大，像是自言自语，但分明是在问我。

我一边搅动着她那杯咖啡，一边说：你约我来，不就是要说说话，聊聊天吗。我当然愿意听。只是你要是觉得难受，喝完咖啡，就先休息吧，喝了那么多酒，早点睡。以后咱们有机会再一起聊。

不。不！就今天。你不知道，今天是个特殊的日子。今天是我的生日，还有就是去年的今天，我和我的男友分手了。我的，我和他的故事你愿意听吗？她从沙发上坐直了身体，看着我为她调咖啡。又说，我还要抽烟。

愿意。你说什么我都愿意听。你要是心里不痛快，我就给你讲笑话吧，一直讲到明天早上，让你笑够喽。

不！今天我要你听我说说话。行吗？

行，行！我就爱听你说话。我把咖啡递到她手里。

沈阿言笑了，她低下头凑近咖啡杯，用鼻子追随冉冉升起的热气，闻着咖啡的香味，深深地吸了口气。沈阿言说，这咖啡真香！看到我点了点头，她接着说：今天是我的生日，也是和男友分手的日子，我觉得心里空，就想找个人说说话。于是想到了你，哎，你不介意我这样说吧？

我什么都没说，只是看着沈阿言摇了摇头。

阿言说：我不讨厌和男人交往。可是我讨厌没有语言交流和情感铺垫的直接行为！昨天夜里，就是你们吵嘴以后，大家不欢而散，各自回房间休息了。我不是晚走了一会儿吗？

是啊。那又怎样？我站起来，挪到沈阿言的沙发边，挤坐在沙发扶手上，用手轻轻按摩她的头和肩头，试图通过这样的动作，让她感觉到一点安慰。

你不是让我把那三瓶啤酒给项长江送去吗，我到了他的房间，项长江坐沙发里生气呢。我把酒放在茶几上，劝他别生气，说大家说的听了阿言的故事，我心里不好受。我对阿言说，我要送你一件生日礼物，阿言很高兴，微笑着问我送什么礼物给她过生日。我说明天吧，明天你就知道了。

都是酒话。然后就想回自己房间休息。项长江追出来，非要拉我一起去散步。我不去，他就死皮赖脸地求我，说酒憋在身体里难受，又让老瓜这么一气，心里不舒坦，走一走就好了。没办法，我就跟他出去了。我们一路都默默地走着，几乎什么都没说。到了外面没人的地方，他突然使劲地抱住我，用他散发着酒臭气的嘴吻我。我不答应，他就用力拧我的胳膊……

说着，沈阿言又泪如泉涌了。

听了阿言的故事，我心里不好受。我对阿言说，我要送你一件生日礼物，阿言很高兴，微笑着问我送什么礼物给她过生日。我说明天吧，明天你就知道了。接下来，我们又是无话。她说这么折腾感觉真好，我都有点累了，说完就蜷缩在我怀里睡了。我也很累，但我没睡，我要给阿言准备生日礼物。第二天凌晨，我悄悄起身穿好衣服，为沈阿言盖好毛毯，离开了B楼709房间。

回到A楼，我没有直接回自己的房间，而是先去了服务台。服务台那里静悄悄的，只开着一盏昏黄的小灯，淡淡的光显得挺温馨，没有人在那里值班。我把已经休息的服务员敲醒，告诉她我住在项长江住的517房间，钥匙忘在屋子里了，请她帮我开开门。

年轻的女服务员用朦胧的睡眼看了我好一会儿，才转回身从屋子里拿出一大串钥匙，她不理我，嘴里嘟嘟囔囔地说着什么，同时把手里的钥匙抖动得哗啦哗啦响，自顾自往项长江的房间走去。许多把钥匙"哗啦、哗啦"互相碰撞的声响，把夜的寂静都抖碎了，空空荡荡的楼道里，到处塞满了金属清脆尖细的噪声。服务员打开房门后，半侧着身子给我让开路，同时扔过来一句话：以后早点回啊！这深更半夜的，都几点啊？天都快亮啊，你不睡觉，别人还得休息呢啊！

我对她笑了笑说：是！我们都是夜猫子，天越黑，就越精神，毛病很多。今天你值班，吵得你也不能休息，真对不起你了！你要是不介意，一会儿天亮你下了班，先来把我敲起来，你也来把我吵醒，就算惩罚我，我没意见，还请你去吃早点，喝豆浆。

我说话的时候，年轻的女服务员仍然像刚才一样不理我了，嘴里仍然嘟嘟囔囔说着我想听也听不清的什么话，手里仍然哗啦哗啦地抖动着钥匙往回走。

走进项长江的房间，借着窗外透进的微弱亮光，我看到了放在茶几上的三瓶啤酒，就是第一天项长江非要我喝的那三瓶啤酒，就是沈阿言给他送回来的那三瓶啤酒。我这次的判断果然正确：项长江的房间里就是没有酒，也肯定会有空酒瓶子，因为他爱喝酒。看着项长江呼呼酣睡的模样我想：要是这会儿下手肯定容易，可咱也是男子汉，不能乘人家没有意识的时候欺负他，我得让项长江站起来，我们两人得面对面地了结了这件事。这么想着，我就得意地冲着并不漆黑的空间做了一个怪样，压抑着即将得手的喜悦和激动之情，伸手悄悄地拿起一瓶啤酒，揣进裤兜里。然后突然掀开了盖在项长江身上的毛毯，使劲地把他捅醒了。

项长江睁开眼睛，一瞧是我，就一边往自己的身上拽毛毯，一边舞动着醉酒后抟不顺溜的舌头嚷嚷：这森（深）更——森（深）更、半、半月（夜）、月（夜）的，你——你他妈的——有劳（毛）病啊？

我笑了笑，也学着项长江的口气说：你怎么跟我一样没心没肺呀，睡得还挺香，今天喝合适了是吧？我告诉你，我没病，沈阿言有病！她非要来看看你。

项长江听我说是沈阿言来看他，便信以为真。他一骨碌爬起来，激动得手忙脚乱，急急忙忙地往两条腿上套裤子，然后裸着上身，连蹿带蹦歪歪斜斜往外跑，连鞋都没穿，光着两只脚就去开门。

我想乐，没敢乐。

　　楼道里是静悄悄的昏暗，没有一个人。项长江探头瞧了一眼空空荡荡的楼道，迷迷糊糊转回身，可能要问我什么，但我没给他开口说话的时间……

另一层皮

　　我刚坐到专门为犯人预备的椅子上，她笑了。这是我被关进来以后，第二次看到她笑。在对我的许多次提审中，她和她的书记员十分严肃，对我一律绷着脸。这次她显得轻松，面带微笑，这不能不使我在心里问个为什么。

　　上一次看到她笑，也是在审讯室，当时我们的身份对立，面对她的笑我感到意外。可心里却觉得她在审问时很严厉，其实还是蛮通情理的。那次她微微笑了笑，对坐在一边的书记员摆摆手说，今天就到这儿，送他回监室吧。她把话说得仍然生硬冰冷，没有一点温度，与她刚刚的笑容完全是两回事。在监狱门口，书记员把我交给狱警。看着她离开的背影，我心中的滋味难以描述。这样没完没了没结果的提审，她，他们究竟要干什么？不见天日，没有自由，和一群污七八糟的家伙，拥挤在一块大木板子上，几乎没有活动空间，耳朵里整天塞满了污言秽语，甚至看到他们在明亮的灯光下自己安慰自己。我已经到了无法忍受，即将崩溃的边缘。

今天是我被关进监狱的第 41 天，刚刚到了 8 点 30 分，书记员便把我从监室提出，带到了她面前。我坐下，寻思着她今天会问我什么事，如果还是以前的老问题，我决定沉默，拒绝配合她的审问。我腻烦他们这样的捕风捉影，面对如此无中生有，却咄咄逼人的审问，我有权沉默。我这样想的时候，她笑了。

从监室出来时，室头悄悄对我说，这么早提你，不是判就是放。他说的判，是说在我旅行箱里发现大量海洛因的案子，被提起公诉了。前些天频繁提审我的时候，他说，一天不停地提审你，天天如此，你的案子大了，八成得公诉你。现在他又说可能释放，把我弄得有些糊涂。这时我发现，监室里所有的狱友都看着我，几十只眼睛，仿佛镶嵌在监室墙壁上，一圈儿扭曲的眼睛，像毕加索的雅克利娜肖像中的眼睛似的，睁大的眼珠，目光却麻木。有一会儿，我想毕加索是不是也曾被关进过监狱，他对人类的性情感觉是如此敏锐。我看到所有的眼睛里，闪烁着嫉妒与憎恨的光，还有兴奋，还有幸灾乐祸，却一律呈现呆滞样。我究竟是被提起公诉，还是被释放，与他们没有任何关系。在这里，自己的事就是自己的事，每一个案件都不相同，与任何人没有牵扯。公安永远也不会把同案犯，关进同一间监室。小屋里的每个人，都在心中倒腾自己的案子，想方设法寻找法律的空隙，避重就轻，与刑侦人员较量智慧，试图为自己减轻罪过。强奸犯瘪头常常把这样的话挂在嘴边：你是死是活，关我蛋疼！出去了，你能怎么样，浪子回头？鬼才信。好了一年两年，不好也许就仨俩月，你他妈的准得犯事，还得被警察抓回到这里来。狗改不了吃屎。我也一样，我一瞧见女人，尤其是胸脯高挺，光裸着大腿的女人，就想伸手摸摸。听听瘪头这话说得，蛮有哲学内涵，跟真理一样一样的。瘪头还说：咱们的老祖宗，早给咱们这些东西下了定义。天下所有这种关押人的小屋，直接通向你，我，他最后的归宿。古时候是斩立决，验明正身，使大刀砍脑袋；后来有了火器，一个小枪子儿，隔着老远就要了你的命；现在讲究高科技，讲究人性，让你人模狗样坐得舒舒服服，他猫在老远的房子里一按电门，你立刻回归自然喽。还有就是给你扎针，一小瓶药水足以使你心脏停止跳动。瘪头这样的家伙们，把自己的命运都看透了。人性的堕落，在他们活着的概念中，充满了自嘲似的满不在乎。可他们仍然活得有滋有味。

我站起身，准备跟书记员走。室头说，看你自己的命了。好几斤"粉儿"的案子，要是真把你放出去，简直是没影的奇迹了。刘山坐在木板上，仰着脖子看着天花板说：空了这么多天才重新提你，我估计，你的案子查清了，今天你坐到头了。一会儿出去，先给田田打个电话，告诉她我在里边挺好的。对了，让她给我找个好点的律师。可能的话，你跟她去趟医院，替我看看那鬼子，甭给他买水果，弄捧花就行。洋鬼子们不在乎吃，讲究浪漫。跟我媳妇说，只要那鬼子不死，等他伤好了，给丫弄点赔偿，让他说个数。只要不是狮子大张嘴，就答应他。我说好吧，电话我打，医院我也去，如果可能的话，我还帮你跟鬼子调解调解，争取让你少陪钱。本来是误会嘛，还是他先动手打你的。

我站在木板边上穿鞋时说，我要被提起公诉，肯定还得回这里来，等待开庭，若是释放，我也回来跟大家告个别。一块儿处了这么多天，有感情了，抽不冷子离开大伙，我还真有点舍不得呢。其实，我一分一秒也不想再呆在这里了。我不知道自己面临的是公诉，是释放，也许还是例行提审，便给自己开心说，今天若释放我，我想办法争取先回来，你们谁有要带出去的话和事，乘这会儿赶紧想想，等我回来时告诉我，作家我出去后，保证负责传达到位。说着，我转身向监室门走去。

嗨！王奇志悄声喊我，他往前欠着身体，俩胳膊撑在木板上，像要站起来。他身材偏胖，从坐着的木板上站起来，有点费劲。王奇志就是我刚进来那天，打我嘴巴的老白毛。他看我已经在大板下穿鞋，要走了，便赶紧大声说：放，你还回来个屁呀，拿假话糊弄谁啊，你他妈以为这是旅馆是酒店呢，想出去溜达就溜达，想回来就回来。说着他已经站起来，贴到我耳边低语：劳驾您，出去给我那小女人打个电话，跟她见个面，让她派人给送些烟来，这回多送点。该他妈的打点，让她赶紧的，别心疼钱，也别躲着耗着。她知道找谁，关系我早就给她交代好了。甭管使什么手段，先把我糊弄出去，过了这关再说。这里不是人呆的地方，时候长喽，这些社会渣滓能把我折腾死。说话的时候，他把手隐藏在我们俩人胸前，手指不停地做着数钱的动作，暗示我，转告那女人送钱打点。他的眼睛里湿润润地含着眼泪。他说的那个小女人，与他婚外同居，还和他生了个女儿，漂亮乖巧，已经七岁多。这些事，是早几天夜里我们聊天时他告诉我的。

行，行啊。我答应着他。那女人的手机号码，他很早便告诉我了，还逼着我，要我反复念叨那一串数字。那十一个数字，我已经记熟在心里，就像我牢记着我妻子的电话号码一样。

老白毛的社会阅历挺深，到底是当过领导干部的人，他不仅善于见机说话，很会巴结，而且胆子大，还特别有心计。这么多天来，他不断地与我接触，交流，把我案子的经过和我的人品琢磨得很准。有天夜里他对我说，据我观察和分析，你是个老实人，厚道，仁义，通达，一般情况下，你这种人，不会有坏结果。你塌实地在这里呆着，用不了多少天，一定会释放你。甭听那个流氓吓唬你，什么案子大了，公诉啊，判刑啊，他懂个屁。他就是一个纯粹的无业游民，有职业也是流氓职业。他说的流氓，指的是室头，明里他很害怕室头，管室头叫首长，我们俩背着室头说悄悄话时，他则一律用流氓俩字来称呼室头，他是从骨子里惧怕他。与我说这些时，他把声音放得极低，生怕让室头听见。他说，我对你们这些文人的脾气秉性，太熟悉了，平日里，你们什么都敢干，譬如，你们常常以文学的名义，诱惑喜欢文学的女青年。这是一；再譬如，出去开会时，你们会借口体验生活，集体去发廊、洗脚屋找小姐逗逗闷子，你们轻易不敢真去嫖娼。这不是夸你们德行有多高尚，是因为你们没银子。发表几篇作品换回的稿费，买了酱油再买醋时，老觉得那醋贵。你们能拿出手的钱，自己喝酒抽烟还够，却不够人家小姐接受的底线。这是二；第三点呢，你们习惯性地爱说落后话，煽动抵触情绪等等吧，我就不一一列举了。上述一系列事，你们全敢干，而且自觉自愿，还引以为荣。可你们不敢接触黑社会，说你们，尤其是说你参与贩毒，纯粹是胡说八道。我刚刚说的那些事，你不会去做，你是个正直纯洁的人，怎么会去干那些下三滥的事呢。下三滥，不包括你啊。我断定你是无辜背了黑锅，你箱子里有毒品，一定属于陷害，绝不是你自己放进去的。老东西跟我说着说着，话语间竟有了往日做报告的口气，还刻意地讨好我。

记得他还跟室头和刘山说过：我早先是冤枉他了，老郑好人啊，我还打了人家几个嘴巴。想想当初，他进来时我无缘无故地打他，现在我后悔啊。

好多次他对我说，老郑啊，别跟我一般见识。我这回只要能出去，跟你做一生一世的朋友。然后一个劲儿地给我作揖，赔礼道歉。他的话，往往说得我挺感动，心想这老家伙除了弄权贪污受贿，人还是蛮和气明理的。

有天深夜，他又嘀嘀咕咕跟我说了好些他的隐私，并把和他同居女人的手机号码告诉我，叮嘱我一定记在心里。他说只要帮忙把话带到了，等他出去，一定重谢我。我说你怎么谢，算重谢？你还能送我一万块钱花？老家伙一听就笑了，嘻嘻哈哈地大笑，他拍着我的肩膀说，老弟，那算什么重谢？我给你弄一部轿车开着玩，城市越野SUV。你要是肯要，就转到你名下。若不敢要的话，你就开着玩，连油钱我都给你报销。我以为他被关久了，心里憋闷，说的是疯话，根本不信。我问他，传个话值那么多钱？他把嘴几乎贴到我的耳朵上，声音放得极低极低地说：你太不开眼了，一部破车算什么，不算事的，分分钟我就给你搞定。我没言声，心想我是不开眼，你这一句话，让我听得心惊肉跳。看我不理他，隔了好久，他重新趴在我耳边，仍然用小得不能再小的声音对我说：我在外地一当副市长的哥们儿处，存着三部不同牌号的高档越野车，还有别的东西，我就不跟你说了。这些事，谁都不知道。我们哥俩约定，一旦谁被政府双规了，即使被枪毙，也不能把这些东西坦白出去。我们是一个屋子里桑拿洗脚的哥们儿，喝过血酒的，换命之交，相互间担负着彼此孩子以后的生活呢。我和他俩约定，这些事，连我们自己的女人和老婆也不告诉。信了吧？他问我。

　　我终于明白了，老白毛没有糊弄我的意思，也不是把我作为知己，才告诉我他的秘密。他这么说，是因为他认为这次被收监，凶多吉少，他已经到了天涯海角，没辙了。他对我说这些话目的，是拿我押宝呢，把我当成了他最后的赌注。他盼着有个不是流氓的正经人，从这里出去，赶紧把他的处境，把他死抗的行为，把他对未来生活的设想，都说给与他的同居小女人，让她再转告给他的上级和与他有关系的人。他说，你一定告诉她，千万别信夫妻本是同林鸟，大限来时各自飞的鬼话。那些话都是文人吃饱了撑的，想换女人又不敢说出来，弄了这句话欺骗世人。他说：只要她尽力去说动他们，让他们把我保出去，我仍然能给她体面富足的日子过，我们远走高飞。他说，老郑啊，求你了，你一定得婉转地告诉她，如果她不尽力帮我活动关系，而是明哲保身，试图占着那套房子和存款的话，那损失的绝不仅仅是我。我

　　我说，我是国家公民，为了国家的和纳税人的利
益，我得告发你，我立刻报告。让政府从严惩处你！
我呢，借揭发你的事，争取早点洗清冤枉，早点离开
这监狱。

顶不住时，就破罐子破摔，一定会让她落得两手空空，甚至让她和我
的下场一样。我的许多事，她都参与了。我们俩是一根绳子上拴俩蚂
蚱，跑不了我，也一定蹦不了她。老郑你一定告诉她，我实在抗不住
时，肯定会破罐子破摔，我彻底坦白，争取宽大。

　　听了他的话，我觉得这老家伙特别阴毒。如果不是他与自己的俩
年轻秘书，在一次去外省开会时同居一室，赶上大扫黄被网进来，又
在他的包里发现了两张15万元的现金卡，此时此刻，他一定还在悄悄
享受着自己梦幻般的生活。与俩年轻的秘书在大床上打滚的时候，他
可没想过他与妻子的感情，更不会想到与他同居女人的情感。我猜，
一定有许多事他妻子不知道，那小女人也不知道，一定有许多大笔的
金钱被他隐藏着。这些被他隐藏着的事情，只有他自己知道，他妻子，
还有与他有关系的所有女人，都被他蒙在鼓里。

　　他跟我说这些话的那天，我心情挺好，便决定跟他开个玩笑。我
故意板了面孔对他说：王奇志，你狡兔三窟，跟政府躲猫猫玩是吧？
你是政府知道了什么事，你交代什么事，不知道的事情，你死抗，恶
意隐瞒，采取能拖便拖，能少说就少说的手段。你不肯彻底坦白你的
罪行是吧。我说，我是国家公民，为了国家的和纳税人的利益，我得
告发你，我立刻报告。让政府从严惩处你！我呢，借揭发你的事，争
取早点洗清冤枉，早点离开这监狱。

　　老白毛听了我的话，张了张嘴，大概想说话，却没发出声音来，
拉着我手的手直哆嗦。他被我的话吓得脸色惨白，以为我真要告发他。
在狱警到达监室前的一刻，老白毛背靠墙壁，仰天长叹一口气，终于
把卡在喉咙里的憋闷顺通了。他自言自语地说：完了！我完了。我错
把敌人当朋友了，原来你是个卑鄙小人，伪君子，犹大，奸细。我把
心交给你了，你却想害我！算我他妈的瞎了眼，听天由命吧。然后他
把眼睛闭上，两条腿直直地伸向小屋中间，身体一出溜，瘫软在大板

上，做出了死猪不怕开水烫的样子。

我甩开他的手，站起来，跑到监室门口，扒着小栅栏窗向外大声地喊：报告，报告，报告队长——。狱警很快来了，跑得呼哧带喘，门锁打开后，他问我，你喊什么喊！什么事？我说：报告队长。我有重要事向政府报告。狱警站在门边说，什么事，你这里说，还是跟我走？我说报告队长，我这里说，请您转告政府，我冤枉！我冤枉！……

狱警看了我一眼，嘴里嘟嘟囔囔地悄声怨言：你没事闲的吧，无理取闹！大夜里的再瞎喊，铐起你来，明天不给你饭吃，饿你一天，看你夜里还有没有精神闹事！别动不动就拿你是作家说事，你以为你是谁，我告诉你，你现在是贩毒的嫌疑犯，其他的什么都不是！你给我老实点！他转身把监室门用力撞上，铁栅栏门在我面前"砰"的一声巨响，吓了我一跳。

过了一会，我怀揣着一点顽皮的童心，恶作剧后的快乐，坐回到老白毛身边，侧脸看他。老东西上眼皮耷拉着，脸上绝对没有一点儿血色儿了，嘴角夸张地下垂，有节奏地一下一下地抽动，身体不停地哆嗦，汗顺着两鬓流下来。看了他的模样，我特后悔，心说玩笑开大了，真要把他吓出个好歹来怎么办，老东西快60的人了。缺德啊。他坦白不坦白的，关我蛋疼，我想起了瘪头常说的话。我不是也被他们冤枉了吗。抓捕我那天，几个警察突然闯进我家，把我的裸体，敞亮在枪口下，逼迫我，威胁我，羞辱我，我不是一样被吓坏了吗。他即使犯了死罪，也是他自作自受，与我何干？像他这样的公务员，贪钱比他多的，话说得比他好听的，不是仍然逍遥法外吗，不是仍然三儿啊、四儿的，快乐着吗。跟他的玩笑真开大了。

我抓住老白毛的肩膀摇晃他，嗨！嗨！老王，王奇志！老白毛你醒醒，然后我扒在他耳边小声说：我跟狱警报告的事，是说我自己冤枉，没揭发你的事，还被狱警训了一顿。你这是干吗呀，老王，快醒醒，你睁开眼睛，睁开，别吓我，我胆子小。快别这样，别弄出死猪样子吓唬我呀，咱们是朋友嘛。你不是说咱们一生一世做朋友嘛。我一边说，一边搂着老白毛的脖子，左手捏起他一块脸皮晃动，右手轻轻地拍他另一侧的脸蛋，像哄孩子一样哄他，安慰他。

过了十多分钟，他才睁开眼睛，迷迷糊糊地瞧着我说：你行。你真行！吓死我了你。文人，作家，你缺了大德啊。他长长地出了口气说，你对狱警说的话，我听见了。兄弟，你摸摸。他拉着我的手，放到他的胸口上让我摸他。我感觉到他心脏，嘣嘣嘣地跳得没了准点儿，不由得倒吸口凉气，好在没出什么大事，万幸万幸啊。他又揪着自己衣袖，抹了一把额头上的汗，脸上立刻出现灿烂的笑容。他扒到我耳边仍旧悄悄说，我没认错人，作家兄弟，你是好人啊。老郑啊，以后可不敢开这样的玩笑，会出人命的。他嘱咐我。我说，我还敢？监室里没镜子，要有的话，你看看你自己的样子，刚才把身子一挺，四肢一瘫，跟被放过血，注了水的死猪一模一样。看见你耍赖的样儿，谁都会害怕，你自己瞧见自己的怪样儿，也会害怕。我保证，绝对不敢跟你开玩笑了。不过，下次，恩——我把你的事，悄悄地告诉政府，打你个措手不及，让你也尝尝暗度陈仓的滋味。老东西这回没信我的话，先在我肩膀上打了一拳，又爽朗地笑着拱手给我作揖说，作家兄弟，拜托拜托。咱们后会有期，你这个朋友我交定了。

我说好啊，好啊。他差点没被我吓死，我还能说什么呢。

转过天早饭后，室头和刘山私下里问我，老白毛昨儿夜里，嘀嘀咕咕的大半宿，他到底跟你说什么呢。我编了个谎话，说他对我说的，全是他嫖娼玩女人的细节，跟我吹他的本事有多大，干什么花样，多长时间，说是给我弄点故事素材。其它事情，一个字也没告诉他们。从那天以后，王奇志真的把我当成了朋友，常常跟我叨唠叨唠心里话，他曾经在同一段时间内，周旋在几个女人之间。
那几个女人，还不包括他妻子和与他同居的女人，也
不包括他的临时性娱乐。

　　甚至告诉我，他曾经在同一段时间内，周旋在几个女人之间。那几个女人，还不包括他妻子和与他同居的女人，也不包括他的临时性娱乐。还有他为索要贿赂，不动声色地使用各种手段，逼迫有求于他的人，自觉地给他往帐号里打钱。他的话说得夸张，也许是吹牛。但老白毛让我知道了，为官者的所说和所做，是完全不同的两回事。听他这样说，我其实非常生气，但大家一起沦落囹圄，一样地失去了自由，我没必要跟他较真。虽然他说的可能都是真话，但我为了使自己心理平衡，自当他吹牛，安慰自己呢。大家你说，他听，寻开心罢了。

　　今天，他大约是听了刘山的话，认为时机到了，我这一被提，如果真被释放，肯定不会回监室了。所以他火急火燎地叮嘱我，别忘了他的事。我已经穿好鞋，老东西还揪着我衣服，在我耳边磨叨说：跟她好好说说，千万别记恨我，像我这样的管理者，哪个没有几个女人随时换换呀。只要我这回能熬出去，一定好好跟她一个人过日子，带她和我们的小女儿去尼日利亚，去享受热带风情……

　　不许串供！快点出来！你！狱警大声喊着。老东西的话没说完，狱警急了。

　　其实狱警并没有看着监室里边，他正和来提我的书记员说话。在监室门口我看到，书记员和狱警俩人的表情不一样，书记员的脸板着，眉目平静，没任何表情；狱警则面带微笑，俩眼睛笑眯眯地看着书记员，并不在意她没表情。身材矮小的狱警，一边说话，一边把手伸到书记员肩头，轻轻捏下一根头发。他说有根头发。你掉头发了？然后他把手里的头发举到半空看，边看边说：真黑！多好的头发，掉下来了，可惜，可惜。

　　我走到门边时，书记员看到我出来，对狱警说，走了啊。她把一张单子塞到狱警手里，转身就走。出门时，我看了一眼狱警，他还在看着自己举在半空的手指，自言自语地说：真黑，多好的头发。从他

身边走过时，我仔细看了看他举着的手，根本没看见他手指间有头发，他却看得十分认真，还是笑眯眯的。我稍微停了下脚步，对他说：队长，您手里哪有头发啊，什么都没有嘛。然后我微笑着做了个怪样，从他身边走了过去。我跟在书记员后面走进通道。这时，我听到狱警把监室门用力撞上，"砰"的一声轰鸣，金属互相碰撞的声音，震得通道里的空气颤抖了一下，响声顺着狭窄的通道传向远方。

　　整条通道里没有人，只有我和书记员一前一后地向前走。两侧的监室门，全部紧紧地关闭着。几乎所有监室门的小栅栏窗口，都扒着犯人往外看。我猜准是刚才狱警关我们监室门时，碰撞出的巨响，把他们惊动起来的。我看到有人扒着小栅栏窗，静静地往外窥视，用眼光迎送我们走过；有的犯人则等书记员走过去，在我走近小窗时，冲我挤挤眼睛，无声地打个招呼；有的犯人在我们走近时，突然发出很大的、怪怪的声响，然后迅速躲开小栅栏窗，把自己隐藏起来。书记员大约已经习惯这些，她不回头看我，也不看两侧监室的门，更不说话。她步履轻快，发丝随着脚步的起落微微颤动。我在她背后看她，她潇洒前行的样子，真像一个看管猪舍的饲养员，一丝不苟地巡视着她的领地，根本不理会猪们的哼哼。

　　我跟在书记员身后，跟着她迈开大步往前走，却无法走得她那样潇洒。我猛然间觉出来，今天这事有点异常。每次她来提我，都是让我走在她前面，她跟在我身后一米多远的地方，押解着我。我走路的速度，快了慢了都不行，她会很严厉地呵斥我，快点走！或，走慢点！在电视上，我看到过有关监狱内容的影片，押解犯人都是这个样子。警察怎会走在犯人前面呢，她不怕我突然袭击她？我看了一眼她纤巧的身体，白皙的脖子，又低头看了看我自己的双手。我想，我若用自己的双手，使劲地掐住她的脖子，她一定会牢牢记住此事件，今生今世，她永远也不会再让犯人走在她身后了。当然了，我没掐她脖子，本来我没事，清白的人，掐了她的脖子，我就有事了，会变成真正的罪犯。只是这样随便想想，我已经感到了不可饶恕的罪恶，也由此看到人灵魂深处的人性，是多丑陋，多么无可救赎。但我还是想不明白，今天她是怎么了，太反常，不合规矩呀。我往前紧赶两步，紧紧跟在她身后，想从通道边的空隙，挤到她前面去。犯人么，走在押解者前面才符合规矩。她侧转头看了我一眼，没说话，没有任何表情，也没主动侧身，让我过到她前面，只加快了脚步，仍然向前走着。重新离开我一米左右时，她才随便说了句：好好跟着。在挨近她身体的一瞬，我闻到了她身上的香味儿，不是香水的味道，是女人身体上特有的淡香，我用力吸吸气，沉了沉走路的速度，紧紧跟在她身后，仍然盯着她白皙的脖子看。

直到进了审讯室，看到提审员的笑，听到她说：你的头发太长了，出去先找个美发店洗洗头，理个发，刮刮胡子再回家。我才明白书记员为何走在我前面了。她来提我时就知道，预审科决定释放我，在我走出监室门的那一刻，我已经不是被公安们怀疑的贩毒嫌疑犯了。她很清楚地知道这一点，也一定坚信，我根本不是罪犯，从没干过违法的事情，也没有理由袭警。所以，她才敢放心随意地走在我前面。

书记员把我带进审问室后，径自到她自己的写字桌边，拿起一个暖壶，用开水冲玻璃杯里一种白色的粉末。那粉末微微发黄，被开水一冲迅速膨胀着溶解了，变成雪白的液体，液体上面还顶着一层泡沫。有很香的气味四散开，屋子里弥漫着豆子的浓香。是速溶豆浆。豆浆的香味儿诱惑了我，我用力吸吸鼻子，好好享受了下浓浓的味道。40多天了，几乎每天都是老一套，早晨稀粥、咸菜、馒头或窝头，中午和晚上有青菜，大锅熬炒出来的萝卜、芹菜段儿、土豆块儿、大白菜帮子或各种耐嚼的青菜，菜里边的汤占有很大的成分，特咸，口味很重，主食仍然还是馒头或窝头，吃肉的时候很少，偶尔会有一次炸油饼，很大个儿的油饼，每人两个。

第一次赶上吃炸油饼那天，刘山把他自己的两个油饼，分了一个给我说，郑哥，你吃吧。我看你天天吃不饱，拿这个补补。刘山这家伙，看起来是个粗犷性格，马马虎虎的人，其实心挺细。我对监室里的饭菜不适应，每顿饭吃得很少，他都看在眼里了。可这里每个犯人的饭，都是定量提供，大家都一样。再说，炸油饼好多天才有一次，他也需要解解馋啊。我不能多占他的便宜，便把油饼推回给他。别给脸不要脸啊！刘山骂我。也就是你，别人想都甭想。刘山端着他放菜的黄色塑料小碗，光着脚在屋子中间的木板上来回溜达，眼睛不停地胡乱踅摸别人的小菜碗。猛地，他毛下腰，伸出筷子，把王奇志碗上放着的大半个油饼夹起来，狼吞虎咽般塞进自己嘴里。老白毛嘴里塞满了食物，呜呜叫唤着抗议，眼巴巴看着刘山，却不敢抢回自己的油饼。室头在一边说，吃吧，作家，他没对谁这样过。他欠你的情，算是他的忏悔，算他还债，还你进来他摔你的债。

油饼被刘山强行放在我小碗上。我抬头看刘山，想跟他说声谢谢。可我看到他身后，坐在角落里的小侯七，正把两块厚厚的眼镜片盯在我小菜碗上。这家伙刚刚21岁，进来两个月了。因为他高中毕业，没考上大学，也找不到工作，父母双双失业，虽然也被安排了清洁街道的工作，收入却有限，全家生活艰难。为了帮助父母，给家里减轻负担，他本来是可以找个工作做的，那怕是去街头派发广告单，多少都会有收入。可他没有去找工作，而是选择了拦路抢劫。第一次作案，没成功，便被抓进来。其实，他把事情交代清楚了，会很快有个结果，最坏也就判个两年三年的，说不定还能缓刑。因为他没有前科，又是第一次作案，虽然他拿锤子砸了被劫的人，却没给被劫的人造成伤害，当然也没抢到一分钱。可这小子不肯承认他拦路抢劫，一口咬定说自己没考上大学，在家呆了三年多，也找不到合适的工作，在家闲呆得心烦，出来找个人解闷。拿锤子砸人，是跟人家闹着玩，没把被劫的人砸伤，是铁一样的证据，证明我根本没用力。他跟提审员说：您瞧我这小身子，瘦得都快成根儿蜡了，我眼睛还近视，高度近视，我打劫，您信吗？他问提审员。要不您五花大绑了我，把我拴在王府井商业街人最多的地方，给我挂块写着"拦路抢劫犯"的牌子示众，再随便问问过路、围观的人，要有一个人相信，我这样的人能拦路打劫，我立刻跟您承认我是抢劫犯。知道行为艺术吧，您，眼下流行这个。跟一女诗人脱了衣服站台上背诗歌一样。我们这叫行为艺术。

在监室里闲聊时，他还跟大伙吹嘘：那家伙拿我没辙，一点办法都没有，想从我嘴里套出东西来，判我，没那么容易。咱上了十二年的学，多少也有点知识和智慧了吧。我问那提（提审员）：您瞧我这身体，一级风刮过来，我都得打晃的人，怎么打劫？还拦路？刮二级风时，我走路得扶着墙，说我拦路抢劫，谁说的？连我自己都不信。我每天出门，得先看天气预报，只要预报有风，二级风以上，我根本不敢出家门。我不敢给政府添麻烦，让风把我刮飞起来，再掉下来摔死，不也是个新闻事件吗，弄到国际上，就是人权事件。好歹的，咱也算是个小性命吧。我爹妈就我一儿子，我独生子。多亏他们听话，国家让生一个，就生一个。若是再多生一个，我倒是不孤单了，可我们活得更崴泥。我爹妈，饥饱劳碌地把我养活大，容易吗他们。为他们，我也得珍惜我。亏那孙子想得出来，说我拦路抢劫，他诬告我。您甭相信他的话，树林子大了，什么鸟没有。也许丫要被裁下岗，快没饭吃了，才拿我打镲玩，弄个勇抓流氓的假象，立个功，人家会留下他。跟您说，我可是个规规矩矩的小青年。

小侯七说：我把鞋脱了，袜子也脱了，伸出两只光脚丫给提审员看。您瞧，我这是什么脚，我这叫磁带脚，医学上称为"扁平足"。这种脚经不住分量，站不稳，也跑不快。因为我扁平足，与正常人有区别，大学才不录取我。考不上大学，不是因为我成绩不好，是大学校长他们偏心眼儿。

我边说边把脚举起来，在半空里悠悠地晃荡。我脚臭，屋子里立刻充满了臭味儿。那提拍拍桌子吓唬我，让我快把鞋穿上。我就不穿，我偏让他看。每次他提审我，都气得不行，不管天多冷，他都得把窗户打开。小侯七得意洋洋。

有天深夜，大伙都睡了。我想我的事，想妻子，想我被抓来后，她怎么样了。我睡不着，坐起来看天花板，看监室的小窗户。小窗外面，漆黑漆黑的，仿佛小屋雪白的墙壁上，悬挂着一个黑色的方形雕塑，隐约还能看到粗壮的钢铁栏杆，好看极了。我看着黑色的小方框想，外面是自由的世界呀。这时，小侯七起来了，他到马桶撒尿。尿尿时，他故意把自己的尿，浇在反水弯积存的水上，哗啦哗啦地弄出很大的声响。尿完尿，他没回自己的位置，悄悄挤到我身边坐下，问我，又觉得冤枉呢，想您媳妇了吧？老大个人了，您不能活得欢实点。我没理他。他又说：有吃有喝的，不用干活儿，大伙在这里一起滚大板，不是挺好玩的嘛，多开心。我就不想出去，过了冬再说，出去了，我们家的饭，还没这里吃得好呢。

我看了看小侯七，想，世事有时候真无奈。我是真没做坏事，总觉得自己冤枉，还没法说清楚。他是真做了抢劫的事，却死不承认，还跟提审员玩捉迷藏。当警察的人，天天跟这些犯人打交道，劳心费神，真不容易。

我往边上靠了靠，让小侯七坐得舒服点，然后小声问他：你这么瘦，怎么还敢去打劫？小侯七瞄了一圈屋子里的人，大家或躺或侧歪着闭着眼睛。他才小声说：您不告发我？我没理他，心说，你爱说不说，不说我还清净呢。关我蛋疼！我想起了瘸头常说的话。可他没等我回答就接着说：您告发，我也不怕，您没在现场，您的话没人相信，

那天夜里，12点多钟了。小侯七自豪地给我
讲述了他打劫的经过。

不能作为证据。知道吧？这就叫法律的伟大。他挺得意。然后，他悄悄说，咱活了21年，怎么着，也得算是个爷们儿了，打劫算个屁事。要是连打劫我都不敢的话，我还活着干吗？男子汉就得干惊天动地的事。有个肥头大耳长头发唱歌儿的演员，不也是唱：……你有我有全都有，该出手时就出手，哇——。全世界的人，听他唱到这儿，都会兴高采烈地给他拍巴掌。我们家没有，什么都没有，可我想有，凭什么我不能出一回手？

那天夜里，12点多钟了。小侯七自豪地给我讲述了他打劫的经过。

您知道和平大道东边的铁道桥吧，有个挺深的桥洞，那儿街灯不多，桥洞子里黑，很少有人从桥底下走，我对那地方熟悉。桥洞外边就是奔郊区的公路了，特偏僻，到了夜里，人迹更少，是打劫的好地方。我觉得那地方行，打劫得手后也好跑，岔路特多。我买了把锤子，装在一大书包里背着，兴奋地奔和平大道去了。桥洞里果然黑，我还踩了一脚屎，也不知道是人的，还是狗的。但为了打劫成功，我顾不了琢磨是人屎还是狗屎了，随便在地面蹭了蹭脚，赶紧找了个避风的角落藏着，专等有倒霉蛋经过。好不容易瞧见一个骑电动自行车的人，快速地奔桥洞过来了。我近视眼，离得又远了点，没看清楚是男是女。其实我也不管男女，来谁算谁。等他快骑到桥洞口时，我把锤子从背包里掏出，用右手拿着背到身后，假装刚从桥洞那边走过来。我缩着脖子，微微弯了腰，迎着那家伙走。我们两人快碰面时，我冲他挥挥左手喊：师傅！师傅！劳您驾，我问问现在几点了。

那家伙果然是个热心人，一点提防坏人的心理意识都没有，根本没把我当坏人。他停下车，仍然骑在车横梁上，两腿叉在车两边，左脚支着地，伸出左手，使右手去掀开左手的衣袖，低头看表。我一看时机到了，没有丝毫犹豫，便快速抡圆了手里的锤子，对准他脑袋，

狠狠地砸了那孙子一锤子。我使的是橡胶锤子啊，就是瓦匠砌大方砖或马路道牙子用的那种。我出来抢劫，只图个钱财，从来没想过害谁的性命。我就想随便把哪个倒霉的孙子砸晕，卷了丫钱包、手机、笔记本电脑等值钱的东西走人。可我万万也没想到，当时我太激动，抢锤子的劲头太大了。我也忘了我的锤子是橡胶的，不像铁锤砸下去实实在在，这橡胶的东西有弹性，越是砸在坚硬的东西上，弹性越大。我一锤子砸到那家伙脑袋上，把我胳膊都震麻了，强大的反作用力，把我自己弹了个趔趄。

骑车人脑袋上挨了我一锤子，没事儿，他楞没晕，仍然稳稳当当骑坐在车座子上。他抬头瞧了我一眼，不慌不忙地迈腿下了车，把电动自行车支好，没追几步，就把我抓到手里。还一没想到的是，被我砸的那孙子是翻砂工，他的身体太壮实了，还练过铁头功。这是我进来后才知道的。作家，您说，我有多背运。眼下咱们北京，工厂都快没了，剩下的几个大工厂，早迁到远郊区县或外地了。在城里，满大街跑来跑去的，都是弱不禁风的小白领，你手里拿把菜刀、拿根儿棍棒等硬家伙，甚至卷个报纸卷拿在手里当凶器，随便朝他们喊一嗓子，都能吓得他们跪在地上求饶。可我倒霉催的，一锤子楞砸出个翻砂工来。我是倒霉催的哟！那家伙抓住我后，揪着我前胸的衣服，把我提在手里。我一看，好么，又高又大，鲁智深一样站在我面前，他使一只手拎着我，根本不费劲。我动一动，挣扎挣扎都办不到。他把我提得只剩下俩脚尖点着地时，顺手接过我手里的锤子。我猜，他准是想也砸我一锤子，解解气，然后我们两清，各自走路。丫都把锤子高高举起来，对准我的脑袋了。我吓得直哆嗦，真怕他把锤子砸下来，他要是使足力气，哪怕他不用十分的力气，使八分劲，甚至只用五分劲，一锤子，随随便便一锤子，准能把我砸死。可他没把锤子砸下来，他突然放下手，揪着我脖领子的手也放开了，他把锤子塞回我手里说：

拿着！瞧你兔崽子长的，跟饿了八天的小笋鸡儿似的，还敢出来打劫？亏你也敢想敢干。我真怕我一锤子砸下去，把你脑瓜儿凿个窟窿，彻底绝了你爹妈的后。小流氓！他叫我小流氓。我没理他，心说，我不是流氓。小流氓！我叫你呢！他用手捏着我下巴，把我的脸往左又往右地来回转了转，盯着我说：今儿个，我替你爹妈，替国家教育教育你，让你知道知道什么是"敢叫日月换新天"！小兔崽子！你这个岁数，根本没念过这么有气势的诗。

说着话，他还笑了笑，再微微弯了腰，看着我。我以为他要跟我说话，教育我，便便规规矩矩站在那儿，抬着头，睁大眼睛看着他，等着听他教诲。但他没说话，没教育我，更没给我胡思乱想的时间。还没等我弄明白他到底想干嘛的时候，他突然把自己的脑袋一缩，又向前一冲，把他的脑袋撞在我的脑门上。

妈哟！我的亲妈——妈！天旋地转呀。他把我撞得眼前发亮。咱们北京夜晚的天空，早已看不到星星了，可他一脑袋撞下来后，我眼前突然出现了漫天的星星，金星四射，那个闹啊，晃眼的星星满天乱飞，嗖——嗖——地随处崩射，甭提有多好看了。整个天空跟飞起来的一块大绸子似的，一忽悠一忽悠的飘动着，还嗡——嗡——嗡的直响。过了半天，我才恢复正常。我使俩手捂着脑门看着他。他嬉皮笑脸地站在我面前看着我。我以为他撞了我一头，出了气，这打劫的事，算扯平了。可翻砂工没放我走，而是让我自己拿着我自己打劫用的工具，跟在他的电动自行车边上，一路小跑着，把我送公安局了。

翻砂工太坏了。丫的生活里，一定有不舒心的事，一肚子怨气都撒我身上了。他骑着电动自行车，让我跟在他车边跑。他把车骑得一会快一会慢，故意折腾我，把我累得上气接不上下气。他边转动手柄给车加力边跟我说：你的锤子是凶器，是你拦路抢劫的证据，好好给我拿着，一会儿交给公安局。不听话，我还拿脑袋撞你。我一边加减听他讲打劫的经过，讲到他看见满天星星的时候，讲到他跟着翻砂工的电动车跑着的时候，把我逗笑了。

速度跑着，一边抬头瞧他。他侧脸使眼睛瞪着我，我赶紧哈，哈，哈地喘着粗气说：别，千万别，您别撞我了。我的凶器我自己拿着，自己交，我自己交公安。翻砂工的脑袋太厉害了，他要真使劲撞我，绝对能至我于死地。我跟着他一路快快慢慢地跑到公安局，始终也不敢想逃跑这件事，我怕他逮住我，还拿脑袋撞我。哼！说我的锤子是凶器，丫脑袋才是凶器呢！

作家，您说我倒霉不倒霉。为这回打劫，我策划了好几个星期。踩点儿，上建材超市买锤子，再前思后想，终于鼓足了勇气出来打劫。可我才出来干了第一票，还是没成功。让翻砂工的脑袋给我搅和了。

我觉得这孩子的人性，彻底地堕落了，他真的把拦路抢劫的事当成游戏了。

听他讲打劫的经过，讲到他看见满天星星的时候，讲到他跟着翻砂工的电动车跑着的时候，把我逗笑了。我大笑的声音，把很多人都吵醒了。我对他说，你打劫肯定不行，讲故事还不错。出去把你的故事写下来，当作家吧。他说作家，我说了您别爱听，你们写的故事，腻腻歪歪的跟一堆肉馅儿似的，虚假得没激情，没人物，更没生活，谁看啊。全是吃铁丝，撒笊篱，瞎编。我要写，准比你们强。可是我，不想当作家。我自从这儿放出去了，还去打劫，绝不会去当狗屁作家。我宁可打劫的时候时，再遇上一个练过铁头功的孙子，让他拿脑袋把我撞死，撞得我能看到满天星星。我就不信我不能成功一回，下回我瞧准喽，劫女人！抢老人！实在不行，我绑架小孩儿，再敲诈勒索！

听小侯七这么说，我非常生气，觉得他已经堕落得无药可救。但我却没嗔怪他，只觉得这家伙脾气直爽，还有点才气，本该是个好孩子，但邪恶之想，充满了他的灵魂，把他给毁了。我也觉得他可怜，这么瘦弱的身体，又没什么本事，找不到正经职业，即使被政府释放出去了，他能干什么呢？我对他说，你太瘦了，得多吃点东西，把身体养胖，壮实起来，找个正经工作，打打工，哪怕是到菜馆里当个跑堂的小伙计，帮快递公司送个快件，摊煎饼卖，养活自己没问题，干吗非去抢劫祸害人啊。你目前这样子，就算遇到个女人或老人，要是人家胆子大，又练过体育或武术，估计你的下场，也仍然是换个满天星星瞧瞧。弄不好，哪天你就得被人拿脑袋撞死。你将来要真去绑架孩子，搞勒索、敲诈，太缺德了。小侯七气得我骂人。

傻逼！你找死啊！

这时，一个傍晚才被送进来的光头骂我，他从大板上的人堆里欠起身子，恶狠狠地瞪着我：你干吗！大夜里的，傻逼浪笑什么？嘀咕起来还没完了，你找抽呢吧！

他骂我的声音很大，多少还带着点公鸭嗓儿。俩浑浊呆滞蜡黄色的大眼珠子，被塞进眼眶的塑料球儿一样，凝固了似的对着我。他尖瘦褶皱的嘴脸，因生气紧紧簇到一块儿，窄窄的半根儿葱白顶着一个骷髅一样，从墙跟儿底下颤颤地撅起来。白墙衬托着他粗糙却瘦白的脸，虽然小屋里灯光明亮，我还是感觉挺恐怖。

我生来做事谨小慎微，胆子很小，从小没打过架，特别怕事，更不想无缘无故招惹谁，再说，我也知道夜里大声说笑，确实吵了人家睡觉。可是，这家伙太欺负人。自打我被关进来，这间监室里没人对我这么说话，更没人敢骂我，大家对我都挺敬重。都知道我和刘山的妻子是朋友，大家不是怕我，是怕刘山。我挺生气，却不敢说什么。小侯七不干了，他蹭地一下子站起来，踩着好几个人的身体，晃晃悠悠扑到秃子坐着的地方，迎面给了他一拳头，嘴里还骂着：找死啊你！秃驴！

由于秃子刚被关进来，肝火正旺。脸上挨了一拳头后，他连想都没想，抬脚把正在揉手的小侯七踹了出去。可怜的侯七，本来自己都站不稳当，被他踹了一脚，果然飘了起来，他的身体横着腾空，脑袋撞到马桶隔离墙上。鲜血立刻流出来。秃子一定不知道，小侯七打他脸一拳，侯七的手比他的脸还疼很多倍。如果他知道这个，一定不会狠狠地踹侯七。

监室里大乱，叫骂声此起彼伏，几个躺在秃子旁边的人，迅速起身，把秃子按在原地，胡乱踢打。秃子也不甘示弱，与几个人扭打在一起。小屋里的人，炸了窝的鸡一样，乱成一团。我把小侯七紧紧搂在怀里，生怕他们的打斗再碰伤了他。小侯七脑袋伤口流出的血，蹭了我一身。

没过几分钟，通道里响起了跑步的声音。几个狱警提着电警棍、手铐跑来。他们一边跑，一边大声训斥我们，让闹事的人，老老实实地手抱脑袋蹲下。

小侯七被狱警带出，紧急送往医院，去包扎伤口。狱警命令我们号里的人全体集合，在大板中间站好，询问事件起因。没有人告发是因为我夜里大笑引起的，大家七嘴八舌，却是一口同声地说，是秃子无缘无故先骂人，小侯七还了句嘴，他爬起来就踢侯七。

可秃子喊着并指着我说：是他和侯七夜里不睡觉，违反监规，没事大声浪笑，吵了我们大家，我才骂人的。是侯七先打的我。他先打了我脸一拳。

狱警看看他，看看我，再看看站在大板上的人，没再说什么。他把室头叫到外面去询问。室头回来后，狱警把秃子铐走去训诫。

我以为事情就这样结束了，我想等小侯七从医院包扎完回来，跟他说声抱歉的话，这么瘦弱的孩子，还为我打抱不平，多仗义啊！我想错了，这里永远与外面的世界不一样。监室门重新关闭后，过了大约三分钟，室头慢慢溜达到小窗户前，先往外看看，确认狱警已经走了，才说，呆会儿秃驴丫回来，得帮助帮助他，欺负孩子，这屋里没王法了！谁也不许睡觉啊。他这是跟咱们爷们儿叫板呢。呆会儿都给我狠着点，谁也不许手软，让丫秃驴知道知道马王爷有几只眼！出了事我顶着。他说完话，没有人回应他。犯人们都坐起来，很兴奋的样子，已经脱了外衣的人，无声地又把衣服穿上，还有人把枕在自己头下的鞋抽出来，有的人把鞋往脚上穿，有的人则只拿在手里把玩。

刘山说：都兴奋起来，准备好喽。又对我说：作家，你坐那个墙角去，没你事，好好看着，今儿让你开开眼，给你弄点创作素材。

我不知道他们要干什么，只好听话地坐到一个墙角。老白毛王奇志，第一个从大板边上站起来。他找出了自己的皮鞋迅速穿好，然后他拿了一件军大衣抱在怀里，坐到了隔离马桶的矮墙上。因为所有的鞋都没有鞋带儿，大家很快把鞋穿上，围坐在监室墙的四周，只空出了马桶隔离墙下的墙角。老白毛对刘山说：今儿我来吧。刘山看了他一眼说，老帮子，你行吗？老白毛使手拍着自己的啤酒肚说，瞧好吧，我快憋闷死了。在外面时，整个企业，从上到下，从普通职员到那几个副手，谁敢在我王奇志面前放个响屁，除非丫不想在我那儿干了。若是哪天我心里不痛快，我绷下脸，随便看哪个孙子一眼，丫的身心都得打哆嗦。企业是国家的，可归我王奇志管着，我就是那儿的一家之主，我说的话，就是王法。我坐台上讲话：说一只兔子逛商场，饿了，咬了老虎肩膀一口，边嚼边说：这东西的肉蛮好吃的呀。台下的人都信这是真事，我要是起个头露出点笑模样，台下便笑成一片，还得使劲鼓掌。甭管男人女人，年轻人还是上岁数的人，只要他想在我手底下工作，就得乖乖地听话，得低三下四地给我当孙子。哪个也不敢疵毛。作家笑笑怎么了，他被关了一个多月了，笑笑怎么了？小侯七多老实的孩子，丫秃驴竟然敢踢他！在这里把人憋得，都快不会笑了。作家笑笑，不是大家伙也开心嘛。秃驴孙子太疯狂，不懂咱这监室的规矩，想翻天立腕，不知道天高地厚了！首长说得对，得帮助帮助丫的！

老白毛学着室头的口气，向刘山表示了他的决心。他把话说得慷慨激昂，很像他在电视上做报告，我看见他的眼睛里，放射着平时没有见过的亮光。刘山说，你真够贫嘴的，呆会儿，你要弄不好怎么办，回头一悠号，把丫放跑了，大伙拿谁开心出气？老白毛生怕刘山安排了别人，赶紧说：我，我，我要是弄不好，回头你们帮助我，咱们开心玩。我给大伙来个新鲜的，我表演上级领导来单位视察，我接待时的行为表现还不行？

刘山没再理他，大家顺着墙，围坐在监室里。个个整了一付苦大仇深的脸，静静地大眼瞪小眼，没人说话。小狱窗外的夜风，轻轻刮着，听得见风掠过树枝时嘶嘶地摩擦声。我莫名其妙地看看这个，看看那个，所有人都威严地闭着嘴，没人理我。我真猜不透他们到底要干嘛。

大约半个多小时后，通道里传来走路的声音。刘山轻轻吹了声口哨，老白毛展开怀里抱着的大衣，把自己的双手，从前边分别穿进大衣的两只袖子里，然后把大衣重新抱在胸前，仿佛是把大衣盖在自己身上。

狱警把秃子送回来后，看到大家都坐着没睡觉，问了句怎么不躺下睡觉？没人回应他的问话，大家靠着墙，眯着眼睛假装睡着了。狱警提着电警棍把大家看一圈，大约没看出什么毛病，撞上监室门出去了，挂锁时，他还对着小栅栏窗大声说：都给我老老实实睡觉，谁再胡闹，给你们全体上反铐。

秃子回到监室，虽说仍然一脸的凶狠样儿，却没说话，没找茬。他先警惕地站在大板下，看看大伙，又看看四周。大约没发现什么异常，便趔摸坐的地方。屋子里除了大板中间空着，只剩下马桶隔离墙边有个小小的空位，其它地方都坐着人，没有他坐的地方。站了一会儿，他满不在乎地走到惟一的小空处坐下了。

他刚刚坐下，老白毛一个鹞子翻身，扑到他身上，用大衣把他的秃头按在墙壁上。

我从来没见过这样的场面，监室里所有的人，仿佛战士们看到军旗插上敌人制高点了，所有人都在同一个时间，从各自的掩体里爬起来，勇敢地冲向前去。所有的手，所有的脚，争先恐后地向着秃子的身体踢打，踩踩。只有劈啪，劈啪打人的声音在监室里喧响着，却没人出声。秃子挣扎，喊叫。他声嘶力竭地喊叫，喊：队长——，喊：政府——，喊：救命啊——。没人理会他的喊叫，没人停住手脚，仍然狠狠地踢打他。老白毛用力地捂着大衣不松手，还用自己肥胖的身体，死死地压在他脑袋上，嘴里还恶狠狠地骂着：你要翻天啊！打死你丫的秃驴！

通道里又一次传来狱警跑步的声音，还有手铐碰撞发出的哗啦哗啦的金属声。

负责在小栅栏窗口望风的人，用力拍了拍手。没人发出指令，暴风骤雨般的踢打，立刻停止了。在监室门打开前的一瞬间，所有的人仍然像刚才一样，各自坐回墙边，压抑着因剧烈运动而不断的喘息，靠着墙，眯缝着眼睛，假睡。老白毛由于年龄大了，又使足了全身的力气，这会没法假睡。他靠在墙上，身体一起一伏，大口大口地喘粗气。

人群散开后，我看到秃子鼻青脸肿，小秃脑袋像个裂口的早花西瓜，满脸都是红汤儿。他躺在地板上，蜷缩的身体，因恐惧哆嗦着，因疼痛抽动着。一个狱警走过去把他拉起来，半扶半抱地搀着一瘸一拐的他，很费劲地把他弄出监室。另三个狱警手持警棍和手铐，气愤地站在我们面前，大声问我们：谁打的！谁打的他！

不是亲眼看到，我是无论如何也不会相信的。整个监室里20多个人，没一个人出声，根本没人理会狱警的问话。这帮家伙们，跟经过我看到了事情的全部经过，全监室的人，除了我，都动手了，所有的人下手都极其凶狠。连负责在小窗口望风的人，都是先狠狠地踢踩了秃子几脚后，才迅速跑到窗口处往外看。但我不能说，大家都不说，我自然也不能说。

统一训练的特工似的，一律保持着沉默。终于把狱警逼急了。一个狱警掂了掂手里的电警棍，大声问：不说是吧，没一个人说是吧？再不说我叫人来，全铐了你们！僵持了大约三分钟，仍然没人回答他的问话。狱警感到无奈，我猜他可能没有权利把我们全体都铐起来。他又把我们看了一圈，最后站到我面前，严厉地问我：你说，谁打的他？说！不说给你上反铐！他大约是看到了我文质彬彬的外表，要把我当成突破口。他把手铐子抖动得哗啦哗啦脆响，用法器碰撞出的响声，威慑我的精神，逼迫我就范。

我看到了事情的全部经过，全监室的人，除了我，都动手了，所有的人下手都极其凶狠。连负责在小窗口望风的人，都是先狠狠地踢踩了秃子几脚后，才迅速跑到窗口处往外看。但我不能说，大家都不说，我自然也不能说。虽然大伙是寻开心，起因却是因为我和小侯七的说笑。我不能背叛集体。再说，看到这群人饿狼撕扯猎物般地攻击对手，充满了不计后果的血腥和残忍，我也不敢说。我站直身体，挺胸抬头地告诉狱警说：报告政府，我不知道。我睡着了。我没看见！我的话音刚落，刘山走出队列，站到狱警跟前，伸出双手说：我打的，没别人的事，你铐我吧。狱警恶狠狠地瞪着刘山骂：就你老闹事。却没给他戴上手铐。他问室头：是他打的吗？还有没有别人也跟着打了？室头没立刻回答狱警的问话，而是小声对狱警说：我到外面跟您说行吗？

室头从外面回来的同时，监室的门，在他身后哐啷一声撞上了，跟着是挂上大锁的声音。被打的家伙从此没再回到我们的监室里，被换到别的监室了。我们的监室里，很快平静下来，像平时一样，大家随意靠墙坐着，躺着，有仰着脖子看天花板的，有嘀嘀咕咕交流刚才的经过的，有的已经拿衣服盖着脑袋睡觉了。看得出来，大家兴奋而满足。

后来我才知道，因为刘山打伤的是洋鬼子，而且事出有因，是鬼子先在咱们这儿撒野打人，警察们认为他有中国人的骨气，所以明里暗里都不难为他。只等鬼子所住医院的信息，只要人没死，伤好了，法院立刻开庭审理，是判，还是调解，便与他们无关了。目前他们只负责看押。

小侯七被送回监室，已经是第二天的早晨了。他头上裹了白纱布，脸色惨白惨白的。一定流了许多血。这孩子没心没肺，嘴特贫，刚一回来便得意地对大伙夸嘴说，回来晚，是因为吃饭和睡觉耽误了，包扎脑袋没用多少时间，早从医院回来了。他说：值班狱警看我脑袋受伤了，同情我，心疼我，让狱厨房的夜班厨子，给我煮了碗热汤面，还给我的面里磕了俩鸡蛋，让我补补身体。那个狱警真好，特和气。吃完面，我在狱警值班室的床上，半躺半靠着，见值班狱警自己在办公桌前摆弄手机，发短信没理我，我在他床上睡着了。小侯七说：我一个人一床，真舒坦。他在值班室睡觉的时候，大约就是监室里大乱的时候，所以才没把他及时送回来。

从那天开始，每到吃饭时，我总是分给他半碗菜和一半主食。一来是为答谢他的仗义，一来也因为我总是觉得自己委屈，心里有事，基本没食欲，每顿饭喝点菜汤，啃两口干的。一人两个的馒头或窝头，我是无论如何也吃不完的。所以，给了小侯七，也不能算回事。我想让他多吃点，吃胖点，把身体养壮实。如能被教育得改邪归正，他还是个好孩子。

刘山把油饼夹给我的时候，小侯七贪婪的目光，紧紧盯着我的碗，我看了刘山一眼，悄悄把刘山刚给我的油饼，还有我自己的一个油饼，一起夹到侯七的碗上。

我想，这时候，我对书记员那碗豆浆的馋相，对着豆浆香味贪婪吸气的样子，一定与小侯七当时对油饼嘴馋的样子一样。

看到我不断地趔摸书记员的豆浆杯，提审员又笑了。

她亚麻色短发，嘴偏大，牙齿整齐白亮，嘴角微微上翘，笑得仍然迷人，性感，可爱。她把自己的身体向后靠在椅背上，对我，或者对书记员说，刚过8点吧？现在抓紧办手续，出去还能赶上吃早点。出去后，先去喝碗豆浆。一杯速溶豆浆，瞧把你眼馋的样子。

我知道，后一句话，她是对我说呢。

可是为什么突然释放我？就像当初突然抓捕我。我感觉这世界真是太让人费解了。我不明不白地被抓进来了，受了40多天折磨不说，我的时间呢！这40多天我得写多少字，干多少事。亲人，同事，我媳妇，所有的人，都会误解我，以为我借出去开会的时机参与贩毒。我出去怎么说明白？现在又要不明不白地释放我，我得抗议。

我问她，为什么？！

提审员看了看我没说话。书记员坐在写字桌后，端着玻璃杯喝豆浆，连头都不抬。我看着书记员的玻璃杯，看着里面白色的豆浆，看着豆浆杯上面袅袅升起的雾气，气愤极了。

过了几秒钟，提审员说，抽烟吗？抽支烟吧。她拉开办公桌抽屉，拿出一盒红色包装的烟卷，熟练地拆开包装，然后隔着桌子把烟甩给我，又把一个精巧的打火机，从桌子她那一侧推到我这边。

我把烟点上时，她对书记员说：喝完豆浆，你去帮他把扣押着的东西领回来，别让他跟着去跑路了，他对监狱里办事的程序和道路也不熟悉。我马上给他办手续，让他快点出去。

说实话，40多天来，这是我听到的她说得最温暖的一句话。我却没觉得感动，也不想听这种假惺惺的话，我用不着这样简单的安慰。当初不把我莫名其妙地抓进来，能有这些事情发生吗？我对她说：把我送回监室去，我不能就这么走。不明不白的，这算怎么回事？

她说不行，监狱里有规定，凡已经决定被释放的人，提出来了，就不能再回到监狱里去。防止犯人串供。虽然你和那些犯人不是一类人，没有团伙嫌疑，既然已经出来了，你干吗还要回去。释放你是好事呀，我们都为你高兴。再说，监狱也不是随便进，随便出的，关哪个，放哪个，都有严格的手续。她把话说得很和气，不像她拿电击器对着文件柜，用电火花吓我时的冰冷无情。

书记员去为我领东西时，屋子里只剩下我和提审员，她站起来走到我身边，看了看我，没说话，只拿起那盒烟，抽出一支，拿在手里把玩，还放到鼻子处去闻。她回到座位上，拿出一个牛皮纸封皮的笔记本，从上面撕下一页纸，又写了些什么。然后她点着了烟，抽了一口，站起来走到我身边，把纸递给我说：我的电话号码，名字。出去后，抽时间给我打个电话，我请你吃顿饭，如果你不拒绝的话。

我说为什么吃饭？她说到时候再说好么。说完，她回到写字桌后面，从摆放在面前的文件夹里，抽出一张纸，然后隔着桌子递给我说：你看看，如果没问题就在上面签个字。呆会儿我送你出去。你妻子会来接你，我昨天已经和她通过电话，她答应请假来接你。

是一张释放登记表，案情结论一栏写着：案情查清，批准释放。

我问她，就这么简单？关了我40多天也没个说法？她说是，就这么简单，案情查清就是结论。你若以为是错抓错拘，你出去后，可以起诉，也可以申请国家赔偿，这是你的权利。我们对这个案件的调查和刑侦是正确的，并不是专门针对你，也不能放过一个毒品贩子。打击毒品贩运，世界各国一样严厉。

我说有两件事你得答应帮我办，否则我不签字，也不出去。她笑着说，你事挺多，脾气也倔。这鬼地方，还没住够啊？知道不知道你这种行为是威胁政府，和政府讨价还价？别的犯人，听到释放俩字，一秒钟都不会耽搁，签了字，扔下笔就走。我把表格放回桌子，对她说：我不是犯人，也不是流氓。不存在威胁和讨价还价，你用不着跟我打官腔。我一直跟你们说我冤枉，可你们不相信。偏偏不肯放过我。你们以为抓到大毒犯了是吧，你们以为自己可以立功了，可以领奖金了是吧？可你们想过没想过我的感受！耽误了我多少时间，多少事情！国家赔偿，能赔我时间吗？

提审员看着我，并不打断我的话，也不反驳我，只冲我张开手臂，耸了耸肩膀。等我说完了，她才轻轻地说：两件什么事情，你说出来，我看看能不能答应你。答应你的前提，是不能违法。

两件事，第一件：你帮我告诉刘山，我一出去，先给他妻子打电话，让他放心；第二件，你告诉我，那个洋人所住医院的地址，我带刘山的律师去看他。

听了我的话，她没理我，把只抽了半截的烟卷，摁灭在烟灰缸里，站起身出去了。

书记员回来时，拿着一个牛皮纸大信封，里面是我的各种证件、零钱、腰带、鞋带儿等物品。她把信封放在桌上问我，程提呢？

我冷眼看了她一下说，不知道。十几分钟后，提审员回来了，这时我已经知道她叫程红兵。她一进门立刻问我：签没？她看到桌子上的表格仍然是空白的，笑着说，还赌气呢。签了吧，签了咱们走，我送你出门。我一会儿还得提审别的犯人呢，别耽误了我的工作。我抽烟，不理她。

停了一会儿程红兵说：你的话我已经转告刘山了，第一件事我办完了。医院地址，马上写给你。不过，我有个建议，你联系上刘山老婆，去医院时，最好给我通个电话，咱们一起去。这样对刘山的案情有利。我看，律师先别请，刘山的案子很清楚，也简单，过失伤人，他自己也承认，也愿意赔偿。将来法院开庭审理或调解时，再请律师也来得及。这么早请律师，浪费钱。

临出门时，程红兵把刚才打开的烟和那个打火机塞给我说，带出去抽吧，这么多天，一定憋坏了。我没有拒绝她，虽然我知道妻来接我时，一定会给我带着烟。妻对我抽烟的态度是，不禁止，也不鼓励。没有拒绝程红兵的烟，我有自己的想法，我想知道我的案情，到底是怎么个来龙去脉，说不定整个过程，是个好看的小说素材呢。她若能把案件经过告诉我的话，我进来这么多天，也不算荒废了。拿了她给我的烟，可以坦然地打电话给她。说声谢谢，总是个借口吧。

妻没去大学上班，开车来接我。程红兵没说假话骗我。看到我满脸的胡子和肮脏的长头发，妻哭了。我拍拍她的肩膀告诉她，是误会，一切都过去了，你看我不是好好的吗。

站在一边的程红兵对我妻子说，你们说说话，快走吧。先带他去喝喝豆浆，他都快馋死了。我回去工作了。她和我妻子握了握手，然后对我说，别忘了咱们的约定。

坐进车里，妻把我的手机递给我说，很多来电，很多短信息，你赶紧看看吧，别有重要的事情错过。40多天了，妻仍然每天给我的手机充电，保持开机。但她没接我的一个电话，也没看我的短信。她说，我没敢接你电话，我不知道怎么告诉人家你的去向，我相信贩毒的事情不是你干的，可我没法说清楚。说错了，怕给你造成不好的影响。短信当然也没看，怕你和谁有约定，看到了，心里会不舒服。你不是也从来不看我的信息吗？妻子边说，边用手抚在我满脸胡子上，轻轻摩动，还揪着我耳朵，把我的头左右翻转，看看耳朵眼里面脏不脏。妻的话让我感动，也让我生气。当初她嫁给我时说过，会尊重我的隐私，看来她做到了。但她的话里，还是明显有着嫉妒和醋意。

我看到车的前仪表板上，果然放着烟和打火机。我点了支烟，赶紧在手机上调出田田的电话号，立刻打过去。田田很生气地说：你跑哪里去了，怎么联系不到你，我有事找你。我说是不是刘山的事啊？田田很惊讶，说你怎么知道？

　　我说那天晚上把你送回家，我就见到刘山了。我是被当成毒品罪犯抓进去的。你还记得在机场时，有人拦住我们，想检查我箱子的事吧？到家我才知道，我的箱子里边，竟然有好几包海洛因。他们用枪把我抓走的。我还知道了很多关于你们俩的故事，刘山讲给我听的。你在什么位置？我现在去接你，咱们去医院看被刘山打伤的鬼子，其它的话见面再说。

　　田田说我在广东采访呢，这边有个研讨会。明天开会，后天我才能飞回北京。

　　没办法，田田不在北京。

　　我对妻子说，咱们回家吧，等田田回北京后，我再帮她去办这件事，她丈夫在监狱里帮了我很大的忙。我想看看那个鬼子的伤势，找个人帮他调解调解。刘山若是被判了徒刑，估计田田得跟他离婚。一个是小商贩，一个是大报记者，俩人身份有着太大的差距。他们俩的结合，像个传奇故事。

　　妻说不去医院也好，你这么脏，再把病菌带到医院去。她从倒车镜里看了看车后座说，替换的衣服，我给你带来了。咱们先去喝豆浆，和你有约定的女警，不是说你都馋死了嘛。然后找个有温泉的酒店，开个房间，你得好好泡泡，洗洗你自己，太脏了你。把你现在穿着的所有衣服都扔掉，换新的。然后再回家。我扭头看了看车后座，上面放着一个中号旅行包，一件没拆开包装的新抓绒外衣和一个鞋盒子。妻子爱干净，平时也是不洗干净身体，绝对不让我上床。我现在这个模样，她当然不会让我走进家门。我说好啊，住了这么多天监狱，我身上肯定特脏，你把我好好洗洗吧，咱们别洗温泉了，冲冷水浴吧。我特想和你一起淋冷水……洗干净，让我亲亲你你亲亲我吧。她说：老不正经的你。

　　在温泉酒店的大床上，妻自然着身体，披着毛毯坐在我身边。她

117

脖子上多了一条细细的红线儿，上面挂着一粒玉石小坠子，刚才急，我没细看。这时它静静地趴在妻白皙的胸脯上，不像刚才那样活泼地在我眼前晃动了。小东西质地很好，蜻蜓造型。虽然很小，却碧绿得玲珑剔透。她可是从来不戴项链的，她多次对我说过，不喜欢让任何东西束缚了脖子。她曾很正经地对我说：脖子上戴根项链或颈圈，像条狗一样，我不喜欢。凡是有这喜好的，都有受虐倾向。我闭上眼，不敢再看那小蜻蜓，更不敢想，它是怎么飞到她胸前的。妻给我点了一支烟，插在我嘴里。然后，她趴在我光裸的胸脯上问我，给我讲讲他们的故事吧。我说谁的故事？温泉泡得我浑身关节酸软，又刚刚和她疯狂地疯了一回，剧烈的床上运动，把我弄得十分疲惫，我感觉很累。我把手搭在妻汗润润的后背说：让我睡会儿觉先，特累，这会儿。妻说不嘛，不嘛，我想知道田田和刘山的故事，你不说，我不让你睡。我还要。还要。说着话，她一把掀开毛毯，飞机俯冲似的白光一闪，便覆盖了我……

在回家的路上，我逗妻子说，他们来家抓我时，八只眼睛，把你身体看了一回。看见你浴巾没包裹严实的身体时，他们眼睛都看直了，嗓子都看嘶哑了。真的。你身材太漂亮了，尤其是半露在浴巾外面的屁股，细腻、圆润、性感。我若有机会能看到你这样的女人裸体，还活蹦乱跳的，我也看，不看白不看。妻开着车，目视前方，一付心满意足的劲头，看都没看我一眼说：你个老流氓！

我说真的。我在监狱里时，把他们抓我的过程想了好多次。我如果真是毒贩，当时的一瞬间，就是你从浴室跑向卧室的时候，是反抗抓捕的最好时机。他们用枪对着我，眼睛却看着你，我若反抗，或逃跑，肯定轻而易举准能得逞。你说这是不是他们失职的表现？那时他们就应该明白我不是毒贩，因为我没有一丝一毫的反抗和逃跑的意图。这是任何一个罪犯都不可能做到的。他们明明知道这一点，却仍然把我关了 40 多天，这背后一定有个很复杂的迷。我想知道那些包海洛因，到底是怎么装进我的箱子里的。因为只有他们弄清楚这个过程，才会把我释放。探询我被抓背后的秘密，是我答应程红兵约会的目的。我借着分析我的案情，把与程红兵的约定向妻子解释清楚。

但她不领情，说，你不用跟我解释，你弄清楚了能怎么样。你啊，就不能开动自己的脑子想想。毒品是怎么放进你箱子里，我想都不用想就可以告诉你，只是我无法告诉你，具体是哪个人，哪些人做的这件事。妻子上学的时候，文理皆优，还酷爱音乐、绘画等艺术，头脑灵活，她的逻辑思维和想象思维都比我强，这也是在她漂亮的外表之外，我爱上她的主要原因。她说，他们笨，你更笨！至于你与女警官的约定，我不闻也不问，更不想知道现在的和以后的内容。我只想知道刘山和田田的事，就算满足我的好奇心，你也应该告诉我吧。我说我什么时候有事瞒你，他们的事，不是我不说，是不能说。怕你知道了真相后，在与田田交往时，不小心泄露给她。否则，我太对不起刘山了。在监狱里我答应过刘山，绝不对田田说起他们的婚事，也不把他们的故事写进小说里。

后来，妻子还是知道了刘山用砖头拍伤田田父亲的事，是田田自己告诉她的。

田田告诉她，结婚前自己已经知道了。父亲对我说：小子手狠，心眼儿不坏，知道追求好东西，人长得虽丑，却勤奋，懂得生活。为得到你做妻子，连我都敢利用，这足以说明他非常在乎你。用砖头拍我时，他没使大力气。跑了后，又很快地绕回来，假惺惺地送我到医院，他的行为，暴露了他的企图。我们素不相识，平白无故，无冤无仇，他又不抢东西。后来，你俩到医院看我，他一张嘴叫我叔叔，我立刻明白了这事的背景。他只为找个机会接近我，讨好我，让我答应你们的婚事。他以为我当时只顾捂着脑袋，没看见是他干的，其实我看得清清楚楚。但为了你的将来，我不说穿他。你也不用告诉他我们知道，永远别告诉他。如果你愿意跟他成家，这件事会永远在他心里，折磨他，束缚他。在你面前，他摆脱不了打伤过你爸爸的负疚感，他会对你好。

父亲说得对，我们结婚后，刘山在我面前，真的像个蹩脚演员一样，时刻表演着一个好丈夫的角色，特听我的话。每到节假日，他都会主动对我说，咱们回家看爸爸吧，还会买上许多好烟好酒等东西。田田说这个时，非常得意。

妻子对我说，虽然田田也说了，她爱刘山，非常喜欢他的男子汉性格。可我觉得，刘山生活在自己弄出的阴影里，就为有个漂亮老婆，活得太憋屈，太可怜了。田田和她爸爸，其实很坏。

四天以后，我、田田和程红兵一起去了协和医院。在外科病房，我们见到了被刘山拍伤的洋人。我没听刘山的话，我给鬼子装了一个大果篮，里边有各种新鲜的水果。田田给鬼子买了一大捧花。程红兵的警察身份和她的制服，使医院方为我们大开绿灯，专门安排了一位主治医生接待。说实话，得感谢程红兵，如果她不去，我和田田真不知道怎么和鬼子谈调解。

医生告诉程红兵，病人已经脱离生命危险，精神恢复得也很好，再调理一段时间，就可以出院。凶手太狠毒了！怎么可以这样打人呢！你们公安得主持正义，必须重重惩罚他，多判他几年。简直是社会的渣滓嘛！医生很气愤，话里带有明显的个人好恶，或许仅仅是讨好女警官。田田被他的话刺激到了，她低声对我说：臭男人！有你什么事，在这里嚼舌头！要不是程警官在，我跟他没结没完，让他学会闭嘴。我拉着田田的手劝她，算了，算了。咱们跟鬼子才是主要矛盾，别与他一般见识。再说，他的话不算数，气话，影响不了警方的态度。主治医生大约感觉到了田田的激烈情绪，又简单说了几句什么，赶紧把我们带到病房，借口还有个会诊，跟程红兵握了握手，急急忙忙离开了。

那鬼子身材高大，躺在咱们的病床上，两脚得从床栏杆的空隙伸出去。他脑袋还裹着纱布，胳膊上打着点滴，脸部已经恢复正常，没有明显地浮肿了。从现在的外表和他住院的时间看，刘山当时下手够狠。刚才医生说的话，绝不是为讨好警方，面对血淋淋的事实，他的善良之心遭遇到邪恶行为的冲击，使他震惊，容忍度被超越了极限。此时，田田看着躺在病床上的鬼子，面对他先生刘山的"杰作"，目瞪口呆，面色苍白。

病房里还有个陪着鬼子的胖女人，看到我们带来了花和水果，马上站起来，嘴里滴里嘟噜说着什么，还比划着让我们坐。她真的很胖，胖得没边。

程红兵试着用英语与她交流说，能不能请病人坐起来，想和他交流下情况。胖女人听懂了程红兵的话，便低头去征求病人意见。鬼子慢慢坐起身，嘴里还说：警官女士，你们坐。坐下吧。谢谢——你们的花。鬼子的华语说得很棒，吐字清晰，思维也很清楚。我看到这些，暗暗松了口气。心说，刘山有救。

在谈到事情的经过和他的要求时，鬼子竟然很通情理。他的态度，让我们所有人都没想到。他说：那位瘦小的服装老板，打，我的人，好样的！男，子，汉。他伸出大拇指夸刘山。他很小，很瘦。我很大，很高。我却躺在医院里。他，赢了。是我，是我先踢的他。老板，老板和她开玩笑，他把头转向身边的胖女人，并对她微笑了下。我误会了，以为他是流——氓。他没有，没有调戏我的妻子。只是用皮尺去量她的裤裆，看看她的胖身体，需要穿多大尺寸的裤子，不是去抚摸她的身体。我踢他了。全是我的错。你们，他微微抬起扎着点滴针头的手，指着程红兵说，你们公安局，警察，不要难为他，我喜欢他的性格，男，子，汉。虽然，他把我打伤，差点结束了我的生命。请你转告他，我喜欢他，和他做朋友。贸易，贸易。我相信他。

胖女人插话说：他对我说，从医院出去后，他要去找打他的老板，和他交朋友，邀请他到欧洲去做贸易。他与他一起做中国的服装生意。

病房里，我们三人都松了一口气。我看到程红兵听到胖女人说，准备邀请刘山去欧洲贸易时，脸上浮现出轻松的表情。田田也在一边轻微地点了下头，对刚才主治医生的怨恨表情，也从脸上消失了。我没想到是这样的情况，一切准备与鬼子的谈判词，都没用了。

事情突然变得简单了，这是田田，我和程红兵来医院之前，无论如何也想不到的。

但我想，既然已经来了，还是应该跟他把事情彻底谈清楚，在医院里面对面谈话的方式，接近聊天，许多事可以商量，一定会比在法庭上唇枪舌剑强百倍。便对鬼子说，是否给他一些赔偿，或者叫医药补助，并告诉他，这是刘山自己的意思。我还代表刘山向他道歉。因为我知道，如果对受害人在金钱上有所赔偿，并求得受害人的谅解后，会在很大程度上抵消行为人的刑事责任。这在公安局处理刘山的案件时，也会容易许多。

有香烟吗？鬼子听了我的话，跟我要烟。我说这是在医院里啊，公共场所不让抽烟的。程红兵说，给他烟。我给鬼子点火时，他摇了摇头说，NO！我闻闻。很想它。他把烟卷放在大鼻子下，使劲闻。然后他对我说：律师，先生。两个男人之间的事，你不懂。我不会起诉，他，刘山，对我没有责任。我们会成为朋友的。你，律师，对刘山先生没有用。鬼子把我当成刘山请的律师了。

胖女人这时凑近程红兵耳边，用英语小声地对她说了句什么，俩女人突然大声笑了，非常开心的样子。

几天后，我接到程红兵电话，她说：按照与你出狱时咱们的约定，我请你吃饭。我答应她了。

那天饭后，她把侍应生叫到身边说：两杯咖啡，一杯拿铁，多加冰，另一杯——她看着我，等我自己选。我说咖啡不要了吧，咱们换个地方去喝茶，我喜欢茶室里的清静。程红兵说：去喝茶，你请我。

中午的阳光骄傲着，冬天的寒冷便收敛了许多。我们在茶室里选了个僻静的小包间，里面光线柔和，简洁清净。我和程红兵隔着一个长方形小茶桌，盘腿对坐在竹席上，闻着小屋里弥漫的茶香，惬意极了。

我问程红兵：我出狱时，干吗给我留你的电话号码。她没直接回答我的问题，而是问我：记得我和书记员用电击器吓唬你吧。我点点头。她又问：记得你被我逼问急了，跟我说什么细节的事吧。我说这些我都忘不了，你当时对我，像对所有的罪犯一样冰冷无情，心狠呢。你们弄出的电火花，劈啪劈啪的爆响声音，吓坏我了。知道我当时想什么吗，我想你这样冰冷无情的女人，谁敢娶了做老婆。

听我说话，她笑了。她的笑迷人，性感，可爱。她说，我上大学，学的是心理学，看你当时的表情，我知道你害怕了，非常害怕。是吧？尤其你坐在我对面的椅子上，愤怒地盯着我，生气，认真地辩解、申诉自己无辜的时候，我感觉你是个可爱的家伙。

我说：你不知道我有多害怕电击。电火花对我，简直就是恐怖的代用词。小时候，大约12岁左右吧，我们家里很穷，日光灯的启动器坏了，没钱去买新的，我便用两个螺丝刀，插进启动器底座里去碰撞，把灯管儿启动亮了，再拿开螺丝刀。这样的做法，当时好多家庭都会用。有一次我疏忽了，手指尖碰到了螺丝刀的金属。啪的一声响。我听到响声时，人已经被击倒了。我从桌子上，直接摔到地上，脑袋被撞起一个大包。从那次事故后，我从心里害怕电，当然更怕电击。到现在，把电脑的电源线插头插进插座，我都十分紧张。

这是你和被关押着的犯罪嫌疑人的区别，也是我留电话号码给你原因，我想当时你除了害怕，怕我外，在想没有男人敢娶我做老婆的同时，一定在心里，产生了我"可爱"的想法。对不对？我除了看到你内心的恐惧，还看到了你性格的梗直，善良和无辜。把你送回监室后，我找来刑侦科领导，还有去你家执行抓捕任务的几位刑警，大家一起反复观看审讯你的录象，分析你的案情，你的表现，最后断定你不是贩毒的人。因为在无数次对你的审问中，你所说的话，与犯罪没有任何关联。这是装不出来的，任何一个有过犯罪行为的人，无论他的心理素质多高，阅历多深厚，能把自己伪装得多镇静，他所说的话里，总会出现漏洞。而你没有。你说的所有一切，与我们正在调查侦破的毒品案，完全无关。这便是后来不再提审你的原因。对你的审问，已经变得没有任何意义，对案件的侦破，也没有任何帮助。但当时，却不能释放你，因为那些海洛因，毕竟是从你的旅行箱里搜查出来的。我们要找到另外一只箱子，和你的旅行箱一模一样的箱子。那只旅行箱，才是承担把毒品带入关口的工具。它的主人是真正的毒贩。

另外一个你不知道的内情是，由于你提走了装有毒品的箱子，刑警在机场快速包围了你，并一直追随你的行踪，吓退了你周围，准备抢回箱子里海洛因的毒贩，你的生命才是安全的。

程红兵的话，说得我头皮发麻，非常后怕。假如是黑社会先下手，我会是怎样的结局呢。我说你请我喝咖啡，说这些给我听，是不是想让我感谢你，感谢你们？别忘了，是你们无情地剥夺了我的自由，把我与污七八糟的人搁在一起，折磨了我一个多月。你知道人最大的痛苦是什么吗，告诉你，是没有自由！

程红兵说：感谢我，感谢我们？我从来也没那样想过。我们是工作，你懂吗？请你吃饭，很简单，与那一切都没有关系。还有，恩——哎呀，停了很长时间，她才小声地笑着说：笨死你了。

另一层皮

　　看着她亚麻色的短发，看着她的笑，我突然想起那天在病房的情景，便问程红兵，胖女人对她说了什么话。她说：咱们永远也不了解洋人，不了解他们的行为和思维。那天，胖女人对我说：她喜欢刘山，喜欢敢在光天化日之下，测量她身体的男人，喜欢敢为她决斗的男人。还说她想和他做爱。

人之初

　　祁合德婚后两年得子，媳妇给他生下个男孩，起名达子。这孩子一落生精瘦，小胳膊小腿小身子，一捆柴火似的蜷缩着。接生婆佟大奶奶倒提了达子双腿，用手在他滑腻腻的小屁股上一拍，孩子哇啦一声，大哭起来。达子身子瘦小，哇啦哇啦的哭声却很大。佟大奶奶扒拉了下达子的小鸡鸡，说：是个丁儿呢！顺势把达子抱平，正要搁进铜盆去洗，突然看见孩子张开的嘴里，露出了点点白色。忙抱近眼前细看看，红薄的小嘴唇里，呲着的四颗小白牙。佟大奶奶吓了一跳，提着达子的手有点颤抖，使另只手捂着胸脯，喘了口粗气，转头瞧了眼产妇合德媳妇，悄声念叨了句：大慈大悲的观世音菩萨保佑，保佑！心里嘀咕：这孩子胎里长牙，按照相书的说法，可是主凶啊。想着，却没说什么，赶忙把孩子放盆里胡乱洗了几把，轻轻抹干后，从炕边扯过一块破衣服撕成的包布，把孩子包裹了抱给祁合德媳妇。然后侧了头，对门帘外面候着的祁合德说：恭喜大喜！是个小子！孩子嘴里长牙的事，没敢跟祁合德家里人提起。佟大奶奶收拾了接生用的家伙，嘴里说着吉祥话，急急忙忙离开祁合德家。祁合德给她沏的一碗红塘水，仍然放在八仙桌子上，袅袅地漂浮着热气，佟大奶奶没喝一口。

祁达子这个小崽子，果然如饿鬼托生，吃起奶来狠得邪，砸嘬他妈乳头儿的声音，响得招人喜欢。可他嘴里的四颗小白牙，也不是摆设，吃奶吸吮活动起来没轻没重，叼上奶头便不松嘴，常把他妈咬扯得掉眼泪。祁合德家穷，穷得吃了上顿没下顿，公母俩饿得前胸贴了后背，又添了个崽子，日子过得越发紧迫。饥饱劳碌的日子里，祁合德媳妇常常缺嘴，奶水很薄，始终也没把达子喂壮实。四年后，祁合德扔下媳妇和一把柴火似的四岁儿子，暴病而死。祁寡妇含辛茹苦，靠给人家缝穷，拉扯着生性愚憨的达子，磕磕绊绊地活着。到了达子十九岁那年，也终于撒手往生西行了。

1935 年冬季的一天清晨，一阵撕心裂肺的哀嚎，惊动了这片灰色瓦屋的死寂。人们纷纷起身探寻究竟，当他们弄清是祁寡妇死了，便赶紧聚集到祁寡妇家，看望孤苦伶仃的丧主祁达子。热心的街坊们，主动找各自能干的事，帮着忙活达子家的丧事。伸不上手的人，聚在小院门里门外，东一群，西一堆地说闲话聊天，为的是凑热闹，帮个人缘儿。祁合德家一贯冷清的小院子，因了祁寡妇的死，猛不丁地热闹起来。

祁寡妇出殡的事办得不算张扬，很简单，很热闹，也很凄惨。

十九岁的达子，耷拉着光秃秃的脑袋，在院子和屋里出来进去地瞎转悠，耳朵里塞满了乒乒乓乓钉棺材的声音。妈死了，他不知道自己应该干什么，也不知道屋里屋外哪个旮旯儿是他该呆的地方了。达子心里难受，不大的眼睛胡乱趸摸。他看到的一切，都比平时热闹，却没有往日的精气神儿。小院子当中，支了两条板凳，散乱地堆放着几块破木板子。那些做棺材用的白茬子破板，撞进达子的眼睛，刀扎似的，生疼生疼。破破烂烂的家里，眼下到处都摆满了绝望。达子心里明白，没了亲娘，自己在这个世界上也就再也没有依靠。贴饼子、小米粥、酸甜可口的豆汁儿、热热乎乎的饭食，打今儿起，算是没指望了。到了夜里，也再没有个嘘寒问暖的老妈关照他。这么想着，达子鼻子一酸，小眼睛的眼圈便红了。抬头瞧瞧院子里忙活着的人们，没人理会他的存在，甚至没人往他这边看一眼。达子把鸡架子般的身子骨折了折，蹲在一边不动了。他微微低着头，翻着眼皮，把自己的眼光，从许多物件和忙乱的人们的缝隙处穿过，直直地盯在人们乒乒乱砸的一堆破木板上。

祁寡妇的丧事，赵三儿和他媳妇谷香大包大揽。赵三儿指挥着几个街坊和前来帮忙的汉子们，前后左右忙了个实实在在。到了第三天早上，临出殡时，赵三儿点手叫过达子，一只手攥着他的胳膊，一只手拍着他的肩膀，大声嘱咐他该做的事。谷香拿来一个小瓦罐儿，把街坊们送来的饽饽点心等杂食，端过来，让达子往罐子里夹了几样，然后端端正正放在祁寡妇灵前的供桌上。喊了声达子，指了小罐子对他说：呆会儿，好好地哭哭你妈！说着话，和赵三儿俩人按着达子的肩膀，让他正对面跪在祁寡妇灵柩前，叮嘱他别着急，听赵三儿的号令指挥，呆会儿，必得一下子把瓦罐儿摔碎。达子跪在地上，精瘦的身体挺得笔直，他愣怔地看着赵三儿夫妇，面无表情地点着头。谷香走到达子身边，给他正了正粗白布缝制的孝帽子，又轻轻在他的后脑勺上拍了拍，叹了口气。

临近起灵的时候，院子里突然静下来，忙七忙八的二三十号人，仿佛被抽去了魂魄的皮偶，有形无声地定在原地，巴望着跪在祁寡妇灵前的达子。此时，冷静的院子，如同吸魂追魄的冰窟窿，让达子觉到了天地间塞满了绝望。达子再也忍不住悲痛，爬跪在母亲的灵前，额头顶地，干瘦的大手啪啪，啪啪，使劲拍地，放开喉咙嚎了起来。街坊邻居没人劝他。娘死了，本该这么哭一哭的。大家伙等着达子悲哭，眼瞧着他一堆干柴似的窝在棺材前，撅得老高屁股，随着他的哭嚎，一耸一耸地动。便也有邻居的老少娘们儿，陪他撒了眼泪。有半袋烟的功夫吧，达子的身体渐渐停住了抖，只剩下断断续续妈啊——妈啊——的干嚎声时，一直站在边上看的刘杠头，将粗壮的胳膊往灵柩后面抬了抬，侧了头招呼杠夫们：好了嘛？几个汉子一齐回应说：好了好了。刘杠头便发出一声洪亮粗野的吆喝：起杠——！

守候在灵柩旁边的杠夫们，猫了腰俩手捧着杠子，随了刘杠头的招呼，双腿一使劲，直起身子来。忽悠一下子，把那破薄木板子拼钉成的棺材抬上了肩。

赵三儿眼瞧着棺材悬了空，赶紧大声喊达子：达子！给你妈摔盆儿——啊！

随着赵三儿的喊声，跪着的达子挺直身体，他左手扶了下蜷缩着的腿，然后拿俩手高高举起小瓦盆儿，使出了全身的力气，把盆儿摔在供桌前摆着的一块砖头上。啪的一声脆响，瓦盆儿碎片四散飞溅，算是接续了母亲的阴阳之路。候在门外的吹鼓手，随着达子摔盆的声响，吹起了唢呐，敲响了鼓镲铙钹。有人把插在街门边的挑钱纸抽下来，又撕开一个破枕头，套出里边的瓤子，搁在墙边，一块儿烧了。

赵三儿公母俩，伸手扶起跪着的达子，把一个白纸糊成的幡儿塞到他手里，左手又拿过祁寡妇的灵位牌，一并塞在达子怀里。在赵三儿的揪扯搀扶下，达子又瞧了眼白花花的棺材，无奈地转过身，大声喊着：妈——，我的亲妈哎——，儿子送您上路喽！然后达子低了头，嚎着没有眼泪的哭声，摇摇晃晃独自走在棺材前面。街坊们临时凑起来的送丧队伍，随走随排成一队，杂乱的人群，簇拥着悲痛欲绝的达子，送走了祁寡妇。

出齐化门不远的东土城外边，在一块布满了散乱坟堆的乱葬岗子里，达子扑通一声跪在早为母亲挖好的坑边，两只小眼睛，直直地瞧着疼爱养育了他十九年的母亲入土。刘杠头们先将两根大木杠子顺着搭在坑上，将棺材稳稳当当地撂在上面，又用两根很粗的大绳，横着在前后两个位置兜住棺材底部，招呼几个杠夫，在坑两边抓牢靠了大绳，然后他高喊一声：起喽！撤杠子！随着他的喊声，有杠夫和帮忙的人们，猫着腰，使手抠起棺材梆的底，有杠夫顺势撤出了搭在坑上的两根木杠，棺材便晃悠着落在大绳上悬了空。棺材被大绳兜住后，刘杠头又大喊一声：放棺——！

刘杠头横着站在坑前，眼睛紧盯着缓慢下落的棺材，双手不停地抬抬落落，嘴里呼喊着：稳着，稳着！前边多放点，比着放绳子，后边放大绳儿——

拽着大绳的杠夫们，互相照应着，一起往下放绳子，让棺材稳稳地下降。

棺材平稳地在坑底撂定后，两个站在坑边的杠夫，灵活地将绳子咻溜咻溜抻上来，顺手一圈圈盘好，扛在肩上或提在手里。

周围许多眼珠子，不约而同地盯在达子光秃秃的脑袋上。达子直楞楞地跪在坑前，不流泪，也不出声，探着细长露筋的脖子，俩眼睛瞧着深坑里的棺材。好一会儿，他才在赵三儿的催促下，伸出双手，捧了一捧黑糊糊冰凉散碎的土，向坑里的棺材上一扔，顺势趴在坑边的土堆上，发出一声旱天雷般的哭嚎，妈呀——！我的亲妈妈哎——您怎么扔下我一个人走了啊——达子哭嚎的长声拉过去后，便再无声响，只能看到他摇摆着的光头，不停地拍地的大手，耸动着他那如着了热油般的虾米一样的身段了。

　　一堆新土，终于替代了母亲在天地间的存在，达子在赵三儿和谷香搀扶下抬起头，慢慢地站起来。达子的膝盖，在冰凉的土地上跪得生疼，俩小眼睛也哭得浮肿了。

　　赵三儿过去架住达子，冲刘杠头使了个眼色。

　　刘杠头把胳膊一挥，轻轻喊了声：埋！

　　早已手抄铁锹，严阵以待的杠夫们，一哄而上，围在祁寡妇的坟坑周围。七八把铁锹，带着快活和鲜亮的手腕，"嚓嚓嚓"地铲起土，又"咚咚、咚咚"地扔在紧裹着祁寡妇的破木板子上。

　　此时此刻，杠夫们的脸，都像坑里那破棺材板一样的木，可这充满欢快的"嚓嚓"声和"咚咚"声，无论如何也掩不住此事与他们无关的情绪。杠夫们的几个光头，衬着远方姜黄色的沃野，暗灰色的天空，在坑的四周上下胡乱晃动，他们粗壮的身子，在乱葬岗子中高低起伏，情景颇为壮观。他们低沉的喘息声，仿佛是一种人性的宣泄，"呼呼呼"地向人们诉说着，是他们造就了生生死死的大轮回。至于被赵三儿架着，趴跪在坑边上的达子，他此时有多么悲痛，将来会有多么的孤独，日子多么艰难都不关他们的事。杠夫们只想着回家吃什么饭，晚上怎么挫磨媳妇，最重要的是，他们还盼着明天谁死，最好是多死几个有钱人，这样他们可以借出殡的机会，多挣几个工钱。

　　一堆新土，终于替代了母亲在天地间的存在，达子在赵三儿和谷香搀扶下抬起头，慢慢地站起来。达子的膝盖，在冰凉的土地上跪得生疼，俩小眼睛也哭得浮肿了。他微微低头，盯着那堆因埋葬了母亲而拱出地面的黄土堆，似抽泣似嗅地耸动着鼻子。达子使劲吸了吸散发着泥土气息的清新味儿，突然仰起头，向着灰蒙蒙的天空，发出了两声无泪光响的干嚎。嚎完了，达子一挺身，站起来，立直了身体，先用鸡爪子似的手拍拍光头，再弯腰拍拍膝盖上的浮土，然后将两手抱在胸前，冲张秃子、猴儿常等几个杠夫拱拱手说：有累几位爷们儿！我替我妈谢啦。给几位爷们儿磕头了。说着话，他的身子就往下矮，两腿一曲，重新跪在了母亲的坟边。

　　哎——不容易喽，赶明儿个剩下你一个人，就更不容易呦。

刘杠头二十八岁那年成的家，可当年他就成了光棍。先是死了爹妈，跟着媳妇难产，也奔了西方地界。一年三灾把刘杠头弄了个灰，眨眨眼的功夫，身前身后就没人了。

唉———。街坊们说。

甭谢啦。走吧，走吧！刘杠头乜了眼跪在一边的达子，手里把绳子归置好，扔给了站在一边的张秃子，瞧着他把绳子抢上肩，便招呼杠夫们走。

达子听见杠头的说话声，赶紧转回身，跪在地上，对着刘杠头连作揖带磕头。他把光头撂在刘杠头脚前说：刘爷，我这儿给您磕头啦。回头您家里坐。喝碗茶去。

嗨！你这是干嘛。起来，走啊。回家吧。刘杠头叹口气，伸手扶了一下达子，便不再理跪着的他，回身便走。

送殡后的一行人，默默走在灰暗的原野上。

刘杠头不时回头瞧达子一眼，发一声叹。这小子虽说十九岁了，可身子骨太单薄，鸡架子一样，心眼又愚呆，不活泛，有心帮帮他，让他跟着一块抬杠，弄个挣饭吃的本事。若赶上 16 杠，24 杠时，随便在哪个地方给他拴个扣儿，把他当个棒槌，杠上也不会因少他一个人的担待，别人肩膀上会多出多少分量。想想，虽说那么做，他肩膀上会少了许多沉重，但毕竟得压上一个大棺材，还得走老远的路，真怕他干不了，再累坏了身子。唉，无干无涉的，就随他去吧。

刘杠头二十八岁那年成的家，可当年他就成了光棍。先是死了爹妈，跟着媳妇难产，也奔了西方地界。一年三灾把刘杠头弄了个灰，眨眨眼的功夫，身前身后就没人了。他一个人似独木舟在世上漂浮，凭着一身的力气竟混得滋润。无牵无挂的生活，给了他得天独厚的优势，在转换了许多力气行后，他最终选定了抬杠的活儿。慢慢的，刘杠头在这个行当里笼络了十来个人，确定了自己成为杠头的事实。在北平城的杠行里，也算有他一号了。杠头也曾经想过，再娶个媳妇，没有女人的日子很难过。但人们认准了他命硬，连媒婆也不愿意为他跑腿。此事一蹉跎，便耽搁下来。一拖十来年过去了，并有长此下去的苗头。长期的孤独生活，使他日渐紧缩的心，只残存了一点对人的善良和对自己的自怜，就如他对达子的同情，也只一忽闪，便彻底消失了。

埋葬了母亲的达子，带着一身的悲哀和丧气撞进家门，母亲的故去，使本来就不火爆的生活更显冷清。低矮的破瓦屋，失去往日的精气神儿，到处都黑糊糊的，窗户上糊着的高粱纸，不知什么时候有了许多破洞，冷风从那些大大小小的洞口钻进来，呼啦呼啦笑闹着，随意扑向屋里每一个角落，吹得垂吊在那里的蜘蛛网快乐地哆嗦。整个屋里处处阴凉彻骨，没有一丝温乎气儿。达子愣愣地木头一般立在门边，许久许久。他不再哭，哭也没人听，流泪也没人看，他把委屈藏在心里，紧裹破棉袄往土炕上一歪，双脚塞到堆在炕上的破烂被褥下，睡了。

谷香和桂二太太来看他，他也没醒。直到第二天的晌午，达子才迷迷瞪瞪地睁开眼睛。首先瞧见破桌子上，摆着邻居们送来的贴饼子等吃的东西，他一个骨碌爬下炕，奔到那些吃的前，拿起来就往嘴里塞。那些吃的全都冰凉棒硬，没咬两口，他就流出了眼泪。

从此孤独一身的达子，生活上少了许多情趣。无所事事的他，每天起来，仍然去蹲街耗费时辰。可他眼里看到的太阳，却已经不似往日那么耀亮，天空总是朦朦胧胧的，他感觉着，自己身上的虱子，也没了生龙活虎的劲头。达子揣着两手，靠在一个背风的墙根儿蹲着，光秃秃的头顶对着太阳，双眼似睁似闭地在冻裂了缝的黄土地来回踅摸，仿佛那上面布满了人生的乐子。

西北风卷起尘土，从他眼前刮过时，达子便眯缝了眼睛，抬头看看。直到晌午时，他才会站起身。然后他公鸡打鸣似的，舒展舒展皮包骨的身体，慢吞吞返回屋子里。进了屋，他先在灶膛里扔两把碎柴自夸自大的得意中，赵三儿的话就差了道，他凭着自己和谷香的实际经验，在男女关系上，给达子做了最初的，浅浅的指引和启蒙。

火，再从瓦罐里抓几把玉米面放进锅里，浇上凉水点上火，等锅里一冒热乎气，就算做熟了一顿饭。吃过后，他便往土炕上一躺，屋子里就再没有一丁点响动。达子死了一般躺在那儿，过着睡扁了脑袋垫瓦块儿的日子，心里翻复着人间种种苦乐之事，最后总有一顿香喷喷的饭食定在他心里。

没过多少天，无牵挂，无进项的生活，便让达子在孤独之外，又觉到了活着的艰难。他便向卖烧饼的赵三儿请教，怎么才能给自个儿弄回来点能吃的东西。赵三儿认认真真地对达子说：兄弟，您呢，得去干活。干活儿才会有饭吃。

干活儿？可是……可是我什么也不会干呀。达子歪着秃头眨着小眼睛瞧着赵三儿。

赵三儿一听达子这话就乐啦：不会干活儿，谁养活你？你妈吗？你妈死了。不干活，你也是个死！小子，活动活动心眼儿吧，不出去干点什么，你就得饿死。想想辙，出去练练吧！

这回轮到达子笑，却是苦笑。笑过以后，达子便把秃头低了，对赵三儿说：三哥，你怎么不帮嫂子卖烧饼？赵三儿抬头瞅了眼天，转过身来，把后脑勺给了金光万丈的太阳，两只小眼睛，盯在地面上那俩圆滚滚如球一般的影子说：男人，得干场面上的事，干就得干大事。爷我是满洲正黄旗人，哪能干那种买卖，我去卖烧饼？笑话啊，那是伺候人的活儿，是娘们儿们干的。白天她得卖烧饼，夜里还得好好地伺候我。差一点都不行。自夸自大的得意中，赵三儿的话就差了道，他凭着自己和谷香的实际经验，在男女关系上，给达子做了最初的，浅浅的指引和启蒙。达子听了，却只能在明白与糊涂中傻笑，那种事儿，虽然被赵三儿说得云山雾绕，可究竟比肚子饿次一等。再说，他也没领略过那翻云覆雨般的风情。一天一餐稀汤带水的日子，让他无暇在看不见摸不着的玩意上细细纠缠，能傻笑着活着，就已经是他天大的福分了。

直到有一天，达子如爪的手把瓦罐的底儿，挠出了声儿，他才又一次体会到失去母亲的悲哀。这一次的悲哀，真真地，把他推到了绝望的边缘。他躺在炕上，想他妈，想别人的家，思前想后，便想到了死，可又觉得不能就这么死去。无奈之中，他的手把大炕和光头、胸脯子拍得啪啪啪地响。

到了山穷水尽地步的达子，愚木的脑子里把赵三儿的话，拉洋片似的过了几遍，似乎得到一些活着的勇气和怎么活着的手段，脸上也露出了一丝从母亲死后，还从没有过的喜兴劲儿。他的喉咙间咕咕噜噜地出了一阵声儿，也不知道他是在唸叨什么，还是脾胃空虚，或者是腹内积气反上打的臭嗝。反正他终于明白了，要想活着，就得吃饭，要想吃饭，则必须自己去干活儿、挣钱这个道理。于是，达子像是来了精神，他把腰间拴着的破麻绳子解开，收腹吸气，十分认真地把绳子重新系在腰间，顿时就觉得肚子里不怎么闹得慌了。他空着肚子躺在炕上，继续想他要出去干活这件事，可他觉得浑身冷。肚子里没食，屋子里没火，心里有事，他睡不着觉，烙饼似地翻腾了一夜。达子麻木的心里，对自己将要走出的一步，终于有了充足的准备和勇气。

第二天达子醒来时，已经是中午。虽说他的身子仍然软，软得像泡了三天凉水的面条，可此时，却显得十分硬实，比每天他去蹲街耗时候要有精气神儿。他挺了挺没什么肉的胸脯，走到水罐前，把小半瓢凉水咕嘟咕嘟灌进肚子，然后竟像吃饱了山珍海味似的出了家门。

达子！这是上哪儿啊？还他妈的挺欢实。瞧瞧，精神了不是！赵三儿正揣着手蹲在墙根儿底下晒太阳。

呦，三哥。晒着呢您！我这不是听了您的吗，去找个事由干。我得吃啊，您说是不是？

嗨！达子。有你的。还真出息了啊。赵三儿说着站起了身。瞧着打跟前走过的达子，脸上露出了点笑模样。

等等！达子。赵三儿的媳妇谷香从烧饼摊那儿叫住了达子。瞅你那脸色儿，青绿青绿的，跟饿了八天似的。是不是还没吃呢？

达子停住脚步，瞧着比自己大五、六岁的邻居嫂子，眼眶子直发热。听话的孩子似的答应一声，就垂手站在了谷香面前，低着头小声叫了声嫂子，然后说：我想吃，可我吃什么呀。

给，先吃饱了再去。谷香脚步轻快，边说边走过来，把几个烧饼塞到达子手里。谷香眼里含着女人特有的温柔，流露出天生的母爱之情，抬头看看自己的丈夫，又转过眼睛，看看比丈夫高出一头的达子，眼珠子就像走了神似的，直直地盯在了达子的身上。

这眼光以外的赵三儿，像是忽然觉到了什么，犯了会儿愣，赶紧接过谷香的话茬儿说；瞧瞧，还是你嫂子会疼人。快吃，快吃吧。吃饱喽再去找活干。

达子手捧烧饼，瞧着面前的女人，觉得她的面容温润又慈善，他的膝盖便颤抖着发软。长这么大了，除了他妈和桂二太太这么疼过他，就没人……他想说句感谢的话，喉咙却涩得像是长了锈的枪栓，搬不动拉不开。只过了一会儿，他不大的眼眶中汪满了眼泪。与此同时，他的口水也迫不及待地往外涌。达子什么话也没说出来，双手一举便把烧饼塞进嘴里，狼吞虎咽吃下去。烧饼进了肚子，达子顿觉来了精神，来了劲，瘦高的身子挺得笔直。他冲赵三儿和他媳妇拱拱手，转身走了。

在荣盛记茶馆儿，达子找到了刘杠头。他拱手垂头站在刘杠头坐的桌子前，刘杠头翻眼皮瞭了他一眼，却没言声。达子就吞吞吐吐地把老妈死后，自己没了指望，也没饭吃，想去抬杠挣点嚼裹的意思说出来。说完后，他用小眯缝眼盯着刘杠头疙疙瘩瘩的肥脸，想从那里听到一个"行"字。可胖头没动，只翻眼皮又瞭了达子一眼，肉乎乎的手端起了茶碗，不说话，只喝茶。达子悄没声响，傻愣愣地站在那儿。又这么尴尬地戳了好一会儿，达子的脸和脖子渐渐显了红色儿，再说话时就带了哭音。

啪！刘杠头把粗瓷茶碗轻轻往桌子上一放，不紧不慢地开了腔：这可是抬杠，行吗你？说完话，刘杠头的眼光绕过达子，向茶馆里他的那几个伙计瞟去。达子听了这不冷不热的问话，心里一紧，也不知道说什么好，无可奈何中，他的眼睛也随着刘杠头的眼光，把茶馆里的人啊，物的看了一圈。张秃子和猴儿常们正盯着他，那一片目光，不约而同地暗含着剔骨尖刀一般的寒气。胸脯上没肉的达子，不由得打了个冷颤，那个"行"字，也就随着这一哆嗦，炒豆般从自己的嘴里蹦了出来。达子的"行"字刚一出口，茶馆里立刻爆发出一阵冰凉阴损的嘲笑声。

刘杠头嘿嘿嘿一笑。他给了伙计们一个恰倒好处的附和后，重新端起那碗高末泡的，已经泛了白色儿的茉莉花茶，有模有样地送到嘴边上，先噗——噗——地吹了吹漂浮在茶水面上的茶叶细末儿，再微微张开肥厚的双唇，滋——一声，喝光了那碗水。过了会，又吧嗒了两下嘴唇，才接着说：这个行当可是要命要劲的活儿，按理说，你不成。你这身子骨啊，太嫩，担不了那个沉重。可话又说回来啦，你无依无靠，穷小子一个，够可怜的。早先我也一个人，可我不像你长得这么没出息。你瞧瞧你自己瘦的，这小身子，有攥的地方，就没有下手打的地方了。可话得这么说，既然你来了，刘爷我，说着话，他瞟了瞟杠夫们接着说：我们爷们儿就得帮帮你，大伙每个人的肩膀上，都替你多担点沉重。你呢，来试试。明儿个早上，就有一趟杠。我给你安排个位置，你把杠子搁肩膀上试试。你要能把这趟杠走下来，就接着干，要不成，赶紧想别的辙。

刘杠头的话，虽然说得温柔之中藏着干艮辣倔，可却给了达子一达子刚迈出门槛，就被一阵寒风狠狠地拍了回来。他无遮无掩的光头，率先领略了晨风的潇洒，继而空心穿着的破棉袄，就让西北风钻了空子。

线生机。也使达子从此陷入到一种生命的大沉沦之中。

第二天早晨，太阳还没露脸，灰亮的天空微染浅淡的黄色。暮冬清晨的寒风仍未失去往日的劲头，似忠于职守的武士，严肃殷勤地巡视在宇宙间，把自身的冰冷寒气，不断地散发到人世间的每一个角落，欲为迟来的太阳制造最后的麻烦。

还没到每天的那个时辰，达子就迷迷糊糊爬起来，从窗户纸的破洞往外瞅了一会儿天，又坐到炕沿上愣了一会儿，便立直身子，伸了伸懒腰，把大嘴张合了几次，弄出了一串高高低低错落不齐的啊——啊——啊的声音，好像是老鸹的鸣噪。同时他用手背把小眼睛揉了揉。随着那声音的消失，他推门欲出，却忘了拴上腰间那根烂麻绳子，只怀了得意洋洋的喜兴劲儿，去迎接自食其力的第一天。

达子刚迈出门槛，就被一阵寒风狠狠地拍了回来。他无遮无掩的光头，率先领略了晨风的潇洒，继而空心穿着的破棉袄，就让西北风钻了空子。达子衣单皮薄，像是天津的狗不理包子，那寒风毫不费力就直奔骨头，冻得他身不由己地一阵哆嗦。达子转回身，环视屋里，再也没有可以穿在身上御寒的衣服或别的什么物件，只好爬上炕，拽过那根破麻绳子，嘴里一边叨唠着：千层不如一横。一边非常认真地将破棉袄兔严实，再使劲把绳子系在腰间。他用手拍拍两胯中间，觉得那棉袄如此一捆，厚实了许多，身上立刻有了温乎气儿，便狠狠心一头钻了出去。

外面很冷，达子晃晃着光头，沐浴着清晨欢快的寒风和懒散的日光，冰凉麻木的秃脑瓜子，仿佛炫耀着自己的得意和帅气，空腹中的咕咕咕咕的叫声，就像是古代打仗前疯狂擂响的战鼓了。达子觉到了饿，也就自然而然地想起了赵三儿家的烧饼。于是，达子揣了两手，缩着脖子，先奔了赵三儿家的烧饼摊。饼炉旁只有谷香一个人在忙活，焦黄的烧饼散发着诱人的香气。达子远远地就喊了声嫂子！没等谷香答应，他又大声地喊了声三嫂子！喊着，就到了谷香的烧饼摊前。

谷香停下手中的活儿，回身含笑看着愣头嗑脑的达子：呦，这么早是上那儿啊？

我这不是，嫂子，三哥他——

瞧你结结巴巴的样儿，你三哥没起呢，还睡着。

嫂子！那我跟您商量个事……

是不是想吃烧饼啊？

嗯。我今儿个，不是得去抬杠嘛，这肚子里没食，我怕顶不住。

饿了就来吃，甭商量。谁让我是你嫂子啊。谷香笑眯了眼睛瞅着达子问：是不？

嗯。嫂子您真好。回头我去抬杠，挣了钱就给您送过来。我不能总白吃您的烧饼不是。达子两眼盯着谷香因沾了白面而白里透红的手，嘟嘟囔囔地说了一堆话。

谷香听着就乐了。出息了不是！达子。你要是能挣钱养活自己，嫂子给你说个媳妇。过来……

达子低着头去接烧饼，谷香的另一只手却摸上了他的光头；瞧瞧把脑瓜子冻的。你先在这吃烧饼，我回去给你找个帽头戴。

吃了烧饼，又被谷香摸了光头的达子，觉得有一股酥麻的感觉，从心里往脑瓜皮上拱，扣上帽头儿，似乎又把那感觉留住了，并生出持久不断的温乎劲儿。他感到奇怪，这个女人的手，怎么会有如此的魔力？他也不知道是自己出了毛病，还是怎么了。

直到了死鬼家，达子还愣愣地回味着刚才的经过。自然也就想起了赵三儿讲给他听的那种事，心里隐隐约约地产生了对女人的念想。想着想着他就把女人的范围，渐渐缩小到谷香一个人身上，缩小到谷香那只软嫩粉白的小手上。若不是刘杠头的一声吆喝，他怕是要醉死在这种温暖酥麻的感觉上了。

横七竖八的杠子和绳子，究竟是怎样被刘杠头和张秃子们以迅疾的手段，沿着它们自有的规律，将那墨黑阴沉的棺材捆绑在中间，达子一点都没看到，他只沉浸在自己甜蜜的想象里。达子晕晕乎乎，好似被刘杠头拿着，放在了一根微微向上翘起的杠子一头儿。随着刘杠头一声底蕴十足的：起杠——，活的和死的，便一块儿有了动静。没生命的死人，傲气十足地压在有生命的人肩上，享受着弃世而去时的最后一次大幸福。

达子像所有的杠夫一样扛起了杠子。可那杠子，有千斤重，大铡刀似的往他肩膀里扎。达子似乎无法承受这沉重，他用双手半托着粗粗的木杠，以减轻肩膀上的重量，他的脸也紧紧地贴在杠子上面。第一次承受生命中这样的沉重，他确实吃不消。被那死沉的东西压着，达子和杠夫们直挺挺地立在原地，耐心地等着死鬼的亲友们，不紧不慢地完成冗长而烦琐的礼仪。当一切宣告结束，死鬼在嚎丧的哭声里，响器的狂响中，伴着杠夫们沉稳的脚步和粗重的喘息，踏上了黄泉路。

达子始终用俩手用力托着肩膀上的杠子，即使这样，他仍然觉得自己全身的骨节都被压得"啪啪啪"直响，那响声，似乎是在散布着人间的痛苦和呻吟，得意地喧嚣着即将让他骨折腰断的流言。达子瘦弱的身子，在这凶狠的压迫中，微微地弓了腰，欲要瘫软下去，又不敢。"没食吃"像魔鬼之手，扣紧了他木呆的头脑，迫使他在稀松中生出一股邪劲，把肚子里谷香赐予他的五个烧饼，以最快的速度叠在一块儿，撑住了要将他压垮的死神。

达子龇牙咧嘴地坚持着走完了第一趟杠，已经是筋疲力尽。但手里有了现钱的喜悦却给了他鼓舞，人软下去，嘴却硬了：我成！有事时求您多照顾啦。他拍着胸脯子向刘杠头表示了要干下去的决心。刘杠头听了达子的话，嘿嘿嘿——地笑着说：成不成的，我这心里有数。

磕磕绊绊的日子来如风，很快就横扫了在达子身
上积沉了十九年的懒。小媳妇大腿一般粗的杠子，伴
着死神，让达子觉得整个世界对他来说都是一种压榨。

　　我告诉你，小子。苦日子在后头呢。

　　自那回以后，凡是有出殡的活儿，刘杠头总要叫上达子，拴杠的
时候，他手里总会在达子的位置上做出手脚，也算是成全达子吧。

　　走完了第一趟杠，达子拖着疲乏的身子回到家，进了门，立刻像
条空面口袋一样软在了炕上，片刻便鼾声大发，呼呼呼地睡了去。

　　磕磕绊绊的日子来如风，很快就横扫了在达子身上积沉了十九年
的懒。小媳妇大腿一般粗的杠子，伴着死神，让达子觉得整个世界对
他来说都是一种压榨。他无论如何也想不到，那死的沉重，竟会让他
喘不上气来，而他却非要靠担起这沉重才能活着。枯燥的生活只在抬
杠、睡觉，睡觉、抬杠之间来回转悠，不愁吃喝的日子，又诱使达子
在劳作之后，跟着杠夫们去寻了另一种情趣。

　　每次送殡回来，达子便在穷哥们儿的夹裹下进了酒铺。倾囊地吃
喝，使达子享受到一番人活着的滋润。好在他不养活谁，也不再欠着
谁，达子便在喝酒吃肉的时刻上，显示了独身人的慷慨与富足。他在
第一次酩酊大醉后，借着酒劲儿烧出来的温暖，发现自己冰凉的土炕
上，也能生成许许多多的杂乱无章的梦。那些梦，使他惊诧于人生的
醍醐，认可于生活的简单。在那些梦里，他还奇特地体会到升腾如仙
的幸福快感。此后，达子便无数次重温了自己用酒烧出来的快乐。

　　两年后，达子已经长得腿壮腰粗，像个真正的爷们儿了。

　　在日常活计上惯于懒散，而又在夫妻之事上过多地倾注了心血的
赵三儿，阳气日衰，终于病入膏肓。赵三儿在床上躺了两个多月，皮
包骨的身体像一堆干透了的柴火，已近无光的眼珠，疲惫地盯着谷香
看，他无声地对谷香述说着没有儿子的遗憾。忽然，他的眼睛里发出
了一束喜悦的光，嘴里念叨着：儿子，儿子，我有儿子了！在赵三儿
最后表达了他想有个儿子的幻想后，就慢慢地，永远地闭上了眼睛。

终于，赵三儿无嗣而去，只撇下了和他生活了六年的妻子谷香。

出殡的那天早上，无亲无友的谷香好像没了魂，红肿的泪眼在达子健壮的胸脯上，腼腆地蹭么了好几回。达子见了却没什么表示，光头都让嫂子摸过了，瞧瞧还不是家常便饭么，一个女人家孤苦伶仃的多可怜。可是杠子绑好后，就要把死鬼赵三儿抬上肩的时候，达子突然想起这些年里，谷香和赵三儿实实在在地帮过他，人家的烧饼给钱不给钱的也没少吃喽。特别是来自谷香的帮助，总使他心口发热，觉得自从妈死了以后，谷香就是他最亲的人。于是，达子觉得要是不看谷香两眼，就对不住她。想着，达子的小眼睛便畏畏缩缩地寻上了谷香的眼光，似要表达什么，又说不出什么来地瞄了好几次。那目光的碰撞，似乎给了他充足无比的力量，他十分卖力地把赵三儿抬在自己的肩上。这一趟杠，去回无话，只是在分份子钱时，达子才小声地对刘杠头说：我的那份，您退给谷香得了。赵三儿——他，他们，没少帮过我。

刘杠头刚把钱交回谷香手里，谷香就嚎着扑倒在达子的身前：达子兄弟，啊……我……我，我可怎么活啊……哭着，叫着，念叨着，谷香便有了行动。谷香跪在地上，双膝往前紧蹭几步，就搂住了达子的小腿，上身向后歪斜着，用一双泪眼往上看。达子那没了本色儿的白裤腰，松松垮垮地挂在他深棕色的腰胯上，挺厚的胸脯向外翻翻着。达子的两只眯缝眼正从那两块脯子肉中间，向下看她，透着憨厚的嘴唇微动着，像是要说什么，却没声。谷香便声泪交加，嚎了个欢。

谷香35岁，白白净净的瓜子脸，五官周正，细高的身子穿上白孝袍，就更显出她的妩媚。谷香借了大丧之时，全然忘了伦理，在众目睽睽之下如此放肆，便也就充分证实人们关于她不安分的闲话。使人们觉得，她与达子不明不白的传闻，无疑是确凿的了。此时此刻，达子却感到十分窘，想伸手扶谷香，又觉得不妥。慌乱中，达子向后撤步。可他那腿，一动带风，使毫无准备的谷香向前一扑，口鼻蹭地，跟着便嚎差了声。众人赶忙拥上前扶谷香，乱哄哄指责声中，达子成了众矢之的。听着大伙的埋怨，瞧着谷香那满面泪痕的娇羞样，他傻了眼。或许是天意，是他与谷香的缘分。达子在尴尬中，糊里糊涂地伸双手把谷香扶起来，还含含糊糊地说了几句什么话。搀扶中达子觉到了女人身体的沉重，和向他身上靠的企图，越加慌了神，抓着谷香胳臂的手，不由自主地就使上了劲儿。达子的手这么一用力，便把一种错觉传给了谷香。已经止住了哭声的女人眼中，立刻借机带出了许多温情，那眼光饱含着女人的心，女人的情，全给了达子。于是，达子在这看似杂乱无章的丧事中，不知不觉而又忙忙乱乱地完成了一件大事，这就是他和谷香孽缘的第一步。同时，也使新寡欲重的谷香心里，从此有了一个甜蜜蜜的阴谋。

接下来的日子就变得丰富有味儿了。达子愚木的头脑里仿佛觉到了什么，再喝酒时竟不醉了。一种来自不知何方的力量，使他把省下的钱，悄悄的积攒起来，有时还买上几捧挂拉枣儿、半空儿落花生什么的，送给谷香。而谷香也常常塞给达子几个烧饼，让他酒后填肚子。俩人这种相互间的关注，本来挺自然，可却使几个杠夫心怀妒忌。雄性之间的猜忌，使他们对自己的同类，悄悄地下了手，污浊的恶骂使达子如同混沌的头脑猛地开了壳儿。不仅使他知道了男女之间的许多事情，也使他知道了男人对女人的那种占有之心，是多么的下作。达子在杠夫们中间，感到了无可奈何的孤独。

男人们常常挂在嘴边的那个操字，像绳索栓牢了性情憨厚的达子，拽着他在白昼与黑夜中徘徊，让他领略了初暗人事的苦闷。那些恶狠狠，似乎带着血腥喷吐而出的许多花样，又只归结到女人腿间一个地方的语音，让达子想象那种事，必定是一种暗藏的宏伟，做得男人大殊大荣，受得女人奇耻大辱，但究竟是怎么一回事，有着怎样繁琐或简捷的程序，达子无从体验，他想做，却没有机会，更没有对象。虽然他多少次走过谷香的烧饼摊，多少次偷偷看过谷香的胸脯和肥大的屁股，也偷偷看过许多别的女人胸脯和肥大的屁股，可那些色彩如春的景象，只点燃了他内心深处的欲望之火。那火在他的眼睛里燃烧，却烧得十分的惨淡。达子失望，无奈，于是他就经常喝得大醉。醉酒使达子没了人形，常把胸脯子拍得啪啪啪地响，无目的无对手地重复学来的粗话。他把男人与女人间的私事，以最粗俗的语言，得意洋洋地公诸于世。听得人，有的嬉笑，有的掩耳。慢慢的，达子在人们的眼睛里，成了十足的讨厌鬼。但人们忘不了他，常乘他酒醉后，不失时机地用话引逗他，以求一饱耳福。有的人，就将这做了夫妻夜生活的调料。当大动或大静的乐趣，随着黑夜归于消失，白昼的复来，又使人们忘掉一切，无可奈何地不疲地劳作。但达子却做不成了，酒壮了他的胆，也毁了他的身子。他再也不能像往常一样，把腿粗的杠子很威武地放上肩膀，而是像扛了泰山似的弯着脊背，弓了腿，露出了前所未有的稀松样。刘杠头也常在拴杠子时悄悄地做手脚，使达子肩膀上比其他的人，要多出几倍的重量。似乎只有这样，才能阻止住达子对女人的进程，才能使谷香没有了指望。而久旷之人，免不了要受欲望的煎熬和诱惑，说不准在某天的某个时辰，小寡妇就会被谁松了裤腰带。男人们都不约而同地盘算着谷香，各自做着满富刺激的鸳鸯梦。特别是刘杠头，他已经在暗地里把谷香收归自己的领地，并深信有一天会娶谷香回家。但是，这些人又都在得意之中，忽略了达子的憨厚和小寡妇的精明。

达子的痛苦处境，正给了谷香可乘之机，她使出浑身的解数，终于诱达子就范。谷香凭借女人的温柔，把达子带入到一个他未曾经过的佳境。达子终于又醉了，这次却是醉在酒和女人身上。在一个风高月黑的夜晚，谷香把自己认真地向达子敞开了。

千锤百炼的谷香，耐心而又亢奋地引导着达子走
　　完了他人生的第一步。

　　那天晚上，达子喝过酒，摇摇摆摆往家走，半路上让凉风一吹，
哇——地一声就吐了，刚刚吃进肚子里的东西，污七八糟的顺着嘴全
流了出来，弄得浑身上下哪儿都脏。也许这就是达子与谷香的缘分来
了，他正在那儿哇哇哇地吐，谷香正好出来倒脏水。她看见达子像根
棍子似的，斜着支在墙上，光秃秃的脑袋顶着乱七八糟的碎核桃砖，
一只手扒着嘴，另一只手揪着松松散散的裤腰。谷香把瓦盆放在门边，
悄悄走到达子身边，扶着他就回了自己的家。达子迷迷糊糊中像个听
话的孩子，让谷香给他上上下下地拾掇了一番后，便躺在谷香的炕上。
谷香瞧着死猪一样睡去的达子，摇了摇头，赶忙又去烧炕。直到了后
半夜，达子觉得身上很暖和，不像他自己那冰凉的破炕，才睁开了眼
睛。他欠起身，正看到油灯微光中静坐的谷香，竟傻乎乎地笑了。没
想到达子这一声傻笑，竟使不该发生的，或者应该发生的一切，都在
他和谷香眼光的互换中，在他们不明不白的笑声中，提前发生了。
　　来自女人的主动，使达子措手不及，他瞧着火一样燃烧的谷香，
竟不知道发生了什么事情。他醉眼瞧见的全是新景象，如烟似梦，仿
佛到了天界仙山。达子大张着嘴，不出声，也不会动，强壮的血肉之
躯，在片刻间竟成了一座泥雕。谷香不失时机地吹灭了油灯，于是，
黑的夜和白的肉，将达子淹没在幸福之中。千锤百炼的谷香，耐心而
又亢奋地引导着达子走完了他人生的第一步。
　　达子。抬杠多累，帮我卖烧饼吧。完事后，谷香偎依在达子宽厚
的胸脯上，说出了她蓄谋已久的想法。
　　我，我手笨……再说……。达子的手捏弄着谷香胸脯说。
　　不能老笨。
　　可是，对不住……三哥……他……
　　提他干嘛。死鬼不算个人，光吃不做。谷香说着。就又有了动作。
哪如你半点！

146

女人的身体，像一面白帆，在暗夜中闪着耀眼的光亮扯满了蓬，任强劲的海风摇晃着，驶向自己幸福的港湾。

如痴似醉的达子，大喘后，已经没有选择的余地，任凭女人蛇一样缠绕着，策划了长久的合谋后，便乘着夜色还浓，溜回自己的小屋。他蜷在冰凉的破被子里，只觉得通身舒畅得疲倦。回味刚刚的经过，却找不到什么乐子。来自双方的忙乱，在酒的胁迫下，显得淫荡而又苍白。没有情趣的体验，使达子在这场含蕴最丰富的战争中彻底退却。

第二天，达子睡足了懒觉后就变了卦。走到街上，他把脑袋扎到胸前，眼睛盯着亢奋刚过新创微痛的裆部，避瘟神一样躲着谷香。女人冷眼见了也不恼，只是暗藏着偷儿得手后的喜兴劲儿，垂首劳作，默默无声中向世人显示着自己的沉着和力量。她心里那种大满足，正洋溢着和达子同谋后的光明憧憬。她深信达子只是个愣头愣脑的雏儿，她要凭自己的努力，把达子整个拐得了，而决不顾其余。人的信心与固执地坚持，往往造就着成功。

虽说见不得人的事情只做了一次，且是在万籁俱寂的黑夜。可是人们的鼻子像狗，竟从达子身上嗅出了腥味儿。谁也没有确凿的证据，可人们还是把这故事讲得十分逼真了。

这天出殡的时候，与死鬼家无干无涉的一群汉子，在刘杠头的带领下，把死鬼家属的悲痛扔到一边，兴致勃勃地把达子当了话题。

达子，艳福不浅啊！

留神别让赵三儿那鬼拉了你去。

……那娘们儿，啊？哈哈哈……

哈……哈……

……

语言的围剿使达子难于应付，万般无奈中只好用"我没做"这个最简单，最明确的话语来推脱。尽管如此，他肩上的杠子，还是沉重了许多。轻松的杠夫们和艰难中的达子，共同抬着一个倾斜的沉重，哼哼哈哈地走在人世这条畸形的路上。黄色的尘土，在人们脚下起伏缥缈，渲染着或隐藏着这世道的不平。达子看见刘杠头眼里，时刻闪烁着一种狡诈与得意的目光，愚木的脑瓜子里竟自然而然地生出了走低地的想法。只要杠子一上肩，他的双眼就盯着脚下的土路，尽可能把自己的脚放进车辙沟里，就连又浅又小的牲口蹄印也不放过。

这趟杠下来，达子觉得累到极点，身心都感到疲倦。他心里非常清楚，是刘杠头在算计他，是杠夫们在欺负他。达子恨他们，恨自己，也恨谷香。可他对谷香的恨里，却总搀杂着一种说不清道不明思恋之情，像理不出头绪的一堆乱麻。于是，在那天完事后，他就悄悄地奔了另一个酒馆，躲开了那些试图毁他的杠夫们。

这一年是 1937 年。这一天是 7 月 7 日。

酒喝到晌午的时候，达子已经大醉特醉。磕磕绊绊地出了酒馆，达子觉得心里特别难受，他回味着在陌生人中间无干无涉的恬静，也想起了刘杠头和杠夫们的可恶，喝进肚子里的那些辣水，就像烧着了，烘烤着他的五脏六腑。达子在坑凹不平的路上歪歪扭扭地走着，让酒染成红色儿的小眯缝眼，突然瞧见这世道变得火暴起来。满大街，满胡同都是人，还有许多舞刀弄枪的兵。成群的学生们，还有好些教书的先生们，大伙挎着胳膊涌上街头，挥舞着纸做的旗子，跳着脚乱喊，好像是招呼人们去抗什么日。许多商家店铺，也纷纷关门上板。达子却不懂，也顾不上这些，他倾全身的力量，都不能使自己走出一个漂亮的正步，总想躺平了身体，舒舒坦坦地睡一觉，无论何时何地。他觉得是酒和沾了女人的晦气，无情地撕扯着自己的心肝肺，上当受骗的感觉在他的脑子里闹腾，火烧火燎的肉体难忍难耐，干涩的嗓子便玩命喊出了声：……谷香……我的妈呀……刘杠头……你……你，你们都不是人……"

　　达子的失态，招惹了人们的围观，破衣烂衫的孩子们，围着他闹了个欢，砖头瓦块连续不断地向达子扔来。每被投中一次，四周围便哄起一阵孩子们得意的狂笑。终于，麻木了的达子愤怒了，他要向围观的人们发威，向用砖头拽他的孩子们报复。他举醉眼看准了一个离他最近的孩子，准备猛扑过去扼住孩子的喉咙，让他喘不上气来。但刚刚有了动作，达子就一头跌到了。达子庞大的身躯像一条僵而不死的蛇，卧在地面上缓慢地蠕动，喷着酒气的臭嘴沾满了尘土，发出猪被杀前一样的哼哼声。人们看到达子的惨样，觉得感官受到了这种奇趣的刺激，便大笑，同时也将几十里地以外，芦沟桥那儿正轰轰隆隆响着的，日本侵略者的枪炮声暂时忘记了。

　　在杠上整治了达子的刘杠头，也喝得醉意熏熏。他摇摇晃晃走到齐化门外吉市口的时候，瞧见了口吐白沫的达子，便满嘴喷着酒气，把围观的人们骂了个天地无光。孩子们看见又来了个肥肥大大的醉鬼，便笑着叫着一哄而散。刘杠头便很费劲地猫了腰，架扶着人事不省的达子奔了家。

　　一路上，两颗都不清醒的脑袋，不和谐地晃了个够。四条腿互相支撑着两具强壮的身子，仍然磕磕绊绊。刘杠头在非常费力地把握自己的同时，便在搀扶达子的手臂上用了过大的劲。他的胖头歪歪着，臭哄哄的嘴，把像牛一样喘息呼出的粗气，吐在达子小扇子般的耳朵上，刚长出的头发硬茬儿，不时蹭蹭达子新刮的秃瓢。扎扎刺刺的感觉，把四肢无力头脑模糊的达子弄得挺烦，他还感到有什么东西，过分地束缚了他的双手，形式很像谷香和他做那个事时的情景，但劲头却太大，搂在他的脖子上的，也不是那两条白嫩温软的手臂。过于粗壮的两条胳膊上全是毛，达子心里便恍然大悟。这一定是整治他的刘杠头。歪歪扭扭中，达子仰起脸，对着他旁边正呼哧呼哧喷吐酒臭气的大嘴，含混地吐出了一大串似清不清的声响："刘爷……我……，我……CAO……你一"。

刘杠头一听达子骂他，脸色儿立刻就变得铁青，却没有大的愤怒。他只在忙忙乱乱中，腾出一只粗壮的胳膊，用肥厚的手掌，在达子的光头上用力拍出了响。啪啪的响声制造出的疼痛，让达子片刻无声。过一会儿，达子便重新再骂一回刘杠头。刘杠头也仍然不恼，只像刚才一样，使劲的拍打达子的光头。

两个人打打骂骂回到达子的家。一进门，刘杠头把达子甩在炕上，自己便摸摸索索地奔了水缸。水缸里没水，或者是有水，刘杠头却看着没水，他便骂着达子：真他妈的懒……连……话还没说完，酒烧饥渴使刘杠头筋疲力尽，散了架似的瘫在水缸边，只片刻就发出了和炕上那一个一样的呼噜声。

7月的暑热，统治着整个世界，通风不好的小屋像个蒸笼。两个男人内外受热，只消停了片刻，便各自有了举动。炕上的达子，先撕裂了上衣，继而又将胸前的皮肉也当做了布，两只爪子在上面抓挠了一个够。直到皮疼的信息反馈给他迷糊的大脑时，达子才发觉手指间沾上了过多的粘腻，也并非是自己的臭汗，挪到鼻端一闻，血腥味掺和着许多别的气味引起了他的大呕。散发着恶臭的黄汤中，根本没有实在的东西，只稀稀拉拉能见到些嚼碎了的豆类。翻覆的五脏，使达子疲软无力，终于又一次放倒了头，只剩下长短不一的喘息。地下躺着的刘杠头却简单的多，也粗野的多，他发现水缸根部冰凉，便挪过去，沿着水缸放倒了自己的身子。他粗笨的手指，很费力地解开上衣的算盘疙瘩，再用手一揪，就将裤带抢到了一边。几经蠕动，他找好了一个最舒适的姿势，便再也不动了。

七月的夜虽然来得晚，但还是来啦。

日本军队进攻芦沟桥，给中国人带来了恐怖和灾难。京城里的人家早早关了街门。善良的北平人在惊恐中错误地以为，只要躲进自己的屋子里就是安全的。却根本没想到自己会在第二天的早晨起来，成了亡国奴。

无依无靠的谷香，在这一天的夜里失眠了，日本兵的枪炮炸弹，还有达子对她的躲避，把她的脑子搅成了一锅粥。黑暗闷热的屋里，不时响起她的长吁短叹。谷香想，她与达子的事，不能就这么完了，好歹也得有个结局。她要去找达子，去问个明白，干嘛老躲着她，莫非她就真的那么不值？当她在等待中确信，人们都已经睡了时，她便悄悄地出了自己的屋。谷香并不知道达子的大醉，也不知道达子因为和她的事情，才被人们嘲弄。她只要以自己的勇气，去把达子不理她的事情弄清楚，然后，凭借自己女人的力量，把这件事推上一个更高的高峰，使那个过于愚憨的男人，彻底臣服于她。

许多天了，谷香都是在暑热中苦苦地思考这件事，那是一种撕心裂肺般的煎熬，她不想再忍下去，也不想再等下去，自信和欲望使谷香浑身充满了邪劲儿，却忽略了正常中还有反常。外面墨一样黑，谷香悄悄摸出家门，像个幽灵。她的行动只惊动了几只狗，杂乱的犬吠，震碎了黑夜死一样的沉静，给往日神秘温馨的时刻，增添了许多阴森和恐怖。毛骨悚然的谷香心里，盛着一个光明，便也就放开两腿，向达子的小屋奔去。

达子的小屋门没关，里面漆黑一团，却不安静，污垢的空气里弥漫着汗酸和酒臭的气味，如猪饱食后的"哼哼"声，塞满了一屋子。谷香的心跳如狂擂的战鼓，人却显得格外的冷静。她慢慢地推开门，蹑手蹑脚地摸进屋，用颤而轻的声音小声地唤着：达子！达子！叫了几声，见没有回应，她便寻着杂乱的呼鼾声摸到炕边。黑暗中，她的手先摸到了达子滚烫的肉体，再往下摸，便是冰凉湿湿的一片。谷香就琢磨着，知道这是又喝多了，就摸摸索索到了桌边，摸着洋火点上

感觉着自己对谷香的占有，也似乎从此有了指
望，于是那欲望便在他的头脑里撒了欢。他迈着沉重
的脚步，借了酒劲儿，直接跑到谷香家的门前。

油灯，又找了快破布，准备给达子擦擦身子。可当她回身准备去炕边
照顾达子的时候，在油灯摇曳的微光里，她看到了团在水缸边上那堆
黑糊糊的东西。那东西前身赤裸，裤腰散乱在肚子下面，头和肩膀歪
靠着水缸，鼾声正响。谷香心里一惊，险些叫出声，慌乱中她急忙转
身吹灭油灯。可她万没想到，由于自己的慌乱，把一个破碗碰到地上，
"哗啦"地一声响，好像夺命的枪声，催着她疾速地扑向外面的黑暗，
沿着来路，跑了一个欢。

达子始终没醒，可醉得并不实在的刘杠头，却被谷香弄出的声响
惊醒了，在光亮灭去的最后一瞬，他看到一个曲线俊美的瘦高身形随
之而没。刘杠头眨眨醉眼，想看得实在一些，可眼前已经是一片黑暗，
只有一串清晰如鼓点般的脚步声，急促地消失在门外。

对那瘦高的身形，刘杠头很熟悉。他恨自己睁眼太晚，没把这事
看得更清楚。他愤愤地爬起身，歪歪扭扭地摸到炕边，不太听话的两
条胳膊，胡乱舞动，把达子上上下下摸了个够。当刘杠头确信炕上只
躺着达子一个人后，他便嘴里骂着什么，迈着蹒跚的脚步出了达子的
小屋，伴着杂乱的犬吠声，向着夜的黑暗，向着那脚步消失的方向，
跌跌撞撞地追了过去。刘杠头坚信，自己看到的是真实，心里一直盛
着的那个模糊的奸情，终于被自己证实了。有了这个发现，他颇感得
意。感觉着自己对谷香的占有，也似乎从此有了指望，于是那欲望便
在他的头脑里撒了欢。他迈着沉重的脚步，借了酒劲儿，直接跑到谷
香家的门前。

刘杠头先用力拍了拍谷香家的门，再用手扣着墙上的碎核桃砖缝
儿，喘了几口粗气，便放开喉咙，声嘶力竭地嚎叫起来：谷香！你出
来！我……我，我全看见了……快开门！

杠头以为自己这么一喊，准会成功。可屋子里的谷香，只用沉默
回击他。闩死的破门如森严壁垒，厚实坚挺地矗立在刘杠头面前，使

刘杠头心里的那个阴谋，受到了前所未有的阻击。但刘杠头不灰心，酒精的蛊惑，占有女人的奇趣儿，给了他力量，鼓舞着他必得把此事做下去，即使轰轰烈烈，天下人都知道了，耻笑他，埋汰他，他也一定要做下去。刘杠头嚎叫着，用力踢打谷香家的破门，似要砸烂竖立在他面前的几块破木板，然后冲进屋去，以英雄般的手段，迅捷利落地活剥了谷香这个骚货。想象给了刘杠头无穷无尽的力气，他不停不休地踢打着，继而便有了更加疯狂的，无耻的喊叫和辱骂。

惊魂未定的谷香，蜷缩在炕角哭泣。陪伴她的只有孤独，孤独。门外那狼啸虎跳般闹腾的男人，吓破了她的胆。她诅咒自己的冒失，更怨怒达子的无情，憎恨门外那个畜生的无德无义。惊恐中谷香意识到，眼前发生的事情，是个大威胁，这个威胁会毁了她。今后的日子可怎么活？怎么有脸出门去见人呢？痛苦中谷香怨达子，恨达子，心里又想达子，祈盼着此时达子会天神般飞来，拥着她幸福地遁去，逃离这个多灾多难的小屋。可是，除了刘杠头弄出的响动继续喧嚣着外，什么事情都没发生，只有黑暗和门外的威胁与她同在。

刘杠头和狗们弄出的响动，此伏彼起，似乎要给已入梦乡的人们不倦的搅扰，使早先宁静温馨的夜从此不再安定。

终于有人经不住这混乱的骚扰和诱惑，悄悄起身向这神秘的黑夜中的躁动探询究竟了。于是刘杠头的阴谋彻底失败；于是关于达子和谷香的传闻有了彻头彻尾的改换，也就有了一个内容真实的故事。

奋起抗日的中华男儿，在亿万民众的呐喊助威声中，积极支援中，英勇杀敌，给了入侵的小日本鬼子沉重的打击。然而，由于芦沟桥战事的失败，民众的激情和军人的热血，只做了一页可歌可泣的历史。亡国奴的耻辱，如疾风暴雨般，前所未有地席卷了四万万中国人。

世态的变迁，国土的沉沦，剥夺了刘杠头、达子和谷香痛苦的时机，人们也来不及从容地传说这件他们喜闻乐见的艳事，一切灾祸便降临了。战争的无情，日本鬼子的凶残，还有饥饿，这一切一切，都威胁着中国人忘记昨天的安宁，赶忙料理赖以生存的物品，缩头缩脑地准备苟延残喘了。

达子更感到艰难，独身的生活使他从没想过得积存点粮食。他在屋里转了许多圈，东瞧西看，摸摸索索，只发现了小半缸凉水和一丁点盐，唯一剩下能"吃"的东西，就是他自己了。

一连好些日子都没殡。死了人的家里，都觉得国难当头，丧事不宜大办。也不敢大办，怕响动太大，出城遇上鬼子，再给活着的人招来灾难。所以丧事一律从简，大都是匆匆就近埋葬了事。没有殡，别人尽可以暂时躲在家里，吃着积存的那一点点粮食，总到不了饿死的程度，也算是清闲几日。达子就不同了，他不能呆在家里，不出门寻事做，非饿死不可。可出了门，却找不到活计做，更没得吃。达子空着肚子满街转，希望遇上点什么打杂的活儿，无论什么活儿他都干，不给钱给顿饭吃就成。然而，在街上，他看到了随处可见的倒卧。曾经充满温馨的胡同、街道，满目凄凉，这让他想起了另一个世界里那种无声无息的安宁和幸福。可眼下他还活着，没吃没喝，没皮没脸地活着。那些一身黄皮的矮鬼子们，却耀武扬威满面红光地在街上走。达子想不透这是为什么，只觉得是日本鬼子毁了中国人安定的生活，把这个安稳的世道弄得乱七八糟。他恨日本人，可他没有办法，只是感到空前的绝望。达子在街上走着，慢慢地走着，他肚子里没食，两腿发软，脚下的土地，仿佛变成了一块铺满棉花的大地，让他走得不塌实。达子无奈地向前走着，他感到自己的眼前，时不时会冒出一些闪着金光的小星星，那些晶亮的小亮光，刺痛了他的眼睛，让他看不清天，看不清地，只觉得自己走在一团灰蒙蒙，死气沉沉的雾气当中。他满怀希望地在街上转了半天，却没有找到希望。眼瞧着天已经擦黑儿，达子只好挪动着疲惫的脚步，挣扎着往家的方向走。回到家里，达子先到水缸那儿，舀了半瓢凉水喝，然后上了炕。他浑身无力，懒散地躺着，静静地躺着，等待着白日的光亮最后消失，等待着掩藏一切的黑暗降临，等待着明天或许会出现新的希望，也等待着随时会来的他的末日。

此时此刻，和达子一样无依无靠的寡妇谷香，也正经受着前所未有的艰难，眼下她虽然没有吃不上饭的恐慌，可日本鬼子的霸道，刘杠头对她的搅扰，使她痛苦万分。谷香想起了达子，想起了死鬼赵三儿，但她没有想到达子正遭受着比她还要艰难的日子，没想到达子没食吃正挨饿。谷香还想到了刘杠头对她的威胁，那威胁正日渐向她逼近，说不定哪天就会毁了她。谷香思来想去，除了明着跟达子过，她没有别的办法。只有让街坊四邻都看见，才能绝了刘杠头那畜生的念想。

转过天仍然闷热，谷香心神不定地耗到黄昏。当暮色降临时，谷香简单梳洗打扮了自己，在腼腆与谨慎中，果断地走进了达子的小屋，把街坊们猜测的目光，都关在了门外。其实，在亡国重压下的人们，已经没有了对男女之情那种好奇的兴趣。谷香到底与哪个男人做，都不关他们的事。孤男寡女的结合，互相间的依靠，或许能让他们省却了一份挂念，总比眼瞧着谷香让人欺侮好。

进了达子小屋的谷香，吓了一跳。几天不见的人，怎么就灰绿了呢？莫非这呆子遭了瘟疫，遇了邪。达子——，达子！你怎么啦？达子你这是怎么啦！

歪斜倚靠在炕里墙角的男人，听见了屋子里的响动，他慢慢翻了翻眼皮。达子看见屋子里晃动的人影，是谷香，是谷香！他的两只小眼睛，立刻放出了一丝惶惑、惊喜之光，接着便疲软无力地晃晃脸，干爆得起了皮的厚嘴唇，微微张合了几次，断断续续弄出了一点声：

饿，饿，……我……我……饿。

谷香转头四下里看了看，小屋里没有一处不显现着地狱般的阴森，潮湿的空气中，还弥漫着十几天前她曾闻到过的酒腺气。床上堆着黑糊糊泛着油光露了棉花的破被，有只缺边裂纹的破粗瓷碗，有气无力地歇在灶台上，碗中空空。已经蒙了一层厚厚的尘土。谷香瞧着瞧着，眼眶发涩，喉头发热，要哭却不哭，急急地转身回家，摸摸刚才欲喝，却又咽不下去的玉米面糊。那碗糊糊还有点温乎，赶紧端了它，又奔了达子的小屋。谷香哽咽着爬上炕，把达子搂抱在怀里，一勺勺地喂达子吃粥。闻见玉米面香味儿的达子，突然来了一股邪劲，他仰起身子，伸手一把抢过谷香手里的碗，"呼噜"一声把那碗粥喝见了底。他攥着碗，眼巴巴看着谷香，希望她说还有。可谷香却没言语。谷香见了达子这狼吞虎咽的饿样，再也控制不住自己，一扭脸便哭出了声。谷香同情的哭声解不了饿，达子就收回目光重新盯在碗上，他用颤抖的手指，将沾在碗边上的存留物抹进嘴里，"吧唧，吧唧"地嗑出了声。达子舔粥碗那贪婪的样儿，一点都不像他对谷香这个人。

这天晚上，达子在桂二太太和凌家大姑奶奶的劝说下，去了谷香家，并吃了一顿饱饭。邻居们也对达子和谷香的所作所为，表示了一反风俗的认可，还给达子送来了各种吃的，什么拉了粘的蒸白薯，掺了野菜的窝头，豆汁、麻豆腐等等。这些平常的东西，此刻变得无比珍贵，既救了达子的命，又做了他们的贺喜之物。吃饱喝足的达子，肚子里有了热乎气，他感到前所未有的舒坦。满足中他看着坐在炕角另一端的谷香，眼泪就流出来了，嫂子，你的心眼真好。我……我，早先，我不是人。说着话，抬起手来，使劲拍在自己的脸蛋儿上。"啪啪"地打脸声，把谷香弄得又哭起来。开始无声，继而有声，跟着就有了动作。谷香扑向达子，两条滚圆的胳膊搂住达子，柔嫩的小手在达子的后脑勺上不停地抚动。达子不动，只一个劲儿地念叨，嫂子，嫂子你别哭……嫂子……

谷香慢慢止住哭声，泪眼仍然含情地盯着达子。她知道，从今天起，她就有了一个坚强的靠山。这么想着，就温软地偎进了达子的怀里，娇娇地告了刘杠头一状，并断定：有了你，看那畜生还敢！

不敢。他绝对不敢对你做什么了。打今儿起，谁要是敢欺负嫂子，达子跟他拼命。

谷香听见达子仍然管他叫嫂子，就发了疯似的用两个拳头捶达子，边捶打边骂，我让你还叫嫂子！我让你还叫嫂子！

达子就笑着翻在炕上，手脚胡乱抓挠着。随着油灯的熄灭，谷香和达子各自想着自己的心事，满足地歇了。

惊恐了一阵的社会，终于喘了口气，饱受蹂躏的众生，不得不忍气吞声地活着。该做的还得做，只是头上又多了个管主儿。

日渐稀少的活计，使人们感到活着的艰难和日本鬼子的可恶。在这样极端的贫困中，人们只好多做几种活计，来弥补进项的不足。善良淳朴的人们，往往忽略了最实际，最根本，最有效的办法，心甘情愿地把这一切罪孽的降临，归结为命运。

吃腥未成的刘杠头，并没有因谷香和达子的结合，而忘记谷香的存在。也没有因生活的沉重，而减低要得到谷香的兴趣，他对谷香占有的欲望，每时每刻都在他的心里膨胀。他认为，那个娘们儿的存在本身，对男人就是一种诱惑。摸摸她或许是罪恶的，摸不着则就更是罪恶的了。在肉体和精神的双重重压下，刘杠头像中了邪，时时刻刻想去强做了谷香这个小娘们儿，如果做不成，就毁了她，消灭了她。这世上没了谷香，也才能断了自己心里的那一层折磨。可刘杠头不敢轻易去做，年轻力壮的达子的存在，绝难忽略。刘杠头知道，自己恐怕不是那畜生的对手。欲望的煎熬，使刘杠头对达子有了明里嘲讽，

生命的本能在这看似混乱，却绝对和谐的律动中
神圣地体现着。饱含着原始与现实的宏伟过程，如同
醇酿蜜酒，泡醉了达子和谷香。

暗里狠毒的阴谋生成。他悄悄地等待着时机。

在生活上渐入佳境的达子和谷香，正在黑白两个战场上日夜作战。日间为生存奔忙所带来的疲劳，都在夜里那种更勤奋的动作里，演化成幸福的作料，淹没在四条胳膊透入骨髓的温情搂抱之中。阴暗潮湿，却收拾整洁的低矮小屋里，时刻洋溢着生命的欲火，达子那撼动山岳般的力量，永不疲倦地重复着男人的所作所为，把早先倍受性饥渴折磨的谷香，打入到穷于应付的百忙之中。

达子！达子——！我亲亲的汉子呀！

永不改换而又亢奋的叫唤声，像一条结实的绳索，拴牢系紧了两颗心。承接它的是达子的忙乱，还有沉醉于幸福之中的女人的呻吟和轻嚎。

生命的本能在这看似混乱，却绝对和谐的律动中神圣地体现着。饱含着原始与现实的宏伟过程，如同醇酿蜜酒，泡醉了达子和谷香，因而，又使他们在日间的劳作上，充满信心和力量。深藏于繁衍人类过程中的龌龊乐趣，超越了那现实本身，永恒地存在着，也使达子和谷香陶醉于那亘古不变的美妙幻象之中，每时每刻，每时每刻地想往与等待它的来临。

在谷香身上有着不同结局的达子和刘杠头，终于发生了面对面的打斗。

那是转过年的冬末春初，天不见暖，寒风仍不知疲倦地在大地上横行霸道。那回的死鬼，是个有钱人家的姨太太，其活着时得宠的程度，可以在她那厚重的，油漆光亮的棺木上略见一斑。他家的坟地离城不很远，出殡的仪式，却被那男人弄得十分繁杂。披红挂彩的二十四杠，后面跟着纸糊的车船驴马大花圈，再后面是一拨文场，一拨鼓吹，呜哩哇啦喧闹着。出殡的队伍，走得十分庄重，只慢慢腾腾地行走，从隆福寺奔西，再奔北，奔安定门出城。杠夫们在刘杠头的

指挥下，迈着沉稳、扎实、整齐的脚步，缓慢地跟在送丧队伍的后面。

　　或许是响动太大，这趟杠刚走到安定门，就被一群日本鬼子和狼狗给围了。按照丧葬民俗，这杠一上肩，就不能再落地。可日本军人为了显示威风，拦着送丧的队伍不让走。在日本人没结没完的盘问中，那个没了魂的娘们儿，在其家人财大气粗的威风中，洋洋得意地压在穷苦杠夫们的肩头，同时也给予日本兵不屑一顾的藐视。丧种的主事人，点头哈腰地应付着日本人的询问，却没有一丝一毫的怯懦。这位年过半百男人的行为，充分体现了有钱人的气魄和胆识。言谈话语中，他为自己争足了面子，同时也使死的亡灵，在异族侵略者面前出尽了风头。

　　可是，身强力壮的杠夫们，却没有死鬼家属那么威风凛凛。或许是因为他们身上的压迫过于沉重，或许因他们每获得一丁点东西都来得太难太难，或许他们觉得还没有使自己的妻子儿女过得更好些，所以，他们过于珍惜自己的生命。这群平日自诩造生送死的汉子们，在鬼子凶狠地胁迫面前，表现了软弱和退缩。尤其是见多识广的刘杠头，彻底没了人样。他在日本人那苍黄而凶神恶煞的脸前，在他们手中牵着的，正向人群狂吠的狼狗的叫声中，惧怕得颤抖了。刘杠头在杠上本无位置，可此时此刻，他却把自己深深藏于那横七竖八的杠子中间。他缩头缩脑地紧靠棺材，似乎是要借了棺材里的那娘们儿的一点阴气，才得以稳住自己正要抖动起来的双腿，才能支撑住他肥大壮实的身躯。

　　面对日本鬼子的刺刀和狼狗，没人敢动，没人敢哭，没人敢出一点声音，上百人的送丧队伍，鸦雀无声。杠夫们也都明里暗里互相支撑着那无数条腿，才使肩上抬着的那个只做到姨太太的娘们儿，显示了一生一世中最辉煌，也是最后的荣耀。

　　只有达子在这堆软了的混蛋们中间，表现了非凡的沉着和冷峻。达子肩上的沉重，不容他有一丝一毫的疏松，他的腿没有抖的份儿。

要不就瘫在地上，露出前所未有的软软软；要不就硬撑住直立着，钉进地里也不打弯。这便是刘杠头的杰作。达子咬紧牙关硬挺着，料峭的寒风里他的额头渗出汗珠，两腮也因牙齿相咬的力量向外突出。两种仇恨在达子的心里凝结碰撞，像是沉闷有力的雷声，在他宽厚的胸膛里不断地炸响，似是要肢解了这具盛血造粪的皮囊。然后带着红黄腥臭再毁了这个阳痿的世界。

狂躁的心跳，使达子感到憋闷，可他不敢出声，连大气都不敢出，只得在心里发一声怒骂，把仇恨更多地转移到刘杠头的身上。直到日本鬼子收起侵略者的嘴脸，对死人和活人都有了礼仪式的微笑，并表示放行时，达子也没露出一丝沾了女人后的软骨头样。

死鬼女人落葬后，参与送丧，悲哀的亲友陆续散去。丧主对受了大累的杠夫们，满脸带着经了世面的骄傲，拱手道谢外，还在酬劳上表示了施舍般的慷慨。惊魂未定的汉子们听了丧主的话，立刻喜上眉梢。灰黄色的坟地里，散乱的人群起了一阵小小的骚动，众星捧月般把刘杠头围在中间。在不该软的地方软了的刘杠头，此刻却在自己同胞面前，展示了如往昔一样的雄风。他似执法如山的圣者，又似凯旋而归的元帅，对着闻到铜臭而诚惶诚恐的穷苦汉子们，玩儿了一个似是而非的公平手段。他把钱按份分，每人一份，只多给了达子一个白眼。刘杠头的举动，让达子打心里生出仇恨，他的白眼，无异于火上浇油。往日的积怨，带着血腥，像是要从达子的腔子里喷射而出，小眯缝眼也流溢出凶狠的杀气，逼住转身要走的刘杠头。杠头视而不见，甩下一个得意，嘴里哼出一串不伦不类的西皮摇板，就抬腿而去。

达子碰了个白脸，弄了个没趣，窝着的一肚子火没处放，便对着刘杠头的后背大骂一声：你他妈的是畜生！

你骂谁呢？小王八羔子！刘杠头停住脚步，回头跟达子就接上了火。

在那个刚刚堆起来的，散发着娘们儿阴气的土堆旁，两个红了眼的雄性，充分显示着各自的阳刚之气，似是在为刚入土的娘们儿表演杂耍。

你答茬儿，就是骂你呢！你个绝户，你个王八蛋！达子并不示弱，梗着脖子挺直了自己年轻的胸脯。刘杠头和达子开始还是简单的对骂，渐渐地就将对手的亲娘、祖姥姥们给请了出来。达子仗着自己年轻，气盛一筹，他的脸涨得紫红，往前赶了几步，一个饿虎扑羊，擒住了刘杠头的胳膊，两排碎玉般的白牙，狠狠地咬在了刘杠头健壮的肩头。

虽然隔着棉袄，但刘杠头还是感到疼痛难忍。你他妈的是狗啊！刘杠头大叫一声，紧急中，伸手奔达子的两腿间，狠狠地抓住了达子的命根，并用邪劲一攥，一拽。达子疼得大喊一声，张开嘴，迅疾地用胳膊勒紧了刘杠头的脖子，两条汉子扑通一声翻滚在地。

在那个刚刚堆起来的，散发着娘们儿阴气的土堆旁，两个红了眼的雄性，充分显示着各自的阳刚之气，似是在为刚入土的娘们儿表演杂耍。"咚咚，咚咚咚"的互相捶击声，污七八糟的辱骂声，犹如沉闷的滚雷，从这里炸响，又向远天处遁去，仿佛要震苏这死气沉沉的大地，又好像是一种封建古老的祭祀仪式了。僵立着发愣的汉子们，被这突如其来的事情惊呆。只片刻，大家便呼啸而上，十数条胳膊，先后抓牢了两具撕扭在一起的肉体，想把他们分开。却很难分开。混乱中便有了无干无涉的几只爪子，或揪扯或捶打在达子的身上和头上。刚刚颤抖过的腿脚，此刻都做了帮凶，也有了力量，偷空迅疾地在达子的腰腿处和屁股上，奋力地踢一下，然后又撂在地上忙乱。这就促使达子更加拼命地踢打刘杠头，拳头也准确地奔了对手的要害，让刘杠头尝到了他心狠手黑的滋味。

见此情景，丧主家的主事人很气愤，他的一声大吼，使这场打斗没能分出胜负就结束了。成何体统！畜生！都是畜生！丧主家人的表情在一瞬间，由悲哀转换为愤怒。他要给他的女人最后的安静，他不允许别的雄性，在她的面前争强斗狠。这样会使她在死去后，对人性有了最彻底的觉醒，会让她带着从一而终的遗憾长眠阴间。他要让她带着他给予的满足或不满足，在黄泉路上乖乖地等他，等他也瞑目归西时，仍然妻妾成群，荣耀于阴曹地府，使十万阎罗八千小鬼儿自愧不如。他并不知道，这两个撕扯打斗的汉子，也是因为一个女人，才生成了难消难灭的仇恨。虽然在对待异性的资本上，这两个男人的身体，都比他雄厚得多，可因了种种原因，却没有他做得文雅。他也根本不知道穷苦人对待女人，只有随意的粗野和直接。当然他也不知道在对待女人这个问题上，男人们有着惊人的相似之处，就像他捍卫占有女人一样，他们也有着自己的方式。他只认为，两个男人在一个女人的坟地里这么大打出手，是有悖于伦理的，会搅扰了他的小女人死后的幸福和安静。

丧主到底是有钱人，有钱人就有面子，就有权威。他吼过后，两条汉子就怒骂着停了手，只是凶狠的目光，仍然不停不休地纠缠撕扭在一块儿，似乎这也是杀伤对手的另一个有效的手段。乱做一团的杠夫们，不失时机地分开了两个人，扔下死鬼和一堆新土，簇拥着刘杠头和达子踏上了归途。

旷野复归冷清，像什么事情都没有发生过。

天空灰暗。送丧归来的人们，无声却又匆匆忙忙地低着头走着。他们的脚步零乱地敲在冰凉棒硬的土地上，好像是在演奏一曲不和谐的凯旋乐。被人群惊起的几十只老鸹，哀叫着撕裂天幕，在半空中画着美妙的曲线，散落到远处的干树枝上，"啊，啊，啊，啊"地继续唱它们自己的歌，倒也使死气沉沉的世界上响起了几个生动的音符。

达子低头走着，他狠透了周围这几个家伙，他们刚才或多或少都帮了刘杠头的忙。要不是这几个赖皮囊帮助杠头，他一定会让那个黑了心的畜生，受到刻骨铭心的教训，这群狼心狗肺的东西，都该死！达子心里的气，仍未消除，便冷冷地盯着刘杠头那短粗肥厚的脖子。他的目光，像两把钝刀，在那上面锯木头般地拉来拉去，想象着让那达子雄狮般的勇猛，终于使他有了大彻大悟的觉醒。这后生轻辱不得，他爪子下的猎物也绝难轻取。

肥硕的脑袋，以怎样的方式离开腔子更好，是彻底割断，让它像球一样滚落在地上呢，还是不拉断，让它滴着鲜血挂在肩膀上更好看。想着走着就如着了魔。谷香那窈窕的身影，竟幻化于一片血肉模糊之中，耳边也响起谷香哀哀地似哭似嚎的轻吟。达子感到了裆疼，腿间那堆垂垂累累的玩意儿，也不似往日那样的自在，小小的东西，竟抑制了两条粗壮的大腿，行动仿佛也有些歪歪扭扭，不太灵活了。达子失了常态的脚步，似乎在明确地告诉他，这场看似平手的打斗，用长久的眼光看，他是彻底地惨败了。悲哀之情像一把火，燎着了达子的心，使他生出了要杀了刘杠头的恶念。

其实，刘杠头也没有感到自己是个胜利者，却实实在在地感觉到，本不属于男人的软弱，正悄悄降临到他的身上。被达子叼咬的地方钻心地疼，肋骨也断了般难忍难受。他咬牙挺着，不想露出一点受伤后的破绽给对手看。达子雄狮般的勇猛，终于使他有了大彻大悟的觉醒。这后生轻辱不得，他爪子下的猎物也绝难轻取。弄不好得搭上点什么。可刘杠头又不想退缩，那会让对手得逞，落下说不完的笑柄。刘杠头不言不语地走着，他在心里盘算着今后的手段，准备寻找一个合适的机会，给达子以致命的打击。

两败俱伤的一对儿冤家，各自携了没趣，分别奔了酒馆。酒后皆大醉，腔子上插着的两颗头，转着各自的种种念头，直至麻木。

达子和刘杠头的争斗，使其他的杠夫产生了错觉，以为达子会被赶出抬杠的行列。于是，他们在闲扯亵笑时，不约而同地流落出排挤达子的嘲讽。暗地里帮过刘杠头一把的，往往乘无人时，凑近刘杠头那片肥耳朵，说些讨好的话。刘杠头却只藏着阴笑，沉默不答，从来也不顺着谁的话说。达子仍然抬杠，并在许多次劳作中惊奇地发现，那根抬人的杠子平了。他不知道刘杠头要怎样，只深信是自己的勇猛强壮，使对手害怕退缩。他不再说什么，对刘杠头的恨也消减了许多。

　　　　　　垂头丧气的达子更加憎恨那个毁了他的杠头。夜
里睡不着觉的时候，他就琢磨处置刘杠头的机会和手
段。但他愚木的头脑总也帮不了他的忙，只剩下要杀
谁的决心，撑着他骨肉强健的空壳活着，活着。

　　日本人狠毒的三光政策，使中国人的生活日渐紧迫。谷香已经无
法继续经营她的烧饼摊，自己吃饭都快没粮食了，还拿什么去做烧
饼？于是她休闲在家，专心致志地对付达子。并扬言穷死也得要个孩
子，总不能断了祁家的根儿吧。可达子对此唯唯诺诺，不把自己的裆
疼说给谷香听，只以劳累推脱，全力回避他曾乐此不疲的事情。谷香
对此不解也不饶，常使出威逼利诱等种种手段，逼迫达子就范。达子
推脱不了时，就想竭尽全力地给谷香以积极地响应。可是每次大战，
他都望门而废。狭小的小屋里，便常常有了乾坤颠倒的景象。谷香像
母狼撕掳羔羊般地摧毁了达子，大胜却无满足，反而觉得这样的行为，
是自己的一种耻辱了。不出成果的努力，使谷香非常失望，怎么好端
端的一个人，就突然不成了呢？莫非男人都这样？她百思不得其解。
达子则处于空前绝后的窘境之中。生活中没了情趣和希望，苦苦地劳
作还有什么用。垂头丧气的达子更加憎恨那个毁了他的杠头。夜里睡
不着觉的时候，他就琢磨处置刘杠头的机会和手段。但他愚木的头脑
总也帮不了他的忙，只剩下要杀谁的决心，撑着他骨肉强健的空壳活
着，活着。

　　惨绝人寰的春天里，人世上到处都留下它魔爪行凶的痕迹。整个
北平城，满街都是菜色儿的人脸晃动。狗子们，也被饿得皮包着骨头，
有气无力地在路边踽踽而行，好象在寻找什么，也似是在躲避着什么。
那年春天奇冷，本应是春暖花开的时候了，可反反复复的几次倒春寒，
把苦日子仍旧搁在冰凉寒冷之中，老长老长黑夜，仿佛永远也见不到
亮光了。在这天短夜长的日子里，穷人活得更加艰难。
　　还活着的杠夫们，正在全力应付日渐变坏的世道。刘杠头也没了
往日做杠头时的威风，"没活干"和"没食吃"，像牛头马面，逼得他
眼儿蓝。身强力壮的张秃子和猴儿常，无病无灾的，一夜之间暴死，

让刘杠头眼睁睁地瞅准了那黑咕隆咚的阴间绝无情义。阎王爷欣逢盛世，正拍着巴掌，兴高采烈地充实自己的鬼队。刘杠头不能等着去做鬼，没吃没喝的日子虽说苦得很，可谁知道明天怎样呢？张秃子、猴儿常不是死了吗。只要不死，没准明儿个就会好起来。于是，他在没杠的时候，就去替有钱的人家磨剪子磨刀。就像别人去拉洋车或窝脖儿、扛脚、帮跤场一样，能够多干一种活，就会多一份儿进项。

就在刘杠头为自己一个人的生活苦苦奔忙的时候，达子却凭着自己年轻，身体又很强壮，活得还挺欢实。他先是到处去卖苦力，虽说挣来的也不是很多，但总能找到活干，就算是非常幸运了。后来他又凭着年轻，竟又鬼使神差地补了个巡警，吃上了官饭。

穿了制服的达子，在别人的眼睛里光彩了不少。可他却总觉着跟抬杠没他妈的两样，而且没有抬杠自由。下了巡岗回到家里，达子就跟谷香发牢骚：这叫什么事？你瞧我穿上这身黑皮人模狗样的，每天起早摸黑地给人支使着不说，还得受日本人和汉奸的气。要不是为每月这几块钱的官饷，我宁肯去窝脖儿，去抬杠，去京西下煤窑，谁要是愿意替日本人干活，就是孙子！你瞧杠头刘，整天磨剪子磨刀，不是也挺好么。

听了达子的话，谷香一边伺候他吃饭，一边劝他：杠头他想干，人家警察局也不要他啊。你可别这山望着那山高，如今这战乱的年月，能有口塌实饭吃，已经不错了。你就忍忍吧。啊！听我的话，达子，咱们凑合干吧。

我不是说不干，是说干这个活，不是帮助日本人欺负咱们自己的人么。心里不落忍啊。

哎，可也是这么个理儿。可不干这个你干什么去，咱们俩等着饿死？我说啊，咱们把心眼搁正当间儿，凡事都凭良心去干不就得了。谷香说着劝着，达子也就不再提起这码子事，每天照样起早摸黑去警

　　谷香和刘杠头的最初碰面，两个人都低了头，女
人将羞愧深藏于自己的胸前，躲闪着这个男人给自己
带来的难看。

察局上差。

　　除了抬杠，每天还得走街串巷的刘杠头，披星戴月地干活，也只能勉强填饱肚子。看见别人家老婆孩子热热闹闹地活着，虽说也是缺衣少食地苦熬着，可那家里总有点响动啊。他感到了自己的孤独。躲在自己的小屋里，刘杠头经常想起谷香，那女人是他心里的火炉，烤得他浑身燥热。可他却不敢像以前似的做傻事了，达子这小子当了巡警，腰里老挂着根警棍，又有日本人给撑腰，那可不是好惹的。所以他只能把对谷香的思恋放在心里，给自己孤独的生活添加一点光亮。每次出去磨刀，刘杠头都要绕些路，刻意地走过达子的家门前，希望能有机会瞧谷香一眼。虽说至今他也没遇到过谷香，可总觉得这么做心里滋润，瞧达子家那破门一眼，心里都觉得顺畅。牵肠挂肚的这个女人，塞满了他的心，每次他走过达子家门口的时候，他总要稍微停一停脚步，高声地吆喝：磨剪子——来——戗菜刀——。刘杠头的喊声，洪亮而低沉，慢悠悠地在那一小块天地之间回旋不散。

　　刘杠头并不知道，在达子和谷香的小屋里，正发生着一场潜在的危机。他更不知道，正是他毁了达子，同时也就给谷香带来了无边无际的烦恼。没有孩子和达子做不成人道的现实，使谷香心里突然空出了一个空儿，并时时刻刻地搅扰着她。她怨达子突然出了毛病，也恨自己命苦。陷于精神煎熬中的谷香，似得了一场大病，过早地显出了衰老。鬓边散碎的头发，遮掩住了她往日眉眼生动的神态，只能以呆呆地直视，应付着千篇一律的枯燥日子。谷香似在痴心地等待自己的末日，又像在苦苦地祈盼着什么。深秋的一天，门外那个磨刀人低沉的吆喝声，终于震响了她的耳鼓。

　　谷香和刘杠头的最初碰面，两个人都低了头，女人将羞愧深藏于自己的胸前，躲闪着这个男人给自己带来的难看。刘杠头面对出现在他面前的女人，则坦然得多，他装出从没发生过任何事情的样子，

骑坐在放着磨刀石的长条凳子上，用手胡噜了下自己的光头，只在自己的内心深处，悄悄地表示着对谷香的忏悔。慢慢地，两个人再碰面的时候，就自然了许多，也有了不疼不痒的闲扯。达子出巡归来，偶尔也能遇上一两次这样的场面，可他和刘杠头谁也没有提起过去的事情，只是东拉西扯地瞎聊几句，悄悄骂骂世道，骂骂日本鬼子，然后达子回家，杠头也扛起磨刀工具走了。日子一天一天过着，达子和刘杠头之间的一切恩怨，似乎也随着时间的消失，而消失得无影无踪了。生活似乎翻开了崭新，却又毫无生气的一页。

　　这年冬天的一个晚上，夜的黑幕，阴沉沉地包裹住苦难深重的人间。西北风像一群饿惊了的狼，乘着夜色在半空里尥蹶撒欢，天地间充满了它们尖利的嚎叫，黑暗中所有的东西都被笼罩在它制造出的恐怖中。颤抖的空气仿佛是许多小鬼追逐打闹，它们用淫亵的爪子，把整个地球抓在手里随意地揉搓。千奇百怪的声音，从人们的耳朵钻入，揪紧一颗颗脆弱的心脏，使劲摇晃。整个世界都在哆嗦。

　　出巡下岗的达子快被冻僵了，他缩着脖子揣着手急急忙忙往家走，两只脚也被冻得快失去了知觉。他冷啊，那身管热不管寒的破警服，根本挡不住西北风的袭击。他只觉着浑身上下像被千万把利刃肆意地拉割着，似有数不清的小口子，汩汩地往外冒血，流淌而出的热血，刚刚溢流到皮肤上，就被寒冷的空气给冻住了。这寒冷的天气，把达子冻得实在够呛，让他老觉着自己粗糙的皮肤，皱巴巴直往里缩，整个身体都像被倒空了的容物的皮囊，慢悠悠地随着西北风呼扇。猛然间，一个粗重的喘息声，夹杂着一声男人的喊叫声，破坏了黑夜和谐的喧嚣，像利闪，像霹雳，像狠狠抽来的嘴巴，让达子心惊肉跳。达子赶忙贴墙根儿站住，抽出揣着的两只手，揉揉小眼睛，去黑暗中搜寻。好一会儿，他才看见在不远处一个黑黑的拐角处，有一团蠕动的黑影。正是那团黑影，制造着一阵高过一阵，令人毛骨悚然的声音。达子悄悄往前蹭了蹭，使劲地盯着那团活跃的黑影，仍然看不清楚。但渐渐地，他听出了事情的眉目，这是一个日本鬼子在用什么东西抽打中国人。那哀哀地求乞声，听起来很耳熟。达子又悄悄地往前挪了几步，仔细一听，原来是刘杠头。怎么会呢？这么晚了，他可出来干吗呢？达子又细细地听了听，没错，就是刘杠头。达子转身想走，却挪不动自己的腿脚。眼下自己是巡警，有维护社会治安的责任。可是，这挨打的是刘杠头，行凶的是日本人，这能管么？就算你是个巡警，可在日本人的眼睛里，你又能比刘杠头好多少呢？达子的脑子里乱成了一锅粥，身体也像是触了电似的要抖起来。

　　许久，达子愚木的头脑里想是翻覆明白了，"嘿嘿嘿"心里就发出了冷冰冰的笑声。早先和刘杠头的冤怨，眼下日本人畜生似的野蛮，促他转身离去。可达子刚一抬腿，刘杠头软弱的哀求，日本鬼子狠毒的恶骂声，魔鬼一般拦住他，无情地撕扯他的灵魂。另一个阴毒的嘲讽，也不失时机地在黑的半空里雷鸣地炸响：软蛋！你还是男人吗？你还有中国人的良心吗？你他妈的还是中国人吗？！

　　杂乱无章的一切都在黑暗中尽情地玩弄达子，他觉得有人踢他，像踢一匹病入膏肓的小牲口，使他站不直身体，也喘不匀气。憋闷与黑暗中，达子不知怎么的，就悄悄地生了胆，他在心里骂着自己：我还活么？！

　　哎哟——求求——别……

　　王八蛋！你个软骨头！达子心里怒骂着，在地上摸了快砖头，顺着墙根儿，悄悄地凑到那团黑影边上，瞅准了那个矮小的日本鬼子，使足了浑身的劲狠狠地给了他一下。

　　八嘎——

　　你亲奶奶！达子抡着砖头又照着小鬼子砸下去。

八嘎！呀——小日本松开刘杠头，转过身摇摇晃晃向达子扑来。

你个狗娘养的，爷爷乘黑做了你个杂种吧！

……

西北风疯狂地横空掠过，巨大的风声，消隐了人间的一切响动，黑夜的真实，将永存于世。

弄死了日本人的达子，被遍身是血的刘杠头搀扶回家，俩人像七·七事变那天大醉归家时一样，歪歪扭扭地撞进达子的小屋。与上次不同的是，此次是达子救了刘杠头一命，做了个刚强的英雄。可笑的是软弱的刘杠头，却反过来搀扶着那杀人的汉子，肥肥胖胖的杠头，此时很像一个普救众生的佛爷。从未造生却创先造死的达子，因动用了男人很少动用的体力和胆魄，此刻浑身上下像没了血脉，壮实的双腿，支撑不住自己的身子，哆嗦着正在瘫软下去。他灰白色儿的脸，迎着被吓呆了的谷香，表演了一个夸张十足的抖动。刘杠头没等达子瘫软在地，双手一使劲，便把他撂在炕上。达子歪躺在炕上，疲软得如同一只大肉。刘杠头撂下达子，也顺势歪在炕沿下，肥厚的身躯向下缩，松软的十分难看。杠头仰着头，却不敢直视谷香，他简单地诉说了事情的经过后，呼呼地喘息声就连成了线。

被眼前的景象吓坏了的谷香，呆坐在炕沿上流泪，却不敢出声。小煤油灯微弱的光摇摇晃晃，她的身影也随着小火苗的跳跃扭动。穷困平稳的生活终于起了波澜，然而它又来得太太太突然了，让谷香难于承受。谷香心里明白，若像刘杠头说的那样，达子难活了。怎么办？剩下她一个人的日子可怎么过呢？

时间在黑暗中悄悄地往前挪着，谷香强忍着悲痛，慢慢站起身，手忙脚乱地清理了两个男人身上的血迹，突然感到头部晕旋，再也站立不住，一下子扑倒在炕角，沉入到深深的怨天怨命的悲哀中。

　　　　达子仍然躺着，俩眼睛盯着顶棚，不出声，也不
　　动。刚才那激烈的一幕，还在他的脑子里闹腾，身体
　　却没有了刚才的英勇劲头，感觉浑身仍然疲软。

　　软成一堆的两个男人，凄凄哀哀地度过了一段难熬的时光，渐渐地有了响动。有伤的一个，像被针扎了屁股，肥胖的身子倏地翻转一下，面朝达子跪在炕沿前，兄弟！救命恩人啊，你是我的恩人！先前我是他妈的混蛋，对不住你，对不住谷香啊……刘杠头嘴里念叨着，还一个劲儿朝达子和谷香磕头。

　　达子仍然躺着，俩眼睛盯着顶棚，不出声，也不动。刚才那激烈的一幕，还在他的脑子里闹腾，身体却没有了刚才的英勇劲头，感觉浑身仍然疲软。他已经意识到，将有什么样的祸害降临。自己怎么办？谷香怎么办？他一点办法都没有。他心乱如麻，想说什么，却说不出来，嗓子眼儿干，嘴唇哆嗦，他只用小眯缝眼瞅着刘杠头。一直跪在地上的刘杠头，仍然恩人！恩人！叫得欢。如果达子不理他，他似乎就要这么长久地叫下去。达子很费劲地往起挪了挪身子，冲刘杠头摆摆手，用沙哑的声音问：我把那鬼子弄死了？我真把那个小鬼子给弄死了？

　　刘杠头听见达子问他，就把胖头抵在炕沿上，小声说：嗯。弄死啦。兄弟，你是真爷们儿！你英雄啊！

　　刘杠头的话音刚落，达子就又歪在炕上，他长出一口气：唉——，祸来了。这可怎么好？

　　刘杠头却不再出声。此时，谷香已经从恐惧的空白中缓醒过来，听见两个男人说话，赶忙爬起身，先抻着袖子，抹了抹眼泪，然后默默地坐在炕沿上，愣愣地看着这一对儿演戏似的男人。

　　突然而来的灾祸，从不同的角度折磨着油灯微光中呆坐的三个人。达子头脑焦糊，被突如其来的祸事烧得近似麻木，躺在炕上像个死人。谷香则为丈夫闯下的大祸，苦思焦虑得没了主意，除了流泪和极轻微的抽泣，已经没有了任何动作。一对夫妻，眨巴眨巴眼的工夫，就成了两具木雕，无声地表现出了刚强与软弱，果断与无能的不和谐的人

性。只有刘杠头，他很快从伤痛中恢复过来，他瞧瞧已经哭成泪人的谷香，瞧瞧躺在炕上的达子，一个想法突地就从他的头脑深处冒出来。这充分显示了进入不惑之年的男人，处世应变的优势。谷香那张已经变得苍白的脸上，明明白白地写着几个大字：走投无路。没费劲儿，刘杠头就把眼前这件事梳理得清清楚楚。如果就这么等到天亮，日本人一发现死了自己的同胞，肯定会在附近进行大搜查，市面上一戒严，达子插翅也难飞了。只要达子被抓走，小鬼子不会轻饶了他，达子是必死无疑，而自己也难逃厄运。与其剩下谷香一个人应付生活中那难以承受的种种轻重，不如死了他或达子中的一个，与那可恶的日本人一命抵一命地平息了这场灾祸。按理说，应该去死的是他，是他刘杠头自己。若是能用自己的身躯，为谷香换来下半生的安稳，也不妄暗地里恋想了她一回，也算是对达子救命之恩的报答。刘杠头善良的人性，在生命的最后时刻，似乎有了一个最彻底的忏悔和体现。刘杠头就要去投案自首了，祸事是他引发的，是他喝了酒在黑夜里瞎转悠，而招惹了日本鬼子。可是，他似乎又被一种魔力束缚着，那无形的力量紧紧地揪着他，让他难以行动。临走前再看谷香一眼的想法，无限期地将时间点点滴滴地拖延下去。小屋里，突然变得没有一丁点声响，时间也就借着夜色的掩护，喘着粗气大步向前跑。

忽然，一个想法，像闪电似的照亮了刘杠头的大脑，很快便牢固地停留在那里面，继而便左右了他的思维和行动。让达子去死，于情于理都讲得通。人是他杀的，也是他自作自受！再说，达子一死，保不准谷香就会在走投无路时撞进自己的怀抱，不就了了自己多年的心愿了吗。机不可失，失不再来，刘杠头的肥脸上掠过一丝得意，掠过一股杀气，很快又消失了。烛光晃动的暗影里，他轻轻喘了口粗气，迫不及待地把脸色苍白，泪流满面，曾经让自己心想神往的女人，狠狠地搂进了自己的眼光里。

恐怖难看的局面终于结束，屋子里渐渐有了叽叽喳喳的商议。当刘杠头胸有成竹地说出他深思熟虑的计划时，达子和谷香一起陷入到绝望的沉默中。两个人，被惊吓得麻木的头脑里，不得不屈服于自己没有办法的笨拙。他们互相看看，再愣愣地看看杠头，以为刘杠头所说办法，真的是万全之策。

天还未亮，达子携着一个小布包，摸黑匆匆走出家门。他不知道自己这一走何时才能回来，等在前面的是福还是祸。他只在心里想着，他不在家时，刘杠头能接济照顾好谷香，有朝一日，他一定回来只要能回家，他再也不会去多管闲事，好好地跟谷香过日子。

达子出了家门不久后，刘杠头也离开了达子和谷香的家，他乘着夜色急速跑回自己的家里。他匆匆忙忙地把自己身上沾了血的脏衣服换下来，暗藏着杀人的凶狠和即将占有谷香的喜兴劲儿，奔了日本侦缉队……

达子出了家们，沿着马家坟地，想直接往土城儿跑。他在空旷的原野上深一脚浅一脚地走着。黑暗包围着他，疯狂的寒风无情地抽打他疲乏的身体，像是在催促他快点逃离这个肮脏的人间。

突然，一阵日本狼狗鬼嚎般的狂吠，在远处的黑暗里嚎叫起来……

性本善

1

达子把蓝土布的小包袱挎在肩膀上，没立刻转身走，他低着头，使劲睁着俩小眼睛，瞧着在油灯暗影处，已经哭成泪人的谷香。

他想着自己一跑，不知道是死是活，眼泪流了下来。想转身离去，心里却像有把小刀儿在搅和，两条腿又颤微微地钉在了原地。灾难突然降临了，不给人一点寻思的闲空儿，更没有一丝挽回的余地。达子愣愣地瞧着谷香，瞧着疼他爱他的娘们儿，迈不开自己的腿。他又转头看看刘杠头。刘杠头正心中藏着暗喜，斜倚在炕边，两只肥厚的手，交替着抬起来揉搓眼睛，嘴角向下撇着，一付悲痛万分的样子。而他的小三角眼，却一刻也没离开过达子身上，他盯着达子，盼着他赶紧出门。是逃脱了杀人干系，还是让小鬼子抓去抵命，他管不着。

眼见达子又站住不动了，他心里咯噔一跳，真怕他舍不得离开谷香，豁出去不要命，在家陪媳妇了。达子若真不走，日本人未必怀疑他，他到底是穿着官衣的警察，管着地方治安，暗地里也是和日本人穿着一条裤子。杠头想，我去日本侦缉队报告，达子这兔崽子一翻脸，说日本人是他杠头杀的，日本侦缉队的人准信。自己不仅得不到谷香，还得落个挨枪子儿的下场。真一枪让日本人给崩喽，到也痛快，省得在亡了国的人世上受罪。小日本鬼子儿，个个狼心狗肺，折磨中国人心狠手黑，拿刺刀捅肚子、指挥刀在人身上胡砍乱剁，遇到毫无人性、损阴坏德的畜类东西，他敢让大狼狗活生生地把人给撕巴喽。刘杠头越想越害怕，脑子里生出了催达子快走的主意。

刘杠头拱腰起身，往前挪蹭了两步，噗嗵一下子，跪在达子面前，大胖脑袋嗵嗵嗵撞地，嘴里还一个劲儿地念叨：恩人，兄弟，求您赶紧走吧，呆会儿天一亮，鬼子得到处的搜查，想走也走不了了。家里，您放心，有我刘德福，就有谷香的饭吃，我也不能让人欺负了她。

刘杠头正说着，谷香扑了过来。用手推达子，哭着说：达子，跑吧，你快跑啊！甭管我，你快跑吧！让日本鬼子抓了去，那些畜生不把你活剥喽，也得拿刺刀把你捅成了筛子。你走啊！走啊！谷香说着话，又紧紧地搂住了达子，呜呜、呜呜地哭差了声儿。

瞧着谷香和跪在面前的刘杠头，达子把心一横，伸手扶起刘杠头，说：刘爷，早先呢，咱们俩人，因这娘们儿有点过节，我心里头一直挺别扭。您呢，在我没饭吃的时候，也帮过我，人不能忘恩负义。今儿个，我把日本人给做了，可是为了您不受委屈。要不，我穿着官衣，还有谷香伺候着，虽说活得不怎么体面，说我是装孙子，是汉奸吧，可我吃喝不愁。细细地想想，就这么活着，也没什么不好，是吧？您说，我为了什么啊？咱们是中国人，今儿您打我，明儿我打您，成啊，可小日本鬼子打咱们不行，兔崽子是外人啊，我心里忍受不了。要说

把我媳妇托付给您，我还真不放心，您也喜欢谷香，街坊四邻都看得
明明白白。您刘杠头是什么脾气禀性，我还不知道？从老早以前，谷
香刚守寡的时候，您就惦记着她，只是没得了机会下手。我也想过，
男女之事，讲究个缘分，夫妻的缘分。无缘的人，想瞎了一双好眼睛，
也未必随了心愿。话又得说回来，这节骨眼上，我能把她托付给谁？
黑更半夜的我找谁去啊？我敢跟谁说？得！全是命催的，也许是您刘
杠头和谷香的缘分到了。我走，我去逃命，但走之前，我得听您句话。
我和谷香夫妻一场，我把她托付给您，您得好好对待她，别让她委屈
喽。风声过了，我一定回来。我能回来，谷香还得是我的女人，到时
候，我再谢您。我回不来呢，唉——，就不管了！说着，他睁大了自
己的俩小眼睛，紧紧地盯着刘杠头的两只眼睛。

谷香听了达子话，又突然地呜哇一声悲嚎。

刘杠头的眼珠子在肉眼泡子中间闪了闪，转了转，躲开了达子的
逼视。他俩眼往上看着达子的肩膀，心里想着：当初你小子咬得就是
我肩膀，嘴里却说着：兄弟啊，您放心。为我，您豁了命了。今儿个
要是没有您，我八成得让鬼子打死，您有恩于我啊。我能把谷香怎么
着了呢，我能把她怎么着了呢？！人不能没有良心，您不在家里，我
得护着她，我也是个人呢！早先的事情，还提它干吗。您比我的亲兄
弟还亲。您走与不走，和谷香也是两口子。说着话，刘杠头啪啪地拍
着自己的胸脯子说，兄弟您放心，我要对谷香干了缺德事，让我遭雷
劈，让我不得好死！

生性憨厚的达子，感觉自己已经到了生与死的边缘，睁眼闭眼如
同看见了鬼。他怕小日本突然出现在他面前，便忽略了刘杠头眼睛里
的躲闪，轻信了人性的善良。听了刘杠头的话，达子又回头瞧了谷
香一眼，真想再把媳妇再好好的搂一搂，亲一亲。但他不敢再耽误
时间，他把心一横，猛地转身出了屋子。身后留下了谷香捂在嘴里

发出的哭声。

听着达子远去的脚步声，渐渐消失在一片狗叫声里，刘杠头转身瞧了瞧趴在炕上的谷香，嘴犄角露出了一丝笑。小煤油灯的火苗，有气无力地摇晃着。那一点亮光，让屋子里的一切东西，随着它的跳跃扭动，也使谷香丰满的身体，增加了许多迷人的曲线。高起来的，是她肥嘟嘟的屁股，矮下去的，是她柔软的小腰，还有她哭泣时，微微颤动的脚丫儿，哆嗦得招人爱，招人疼。

刘杠头眯了眼睛细细地瞧着，嘴犄角带了笑纹，心里美啊，恨不能立刻伸手把谷香翻个个儿，把她浑身的肉，上下摸个够。他眯了眼睛，悄悄地看着谷香想：哼，馋人的小寡妇，勾引了达子，也不应该糊弄我呀。到了今儿，你也跑不出我的手心吧。我现在要是把你给奸了，也显得我不仁义，太缺德。哎，自古道，量小非君子，无度不丈夫。我今儿个先借日本人的手，把达子给做了，彻底断了你的念想。到时候你就是我嘴里的舌头，我不张嘴开牙，天塌下来，你也休想露出我的嘴唇。早一天晚一天的，我得弄你个乐意。

想着，刘杠头走到炕边，把手搭在谷香大腿上，轻轻地动了动，想捏捏，却没捏，只压抑着内心的喜兴，把声音放温存喽说：谷香啊，别哭了，达子兄弟是出去避一避。往后，凡事有我呢。打今儿起，但凡有事，你跟我说。冷啊热啊的，哥哥替你担待着。说着，他晃了晃自己的大胖脑壳，往前鞠了鞠身子，想听谷香说什么。谷香哭着，没理他。他直起身接着说：天儿也快亮了，我先回去。要不让街坊们看见不合适。大清早晨的，我从你们家出去，达子又不在，有人要说闲话。等到晌午我再来看你，顺便给你弄点吃喝来。大妹妹呀，想开点儿！

说着话，他抬手胡噜了一把胖头，又胡噜了一把胖头，嘴犄角向上翘了翘，弄出了一点无奈却又眷恋的笑模样，举手把大胖脑袋轻轻地拍了几下，才伸着脖子，噗地一声吹灭了油灯，转身蹭出了屋子。

黎明前的北平城，到处黑咕隆咚。几盏光亮不大的街灯，萤火虫屁股似的在黑暗中忽闪着。西北风吹得电线杆子晃晃悠悠，发出吱吱地响声。被风吹起的烂纸和枯树叶子，鬼魂似的在路灯光影里翻滚。

刘杠头迎着寒冷的西北风向北跑了几步，又突然停下，返回来，把谷香家的两扇破木门轻轻带上，对好。再侧头听了听，除了远处有几只狗，有气无力地咬着外，近处很安静。又把耳朵贴在木门上，小屋里除了谷香的淡淡的哭泣声，没有大动静。他用手拍拍自己的秃头，转过身，他蹲下，眯了眼睛，先向达子跑去的南边看了看，黑暗的胡同里，已经空空荡荡的一片死寂。他又急了。赶忙站起来，扭身向北疾步跑去。冻得硬邦邦的黄土地，被他肥胖的身子砸得咚咚、咚咚山响。

咚咚咚的脚步声，惊醒了远远近近的狗们，一个虽不温馨，却非常宁静的早晨，终于被达子、刘杠头和狗们，搅扰了。

刘杠头离开了谷香家后，一口气跑回家里，急忙换了身干净衣裳，赶紧出了门，直接奔了日本侦缉队。

一路上，他跑得呼哧带喘，快到日本侦缉队门前的时候，连急带累已经是上气不接下气。但他已经顾不上自己有多累了，他想着赶紧把达子弄死了鬼子的事，报告给日本人，好借日本人的手，除掉达子，达到自己霸占谷香的目的。好几年了，自打赵三死了，谷香成了小寡妇，他始终梦想着要娶了她。把谷香弄到手，嗨，该有多滋润，小日子肯定有味儿啊。可是，可恶的达子，傻傻糊糊的一个愣头青，胡子还没长齐全呢，竟能把小寡妇给勾引了？

杠头想不明白。越想不明白，他越想。每到了更深人静的时候，小寡妇会在他眼前转悠，馋他，逗引他。他老觉得在自己黑黑的小屋里，瞧见了谷香光裸的身体。小娘们儿还弄出许多妖媚的笑眼，扭扭没有退路了，心里的欲念，截断了刘杠头的所有退路。

着柔软的小腰儿。这很让他上火，两腿间闲了多半辈子的家伙，在裤衩儿里面拱拱顶顶地像是要破土而出！黑黑的小屋里，常常抽不冷子爆发出杠头粗重的喘息声。无可奈何的煎熬，让杠头觉到了孤独给他带来的悲哀。

如今，机会来了！他要把小寡妇彻底地掠劫喽！

老远的，杠头看见了日本侦缉队门口的两盏大汽灯，明晃晃地照亮了门口站着的两卫兵。卫兵端着的大枪上的刺刀，在灯光下一闪一闪地放亮光，让人看了胆战心惊。瞧见小鬼子的刺刀，刘杠头轻轻地停了脚步，往墙根儿挪了挪，把身体倚在墙角的黑影里。他拍了拍脑门儿，想转身回去。他琢磨，为谷香小娘们儿，害了穷爷们儿，还得到鬼门关走一遭，有点缺德，不合祖宗传下来的规矩。再说，日本侦缉队是好进的地方么。日本鬼子，不好招惹啊。

刘杠头感觉害怕，便往黑影里靠了靠。他犹豫的时候，谷香的身影又出现在他的眼前了，还随着路灯的光晃悠着。杠头想着，瞧着，谷香竟十分清晰地迎合了他，小娘们儿还给了他一个甜甜的笑样。

真是他妈的冤家啊！

没有退路了，心里的欲念，截断了刘杠头的所有退路。谷香彻底占据了杠头的心，活生生地诱惑了他，轻而易举地使杠头心里，重新涨满了对她的欲望。要了她，要了她！在她身上做男人，让达子小兔崽子见鬼去吧。

杠头直起身体，毅然向着日本侦缉队走去，脚步越来越快。他已经没有了犹豫，因为他知道，除了能借眼下的事情做了达子，没有其他的机会了。

走近日本侦缉队的时候，门口站岗的两个日本兵惊醒了，等刘杠头跌跌撞撞地跑过来，要往门里闯的时候，大喊一声，嘴里骂着，把刺刀枪端平了，对准了刘杠头的胸膛。

刘杠头瞧着胸前明晃晃的刺刀枪，吓得心里一哆嗦，双腿打颤，脸也变了颜色儿，说话全结巴了：太，太君，太君。别，别拿枪对着我呀，我是，是，是来报告的。

刘杠头被带进侦缉队，没多大功夫，一群全副武装的鬼子便吵吵着，拉着几只狼狗，簇拥着刘杠头从里边冲了出来，直奔神路街跑去。

2

两只闹春的野猫，根本没把人世上的喜怒哀乐当回事，它们趁着天将亮而未亮夜尚黑的时候，在房顶上肆无忌惮地折腾。嗷哇、嗷哇、嗷哇的叫唤声，制造着由渴望到获得，由快乐到痛苦，由痛苦到极乐的交响曲。两只野猫享受着冬夜为它们带来的方便，用自己的快乐喧嚣搅扰着人的世界。它们那鬼哭狼嚎般的叫唤声，很随意地撕碎了清晨死一样的寂静，给本来就毫无生气的黑夜，平添了许许多多的恐怖。

习惯早睡晚起的桂茂桂二爷，被野猫闹春的叫唤声吵醒了。

醒了就再也睡不着，桂二眯缝着眼睛瞧瞧窗户纸，仍是黑黑的和夜一个色儿。他想接着睡，软软地在被窝里动了动身体，想把身子缩得更舒服点。粗白布的被里子，磨蹭着他的脖子和下巴，桂二感到了丁点儿的惬意。自打民主革命，没了大清的皇上，他就不是兵了，再也不用起三更顶星星陪月亮追着鬼似的进紫禁城去伺候谁。不是兵了，也就没人管着，用不着再练兵习武打把势，慢慢的这多睡会儿成了习惯。几年过去，这蒙头盖脸地多睡会儿也就成了毛病。直到这会儿，桂二爷才从那迷迷糊糊的舒坦里明白过来，原来皇上没了，自己还真就是爷了。整日里在家呆着，享受着家人的伺候，想发脾气就发脾气，想什么时辰起就什么时辰起，狗一样的喊两嗓子耍耍威风，声大声小都十分随意，没人不让着他，没人不听他的话，活得滋润啊。

闲呆着虽说挺滋润，可滋润的日子久了，就显出了浑身的不自在。

没辙，穷，还赶上兵荒马乱。人穷，也得活着，一家老少十来口人，还有一条大黄狗，哪张嘴里没食儿也不行。不说人有多饿，说那条狗吧，瘦得没了狗样儿，骨头把狗皮向外支得见棱见角。

首先是觉到了填肚子的吃食有了麻烦，不管谁叫爷，爷给的那些钱粮也就没了，再想把肚子填的饱饱儿的，不干点什么活儿是绝对不行了。拿皇粮的日子一去不复返，没有多少年的功夫，除了十几间房子还在，家里凡是能挪动的值点钱的东西，什么玉器翡翠、硬木家具、瓷瓶、鼻烟壶、扳指、字画什么的，该当的当了，该卖的卖了，连祖上传下来的皇上亲赏的那扇紫檀木屏风，都换了粮食填肚子。

没辙，穷，还赶上兵荒马乱。人穷，也得活着，一家老少十来口人，还有一条大黄狗，哪张嘴里没食儿也不行。不说人有多饿，说那条狗吧，瘦得没了狗样儿，骨头把狗皮向外支得见棱见角，浑身的毛一绺儿绺儿地水泡了一样难看，让人瞧着心疼。那狗不仅不叫不咬，连它的本能也忘了个一干二净。甭说看家的差事了，它瞧谁一眼都懒得抬头。可它爱看桂二，听着咚咚咚的脚步响，准知道桂二来了，不管桂二出门进门，第一个看到桂二的是它，最后一个看到桂二的还是它。让桂二不能理解的是，不知道从什么时候开始，因为什么，它不叫了，更不咬了，整天蔫头耷脑地在影壁后的墙底下卧着。家里来了熟人，它一动不动地卧着；来了生人，它顶多把耷拉着的上眼皮翻一翻，仍然不叫不咬。遇到桂二扛着褡裢出去摔跤，或是摔跤回来，它不仅要直起腰身，还要乜斜了眼撩桂二。狗的眼神里，有一万多个瞧不起桂二的意思，像是在说：你已经快吃不上饭了，表面上膀大腰圆，可你的肚子里跟我一样，没食，你还敢去摔跤？你瞧瞧你吧，一身的尘土，又让人给摔了吧？桂二能从大黄狗的眼神里瞧出它的不满，瞧出它的嘲讽。但桂二没法子，只能大声地骂狗出气：看什么看，瞧见主人回来，你不会哼哼两声？你个狗东西！骂是骂了，却没有大急大恨，话语里还带着温存，桂二爱狗。

民国好些年了，日子不见好转，一家人穷咕嘟着。可恨又来了日本小鬼子，把个北平城折腾得如同人间地狱，百姓们在穷日子里，又加上了怕。整日里吃不饱饭，活动还受了限制，一天到晚提心吊胆，生怕招惹了小鬼子。

想想这些事，心烦透了，烦得桂二瞧什么全不顺眼，心里怎么想怎么烦，烦得想睡睡不着，睡不着还是想，想想更烦，身子也跟着闹腾，翻过来掉过去地在炕上折腾。

讨厌的猫！

桂二嘟嘟囔囔骂着又翻了个身，把右耳朵狠狠地压在枕头上，左手拽了被角掩住左耳朵。这样一来舒服多了，多半个脸和后脑勺都缩在被子里，感觉着热乎许多，耳朵里也少了杂音。桂二迷迷糊糊地想，就这大冷天的清早晨，除了睡觉，你说，还能干什么呢？闲呆着没事干真好！睡觉。又把脑袋往下缩缩，想翻身没翻，他使劲地强迫自己，要接着睡。

昨儿晚上烧了几块劈柴的热炕，要不是靠自己的身子捂着，早凉了。因为穷，那冰凉棒硬的炕面上，除了在炕砖上铺了张苇子编的炕席，就铺了两躺不厚的褥子。那褥子薄薄的，虽说是铺了两躺，但仍然什么事也不管，隔不了凉，也挡不了硬，天越冷越觉得褥子薄，越觉着身子底下硌的慌。

屋里没火，凝固着寂寞了一宿的寒气，乘着桂二往下缩脑袋的机会，直扑桂二爷一不留神呼扇开的那条热被窝的缝隙。冰凉的气体，紧贴着他的后脑勺，掠过他的脖子和肩膀，淘气地顺着那条光裸的热身子，嬉皮笑脸地摸了进去。桂二爷吸了口气，嘴里念叨着：真他妈凉！赶忙把被子重新裹紧，又把手在胸前缠绕着去揪被子角儿，很费劲地把肩膀边上披了披，再弓了身子，摸索着揪揪身下的被子边儿，把脑袋往下缩，想盖住耳朵接着睡。

被子几经拆洗，已经缩得小了许多。桂二身材高大，那被子盖住了脑袋，脚伸到了外面，盖住了脚，脖子又露在凉风里。桂二要想睡得热乎，得把大腿、小腿折两折，再躬了身子，蜷缩成虾米状，整个人团成一团。他掖好了被角，准备把双腿往肚子前拿，好把自己蜷缩得更舒服时，外面的俩猫，欢爱着进入了最佳境界。

两只野性的东西，仿佛要把自己正享受着的感觉告诉对方似的，争先恐后地发出了一串嗷呀，嗷哎，快乐之极的好像绝望地叫唤着。这声音撕裂了人世无奈而又千篇一律的沉闷，自由自在地宣泄着猫的春情。桂二爷被这声音弄得激灵一下子，困和乏彻底没了。

不睡了，不能睡了。桂二感觉着外面的整个世界，被俩猫掀翻了个儿，除了风还在硬硬地刮，还有猫的春情，赤裸裸地喧嚣着。歇了大半宿的身子，感觉着有股子劲头，火球一样沿着浑身的经络，到处滚动乱窜，直把他的心，烫得像是没了谱的鼓点儿，响成了串。腿中间火辣辣地膨胀起来，硬得像根儿干透了的枣木棍子，呼地让外面叫春的猫给点着了。

桂二扒开被角，睁大眼睛瞧瞧，屋里仍然黑咕隆咚，窗户纸上略微显了一点灰白色儿。又抬起身儿，扭着脖子，瞧瞧身边睡着的媳妇，黑糊糊一团，瞧不太清楚，听得见她轻轻地喘气声很均匀，睡着呢。往前凑凑，媳妇睡眠里呼出的均匀气息，扑到桂二脸上。桂二闻见了，很香，很熟悉，沁入骨髓般的香味。使劲吸吸，觉着有了精神，抽了大烟似的舒坦，浑身嘎嘣嘎嘣地叫劲。桂二重新躺下，身体烙饼似的翻了几次，高大的身子使劲挺了挺，把炕砖压得吱吱地发出了响声。他觉得浑身躁闹，骨头，皮肤，手脚、胳膊和腿，没有一块舒服的地方。那种躁闹笼罩了他全身，鼓舞着他得干点什么，否则会永不安宁。

要干点什么的想法，怂恿着桂二，鼓舞着桂二，他拿了刚才掖被子的手，去摸两腿间垂垂累累的东西。那玩意儿已经习惯性地伸直了，棍子似地挺立着，膨胀得威武，很大也很硬，攘攘，热得烫手。再用劲按了按，那东西，惊了窝的小家雀儿一样，活泼地奋力晃悠扑楞。

日子过得苦，人们整日里为嘴奔忙，还得提心吊
胆地躲着小鬼子，谁还有心干这男女之间的事。

妈的！你也跟着野猫一块儿闹！

桂二骂着，想干点什么的念头更浓了。他先喘了口粗气，在被窝
里窸窸索索把自己褪了个精光，跟着大脚丫子贴了褥子，沿着被子和
褥子的缝隙，伸进了媳妇的被窝里。再把自己的被子掀开，搭在媳妇
的被子上，手顺势伸了过去。一把抓牢了媳妇丰润的胳膊，下边的腿
一勾，把媳妇挟裹进自己的怀里。

睡得本不塌实的桂二太太醒了。根据桂二揪拽她的力量，她知道
桂二要干嘛，他已经许久没撕扯她了。桂二做的时候，从来不用任何
语言来表达他的情感，他压根儿认为干这事，不必跟自己的媳妇说，
只管用力就成了。桂二太太没法不顺着桂二，他俩胳膊的劲儿太大，
老让她觉得自己不是桂二媳妇，而是摔跤场上桂二的对手。她心里清
楚自己的汉子有多大劲，也在跤场上瞧见过桂二跟别人摔跤。老高的
一个汉子，被桂二跳着跤步，飞速地抢几把，拽牢了，再一扭身，一
招大背胯，扔一口袋破铺衬似的把对手扔出去。眼瞧着那汉子硕大的
身子，直直地悠起来，越过桂二的头顶，噗咚一声着了地。四周的看
客，便兴奋地发出一片喊好的声音。桂二却大气不喘，扎实着两肩膀，
晃晃地在场子里跳动着发威。桂二太太瞧着，总被吓得倒吸凉气，不
由得想起了桂二夜里冲撞的力道。

每到桂二想要时，桂二太太只能顺着他，从来也不挣扎。她知道
挣扎也没用。虽然她不能从桂二的行动里，感受到一丁点温存，但每
回还是随了桂二的搂抱，迷迷糊糊地偎在丈夫的怀里，任桂二撕扯，
动作！

芦钩桥事变以后，北平城渐渐地成了小日本的天下，百姓们都遭
了罪。日子过得苦，人们整日里为嘴奔忙，还得提心吊胆地躲着小鬼
子，谁还有心干这男女之间的事。就是公母俩，平日里也是有一搭无
一搭地凑合着过日子。偶然赶上街坊的孩子满月，或是老爷子寿日，

似乎找到了开心的理由，便暂时把烦恼扔在一边，借了别人的那点喜兴劲儿，自己乐和乐和。其实，做，也是只有过程，根本找不着刻骨铭心的感觉和晕晕乎乎的乐子，肚子里头没食啊。

就是这本该有滋有味，却无滋无味的过程，让男人和女人慢慢地觉出了活着的无奈，怎么想怎么觉得这样的过程，与畜类交配的过程一样。那鸡，那驴、那兔子、那满街乱跑的野狗什么的，不都是这么个过程么。性起了，就不管不顾地干一干。干完了，仍然是无精打采地活着。猫倒是还有点闹腾的劲儿，可敢这样叫闹春情的，不就是猫吗，人敢吗？！

40多岁的桂二，本来身体挺壮实，在这上面很能干。可他看到媳妇起早贪黑地卖豆汁儿，回家来还得伺候一家子的饭，心里怪不是滋味的。自己扛着脸面，老以为自己还是大清朝的兵，不肯出去干点什么帮家里弄些嚼裹，一家的生活，全仗着桂二太太支撑着。要是再这么整宿的纠缠她，搓磨她，还不得要了她的命啊。好在能去小市儿摔摔跤，也甭管是摔人，还是让人摔，反正摔打摔打，闹腾闹腾，滚一身土出喽火，就算达到目的。

已经许久没做了，虽说在干这个事上，俩人都是轻车熟路，可毕竟能给人带来感觉的家伙撂生疏了，涩啊。桂二干这个事又是个急脾气，一上手就显出了急风暴雨似的猛撞。他的大手，沿着媳妇的身体胡乱走动，薅菜叶似的把媳妇从头到腿撂了几把，生硬的动作，让桂二太太在骤然降临的感觉里，在桂二目的明确的摸索里，体验着陌生的亲近和疼痛的温柔。这感觉，先是从身体的四面八方滋生而出，慢慢往一个地方集中。

此时此刻，桂二爷似乎已经不耐烦了，他摸索着，剥鸡蛋似的带着碎裂声响，把媳妇的内衣揪扯了去，粗糙的大手，就愣愣儿地攥了媳妇光裸前胸的两块肉，狠劲儿地一揉一搓一捏。

疼——

听见媳妇的嗓子那儿出了点声音，他猛地翻身将媳妇覆盖了，跟着就有了动作。桂二的行动之迅猛，过程之简单，使桂二太太来不及体味什么，便被扔进了人性的旋涡中。

黑沉沉的屋子里，炕砖吱纽吱纽的响声，呼哧呼哧地喘气声，简洁而又准确地宣泄着人性的忙碌和快活。这行动正以亘古而存的激情，试图遮掩人们心里那种活着的艰难。外面房顶上正闹的猫，仍然嗷嗷地嚎得欢。此时此刻桂二却不觉得怎么吵了，他和野猫一样的闹着。

狗叫声，一阵强似一阵，越来越近。细听，还有咚咚咚咚人跑动的脚步声。杂乱的声音，毫不犹豫地把人心里最害怕的恐怖，狠狠地塞进桂二的耳朵，钉楔子一样，钉在他意识里最脆弱的空隙上，搅扰了他正全力以赴的忙乱。

在桂二急风暴雨似的爱抚中，刚有了点感觉的桂二太太，被突来的声音吓了一跳，她放弃了自己正在细心寻找的感觉，用手猛地搂紧桂二的胳膊，深深吸了口气，压抑着自己的喘息小声说：先别动！你听，狗咬的紧呢！不像往日里的叫法。你听，多凶！我怕！

桂二哼了一声，不停。一边动作着，一边侧耳听。外面的声音很乱，四处的狗在咬，好像还能听见有人跑动。嗡嗡嗡、汪汪汪的狗叫声此伏彼起，搅扰得本该静悄悄的清晨，开了锅一样，使人心里烦躁发毛。桂二本没想停下来，他仍然按牢了媳妇的身子，固执地，强力地动作着。搭盖在他后背上的棉被，随着他奋力的冲动，老鹰翅膀似的在黑的半空里呼扇着。

野猫叫着。狗咬得也更欢了！

恐怖中，桂二呼呼喘着粗气，冲动的节奏迅速减弱，力道也差多了，两腿间的东西，被抽了筋的虫子似的蔫下去，滑腻腻的湿也渐显干涩，有了撕扯般微微地疼。很快，桂二全身瘫软了。他把身体往边被扫了兴趣的桂二没理她，只长长地出了口气。

上一侧歪，趴在枕头上喘着粗气骂鬼子：杂种的畜类！连他妈的睡觉，也不让你踏实喽！畜生！祸害呀！

听着他骂鬼子，桂二太太也不出声，一只手按在自己蹦蹦乱跳的胸口上，一只手在被窝里摸索自己的内衣，脸却扭向窗外。早春的天，虽然天长了，亮的仍然不早。透过屋子里的黑暗，她只看到了外面的一抹灰亮。寻思着还早，把头歪在桂二的脑袋边上，轻轻地说：你说，这年月，真的没法活了呀。

被扫了兴趣的桂二没理她，只长长地出了口气。

外面，狗咬了一阵，渐渐地远去了，闹春的野猫也随着杂乱声音的消失，不知了去向。

3

谷香哭了一阵儿，累得迷迷糊糊睡着了。不知道过去了多长时间，她被冻醒了。睁开哭得红肿的眼睛，瞧瞧，屋里黑，黑得像半空里的一个大窟窿，什么也没有。刚刚经历的一切忙乱，突如其来的灾难，消失得无影无踪，只把黑暗、孤独和恐怖给她留下了。谷香伸手在炕上摸摸，再摸摸，空空的，真的没有。往日死狗一样睡在身边的男人，摸不到，身边什么也没有了。她的眼泪呼啦一下子流出来。跟达子还没过上几年，男人又没了。想想，莫非自己真的命硬，算命的沈铁嘴，曾断定她是孤寡的命，克男人。

黑黑的小屋里寂静，阴冷，听得见风拍打到窗户上，摇晃破裂了的窗户纸，呼哒呼哒地响声，给小屋里增加了许多恐怖。

谷香侧着身，趴卧在炕上，身体随着哭泣的抽搐，仍然不住地抖动。她不明白自己的命怎么这样的苦，好好的日子，怎么会在一瞬间没了呢，突然间就没了呢。达子一跑，什么时候才能回来？他能跑的了吗？为什么呀？谷香脑子里装满了疑问，乱极了。忽然降临的灾难统治了这狭小的空间，让她感受到来自外界的胁迫。那胁迫，正实实在在地逼她走上绝路。

风从破裂的窗户纸处钻进来，把小屋吹得冰窖般寒冷。她伸手揪住破被子，搭在身上，却仍然感受不到一点暖意，脚是麻木的，手指尖是麻木的，心也仿佛凉透了，她整个人都被寒冷包裹着。谷香把身子慢慢地，紧紧地蜷缩起来，双手抱在胸前，让棉被紧紧贴住身体，试图寻找到温暖，暖一暖冷透了的身子。迷迷糊糊的忍耐中，她没有办法让自己静下来，当她再也不能支持下去，再去思，再去想，脑子里只剩下空白的时候，外面不远的地方，突然传来大狗凶狠的叫声。

谷香被狗咬的声音惊醒起来，她猛地起身子，胳膊支在炕上，身子向前半倾着，脖子伸得长长的，侧耳听着外面的响动，浑身害怕得哆嗦起来。她知道狗叫的声音，是日本小鬼子的狗叫，知道那是他们去追达子。她为达子担心，盼望着达子能跑得远远的，她怕鬼子把达子抓了去，达子是她唯一的亲人啊。

担惊受怕中，她恨达子，恨他多管闲事，尤其是管刘杠头的事。她知道早先他们为了她打架，那个时候他们仇人一样，如今怎么又会帮了他呢？她想不明白。她知道刘杠头不是坏人，在达子死了爹妈的时候，他两次都曾经实实在在地帮过达子，那是她亲眼所见，也是邻居们亲眼所见。那会儿，谁不说刘杠头仁义啊。后来要不是因为她，他们或许还在一块儿抬杠呢。坏就坏在赵三儿死了以后，她经受不了孤苦，经受不了女人的寂寞，去找了年轻的达子。在那段日子里，她感受了重新经过一个男人的幸福。那段日子里，刘杠头老是用淫亵的眼睛看她，还明里暗里地说她的闲话。在她嫁给达子后，刘杠头还借着醉酒来敲她的门，在门外大喊大叫地骂她是小浪货！杠头虽然用最难听的话骂她，谷香知道，他不是坏人，她的心里很清楚，刘杠头这么做，只是想在她身上做男女间的事情。哎——她恨她的爹妈，恨他她恨达子，恨达子惹事上身。更恨小日本鬼子，要不是他们来侵略中国，也不会有这样的事情发生啊。

们为什么给了她一副好身材，为什么自己竟不能在赵三死了以后，安心地守寡呢？贱呀，下贱呀，都是漂亮脸蛋儿惹出来的事！谷香在恐惧和无奈里又泪流满面了。

　　万万也想不到的是，今天达子一跑，竟把她留给了刘杠头。她不知道以后的日子里会有什么事情发生，她想达子，想摆脱目前的处境，可是她除了哭泣，没有办法，哭，她也不敢放声大哭。

　　谷香想起了刚刚还在她面前的男人，眼前的一切都是因他而起。要是以后达子真的回不来了，杠头不是还会缠着她吗。她记得他说了，还要来看她。刘杠头刚才还摸了她的腿，她感觉到了他在她大腿上轻轻地按了按。只是轻轻地按了一下，轻得使她感觉不到任何的恶意。

　　难道是天意，是老天爷安排了这样一场灾难，让她处在孤独无援的地步。难到从今以后，自己真的能把自己给了杠头吗？这可恶的战乱灾年啊！可怎么活呦！她问自己。但没有答案。她恨达子，恨达子惹事上身。更恨小日本鬼子，要不是他们来侵略中国，也不会有这样的事情发生啊。她不知道以后究竟怎样，她只是盼着达子能够跑得远远的，只要他能活着，永远不回来也行。她还想，达子逃脱了，找到了安身的地方，肯定会回来把她接走，她们一起去过安分的日子。

　　谷香使劲睁着哭肿了的眼睛，看着黑暗的空间。她的心乱到了极点。累了，谷香感觉到头昏脑涨，她重新躺下，迷迷糊糊地闭上了眼睛。

4

　　清晨的北平，大雾铺天盖地。整个城市像一个长了毛的馒头，软呼呼地向外扎煞着，白色的雾气把古老的灰色瓦屋，破旧的街道，光秃秃的树木严严实实地包裹起来。日本鬼子占领下的北平，到处死气沉沉。

性本善

东岳庙前的空场，已被风化得凹凸不平的石头地，轻轻托着初春清晨浓厚的雾气。几株苍劲的松柏树和古槐树，参次有序地点缀在庙门四周。它们暗绿色的树叶和皱皱巴巴的树干，衬托着黄琉璃瓦顶饰的庙宇殿堂，朦胧而又不失庄严肃穆。大殿房檐下的黄铜响铃，被风摇晃着，哗铃铃哗铃铃地响成了串。庙门两边的四只汉白玉石狮子，威武地守护着庙门。

松山带着16岁的欢实劲儿和重返灵魂的俗气出了庙门。出了庙门，他便忘了老道赶他走的烦恼，只想着能跟着爸爸去摔跤了。

穿过齐化门外大街的时候，他模模糊糊瞧见神路街口的石牌楼上，落满了乌鸦，黑压压的一片，还呱呱呱，呱呱呱地叫闹着。松山猫腰在地上摸索着捡起两块小石头，笑着喊了一声：嗨，你们多自在啊，便抡圆了胳臂向牌楼上砍去。随着高处啪嗒一声清脆的响声，牌楼顶上的乌鸦们，呱呱呱地叫着四散飞起。被惊扰了的乌鸦们，却不远去，只呼扇着翅膀，搅动着白色的雾气飞旋，不一会儿，乌鸦们重新落回了牌楼顶上。

松山进了神路街，慢慢往南走着。他不知道今后怎么样，赵道长不要他了，让他还俗。还俗就还俗，回家跟爸爸去摔跤玩，还省得在庙里受气呢。想着，走着，松山用他不大的眼睛，趄摸着神路街两旁灰色的瓦屋。

瓦屋中的人家儿，还沉浸在清晨的宁静中。人世在浓雾的包裹下，显得没有一点生机，仿佛到了苟延残喘的末日。

松山在大雾里向前走着，突然的听见身后有响动。停了脚步，赶忙回头看。大雾弥漫，他的眼前白白的一片，什么也看不见。只听见浓厚的雾气里，人生嘈杂狗吠狺狺，还搀杂着大皮靴子跺地咚咚，咚咚的跑步声。松山心里一机灵，赶忙闪身躲到旁边李六爷家的门楼里边。他扒着碎核桃砖砌成的门垛子，探出点脑袋侧起耳朵细听。不好！狗叫声凶狠地不像往常。让人心惊肉跳的响动，一阵紧似一阵，离他越来越近。

他妈的，准是祸害人的日本兵！松山在心里骂着，却也不敢磨蹭，想躲进院子里避避。李六爷家的街门从里边闩死了，松山急忙窜出门楼，绕到院墙处，俩手一搭墙头，脚下使劲蹿起来，先叉腿骑在墙上，再顺着院墙轻轻下到了院子里。亏了松山身量高大，又从小练了一身功夫，能轻巧地翻过六尺多高的院墙。要不大清早的，非让日本兵给抓走，说不定得替达子死。

跳到院子里边，松山的心还蹦蹦、蹦蹦地狂跳。他蹲了身子，靠着墙根儿喘了口气，嘴里小声骂着小鬼子，跑到我们国家来闹腾！又想：要不是赵老道赶他走，自己也不会赶上倒霉的事。他心里骂老道，好好儿的，赶我走，还说我有灾难，你要不赶我走，我还在庙里呆着呢，怎么会有灾难！骂着，他悄悄地，矮着身子，蹑手蹑脚地挪到门洞里，轻轻地靠近李六爷家的破门。他怕弄出响动，惊了鬼子。他用手支着两边的门框，把眼睛挨在破木门的缝隙处往外看。

5

桂二太太让桂二一折腾，觉得有点乏，俩腿发涨，浑身酸软。她抬头瞧了瞧窗户，窗户纸还黑着，外边已经有了亮儿。听听，风还大。听得见风抽得树枝子响。躺着，琢磨着刚刚五更多天吧。还想再睡会儿，又怕耽误了熬豆汁儿，便摸着黑起来了。轻手轻脚地摸到外屋，点了油灯梳头。梳完了头，正打算去归置卖豆汁的锅碗瓢盆，出去摆摊儿，突然听见外头有人叫门。

啪啪啪的拍门声不大，却挺急。桂二太太被吓了一跳，心也仿佛到了嗓子眼儿。她悄悄走到屋门边，侧耳听听，啪啪啪地拍门声响个不停。桂二太太不敢去开门，也不敢出声，赶忙回身把灯吹灭了。自打小日本来了以后，市面上太乱。她悄悄摸进里屋，到炕边，使手推桂二：桂二，桂二！快醒醒。醒醒呀，有人敲门！

桂二睁开眼睛，嘟嘟囔囔地说：大早上的你干嘛啊。我说我再眯糊会儿！

你快起来，有人叫门。你听听，还挺急的。桂二一听，果然有啪啪啪的拍门声音。一想刚才和媳妇折腾的时候，狗咬得不善，心里一个激灵！赶紧爬起来，穿上大棉袄，要往外走。桂二太太一把把他揪住了：你急什么啊，先听听，是怎么回事。

我先去瞧瞧，你快去东屋把松河、松海叫起来。

桂二仗着自己有功夫，壮着胆子开了屋门。出了屋门，他先往影壁下踅摸狗。大黄狗听见了拍门声，或者是听见桂二出来的声音，已经蔫头耷脑地站起来了。他用狗屁股挨着墙角，尾巴让自己的身子和墙挤得歪斜着耷拉在一边。它不叫，瞧见桂二出来也不叫，只懒懒地使四条腿支着瘦骨嶙峋的身体，无精打采地警惕着。桂二瞧见狗站起来了，他心里坦然了许多。其实，桂二心里也有点发怵发毛，感觉着浑身起满了鸡皮疙瘩。他放轻了脚步，走到院子中间的时候，为了给自己壮胆，先使劲咳嗽了两声，离门还挺远，先大声地问：谁啊？！

桂二爷！二大爷。是我。您快开门呀。达子在门外小声地喊着，还呼哧呼哧直喘粗气。

你是谁啊？

哎呦！我的二大爷，您连我的声音也听不出来啦，我是达子啊。巡警达子啊！达子正说着，远处的狗叫又响成了一片。

桂二听着狗咬，咬得邪乎！吓得他心里嘣嘣嘣一个劲儿地跳，走到门边还不放心，又从门缝往外看了看。黑糊糊的也看不清楚，又问了一句：你一个人？才开门让达子进来。

达子进了门，返身把大门关上，哗啦哗啦地插了栓。然后，拉着桂二爷往屋里走。桂二爷一看达子的打扮，乐了：你小子改了打扮了，把吓唬人的皮脱了？脱了那层皮，你还真像个人样。瞧瞧，还背个小包袱，大清早的，让媳妇给轰出来啦？

刚一进了正房的门，达子噗咚一声给桂二爷跪下了：二大爷。您无论如何也得让我在您家里避些天，要不，我肯定没命了。

松河和松海也起来了，一家人让达子给弄糊涂了，愣愣地瞧着他。桂二太太瞧见达子跪下，赶紧走过来拉达子，说：小子，你甭急，有话坐炕上慢慢说。

达子站起身，坐到炕沿儿上，喘了口粗气，才小声地说：二大爷，二大妈，听了您别害怕。

甭绕圈子，你说吧。你二大爷什么时候害过怕呀？小鬼子来了，咱不照样扛着褡裢儿去摔跤！桂二说。

我杀人了。弄死个日本人。

听了达子的话，桂二心里一哆嗦。弄死个日本人？说得轻巧，这种事，是说着玩，闹着玩的吗？达子啊，你别胡说，吓唬你二大爷。桂二没拿达子的话当真，以为他说着玩呢。

真的！达子喘了口气，把他弄死日本人的事，一五一十地说给桂二听：

昨儿个夜里我出去巡岗，街上没一个人影，我自己跟鬼魂儿似的乱转，巡警么，咱干的就是这差事。估摸着时候差不多了，我往回走。穿在身上的官衣，管凉不管热，西北风还围着你转圈，生生地往骨头里钻，把我给冻得全身凉透了。

我缩了脖子，揣着手，急急忙忙往家走，我身上冷不说，两只脚也被冻得生疼麻木。二大爷，我跟您说，天是真他妈的冷，您平时瞧我穿着身官衣，瞧着挺虎势，可它挡不住西北风。他妈的警察局，光知道叫嚷维护治安，光他妈的使嘴瞎叫唤，让你听着心里舒坦。其实呢，全他妈的为自个儿。吃空饷，使唤我们应招去的警察，跟使唤孙子一样，苦活儿累活儿得我们去。咱为嘴里有口吃的，孙子一样，咱也得忍着。

走到天福巷东边的小胡同时，我寻思着快到家了，人也乏了，想靠了墙犄角先抽袋烟。我刚把烟袋拿出来，正往锅子里装烟，猛不丁的一声叫唤，把我吓了一跳。

开始我以为是什么东西闹腾呢，赶紧的把烟袋塞在腰里，摸了摸屁股后面挂着的警棍。脏东西咱不怕，咱脑袋上顶着标志呢，警棍是辟邪的法器，妖魔鬼怪也得躲着咱。我仔细一听，原来是人，是人的叫唤声儿。我心里一激灵。赶紧贴墙根儿站住，抽出揣着的两只手，从后腰里把警棍抓出来。四周围黑呀，看不见。我蹲下身来，揉揉眼睛，去黑暗中搜寻。好一会儿，才看见在不远处一个黑黑的拐角处，有一团黑影扭动着。让人心惊胆战的叫唤声，不断地从那儿传过来。

我慢慢往前蹭了蹭，使劲地盯着活动着的黑影，渐渐地，我从哇啦哇啦的声音里听出点眉目，是一个小鬼子边骂边用皮带抽打中国人。哀哀地求乞声，我听着有些耳熟。又悄悄地往前挪了几步，仔细一听，您猜是谁？是刘杠头。当时我纳闷，深更半夜的，他出来干吗呢？又细细地听了听，没错，是刘杠头。我又一想，明白了，他不是去要钱，就是去逛暗门子了。

我不想管，转身想走，却挪不动自己的腿脚。眼下自己是巡警，有维护社会治安的责任。可是，挨打的是刘杠头，行凶的是日本人，能管吗？我虽是个巡警，但在日本人的眼睛里，不也是个亡国奴吗，又能比刘杠头好多少呢？我脑子里乱成了一锅粥，觉得身上过了电似的要抖起来。怎么办？管还是不管？我没主意啊。

风还刮着，真冷啊，半空里还飘着潮乎乎的雾气。我靠着墙根儿，站在黑地儿里瞧着，心里乱，我真是没有一点主意。

过了会儿，我琢磨明白了，早先和刘杠头的冤怨，过去是过去了，可他欺负过我呀。眼下鬼子又畜生似的野蛮，我不管，也管不了！在我刚一抬腿，转身想走的时候，刘杠头软弱的哀求和日本鬼子狠毒的恶骂声，把我拦下了。

我心里骂杠头，你还是男人吗？我也骂我自己，你走，你不管，你还有中国人的良心吗？我也不知道是骂杠头还是骂我自己，反正有股子狠劲往上撞，觉得自己的胳膊、腿、还有身子骨儿，他妈的叫劲，咯嘣嘣直响。

我悄悄地生了胆，眼瞧着小鬼子欺负咱们的人不管，我还算中国人吗。我得管，我是巡警啊。

您别瞧刘杠头往日里也汉子似的，其实他真没一点男人的骨气。我听着他跟日本人求饶，火气就往上撞。我前后瞧瞧，黑糊糊的胡同里，没一个人。没人，你怕什么？王八蛋！我心里骂着刘杠头，也骂着小鬼子，慢慢蹲下，在地上摸了快砖头。我顺着墙根儿，悄悄地凑到扭动着的黑影边上，瞅准了矮小的鬼子，使足了浑身的劲狠狠地给了他一下。

一下，嗨！就一下，真他妈的解气啊，感情小鬼子的脑袋也是肉做的。噗嗤一声，我把小日本给开了瓢儿。天黑，我也看不见什么，只感觉着手上热乎乎的粘腻，我估摸着是小鬼子开瓢儿了。事已经做下了，心里也不怕了，还有点痛快呢！

小鬼子让我给打急了，他顾不上脑袋流了血，他嚎着，嘴里滴里嘟噜地喊着放开了杠头。

二大爷，打人您是行家，要不打就不打，要打必须往死里打。你让他缓上劲，站起身来，费事，麻烦大了。我打的是鬼子，我不能给他喘气的机会。我当时横了横心，抢着砖头又照着小鬼子砸下去。

桂二大爷，我跟您说，打的时候是真痛快。

小鬼子呀，呀—呀—叫着，恶狗一样向我扑过来。缩在一边的刘杠头，瞧见是我，立刻伸手抱住了鬼子的俩腿，嘴里还喊着，达子！弄死这个畜类，弄死他！

亏了咱的身量大，也亏了杠头抱住了鬼子的腿，要不还真得费事。我也不知道哪儿来了股邪劲，抡圆了手里的砖头，还有警棍，左右开弓，照小鬼子的脑袋轮番的连拍带砸下去。感情狗娘养的鬼子也是肉脑袋，不抗打，不抗打！我几砖头砸上，他面口袋一样倒了下去，不吭气也没了动静。我一瞧小鬼子不动了，便使脚踢了踢他，一堆烂棉花似的软了，一点不动了。我要了小鬼子的狗命！

弄死了小鬼子，我瞧着脚底下的死尸，心里有了悔意，怕呀。跟您说吧，吓得我浑身直哆嗦，咱打过架，也抬过死人，咱没杀过人啊。

有一阵子，我俩脚筛糠一样的抖，不会挪动了。刘杠头还能挺着，别看他刚刚还跟鬼子求饶呢，现在他倒横起来了。杠头瞧了瞧黑糊糊的胡同，跟我说，达子，咱得走，趁没人瞧见，咱们得赶紧跑。我和杠头互相搀扶着跑回了家。

家里哪能呆？小鬼子一搜查，我准玩完！他们有狗，狗鼻子能闻出血腥味儿，我的手上沾了鬼子的血，我害怕。二大爷，我跟您说，我怕呀，浑身的肉，还有骨头，一块儿哆嗦。杠头出主意说，家里不能呆，跑乡下去躲着吧！

我不能等死。出了家门，奔了马家坟地，想奔皇姑庵，从那儿出土城。刚到马家坟地，我一想不成，土城有鬼子站岗，大清早的，我从土城一过，准让鬼子抓了去。我又返回来，想来想去，哪儿也去不了，您家院子大，房也多，藏个人准行。我想在您家里先藏几天，等风声一过，我再偷偷地混出城，奔乡下去。

听了达子的话，桂二一声没吭。他知道摆在面前的是什么，是义气，也是灾祸！留下达子是应该的事，不留也说的过去。不留达子，达子的命难保，弄不好还得搭上他媳妇谷香。留下了他，得面临着天塌一样的灾祸啊。小鬼子不知道还好，只要知道了，自己一家肯定遭殃！

沉默着，一家人沉默着。达子的心里噗嗵噗嗵打鼓，他生怕桂二爷冲他挥挥手拒绝了他。但他知道，桂二爷不会见死不救，心里又有几分的安定。退一步说，哪怕桂二爷不留他，也不会立刻赶他走，会帮他想个辙。达子转头瞧瞧外面的天，又回头瞧桂二爷。天已经蒙蒙亮了。

桂二仍然阴沉着脸，一动不动地坐着。窗户处透进的灰亮，衬托着桂二的身形，活像个泥胎搁在炕沿儿上。其实桂二是在琢磨主意，他不能让鬼子把达子弄走，也不能让自己的家遭了殃。

好小子！有骨气！比你二大爷强，他光知道扛着褡裢满街瞎转，正经事从来不干。桂二太太突然打破了屋子里的沉没，她低声说：你来我们家儿，没人看见吧？

没人看见。达子摇摇头。

让他住下吧。不能长住，临时住几天，咱们赶紧想主意，不能让鬼子把他抓了去，你说句话啊！桂二太太和桂二商量。

桂二听了媳妇的话，略微点了点头说：行啊。你不让他住下，还让日本人把他给抓了去。街里街坊的，小子把事做得关公，还穿着官衣，不容易啊。得跟惠芬她们说好，千万别到外边去说，说出去，灾祸大啦。街门也得紧着点。

行！松河在一边插话说：跟我和松海住一块儿，白天有人串门，让他钻到给您准备的棺材里去躺着，没人再出来。反正他还能帮我妈劈个柴，生个火。甭管干的稀的，有咱们吃的，也有他吃的，也不能算他吃闲饭。这年头，敢弄死日本人，是条好汉了，替咱们出口气，咱得帮他，不能让他去送死。

一家人正在为达子的事嘀嘀咕咕的时候，外边又有人敲门。敲门声又大又急，啪啪啪地声音像催命的雷，把桂二一家人和达子吓得脸变了颜色儿。达子开了屋门，奔后院跑，亏了桂二赶紧到院里，大声问了句：谁啊？

爸爸，是我。老三。

桂二骂着去开门：好你个小兔崽子，叫门干嘛跟鬼叫门似的，你催命呢？

已经跑到西房山处的达子，听见是桂家老三，又返回屋里。桂二爷、松山和达子前后脚进了屋。达子脸吓白了，嘴唇也直哆嗦，连话也说不利落了：三、三兄——弟。你干吗使这么大劲拍门？吓死我了。

松山不知道发生了什么事情，笑了对达子说：呦！祁巡官。今儿个没穿吓人的皮呀？你哆嗦干吗？往日里你的威风劲儿呢？吓死你？你怕我呀？嗨，怕我干嘛，我还让牛头马面用铁链子拴了你去。

松山！别说啦。松山还要往下说，桂二爷把他的话拦下了。祁巡官犯事啦，你别跟他逗了。对，还有，他要在咱们家住些天，不准上外边说去。听见没有？

桂二爷的话说得松山糊里糊涂。

你甭问了，先告诉妈，桂二太太伸手拉过儿子搂在怀里：瞧瞧，又长高了。快告诉妈，一大早回来干吗？

老道把我给轰出来啦，不要我了。今儿早起来，我和中静打架，把庙里的供桌腿儿给弄断了。他不要我了。

哎，桂二太太长长地叹了口气说：要了命喽，又添了两口人的饭。再说，小孩子打架怎么啦？呆会儿我去跟老道说说，还回去吧，在庙里能吃饱饭啊。

您甭去，他说我跟庙里的缘分尽了。再说，我也不想在庙里呆着了，中静他老招我，我一打他，老道总冲我来。受气。妈。打今儿起，我帮您卖豆汁去吧。松山从桂二太太的怀里挣出来，走到桂二身边：爸爸，要不，我跟您去摔跤？

行！好小子。咱不跟你妈去卖豆汁儿，那是老娘们儿干的事，你跟我去下跤场。北平的四九城，我带着你转到喽，我得让你在跤场里有一号！桂二爷的话，说得松山咧着嘴乐。

外面，天已经放亮，桂二把全家老少叫起来立规矩，他绷着脸说：今儿的事，谁也不准到外边说，跟谁也不准说，尤其是老大松河，在杠房上更不能说，杠房里人多嘴杂。达子在咱家的事，要让日本人知道了，咱们家会遭殃。

他又冲达子说：你先住下，不能长久地住下去，吃喝我不在乎。有干的，咱们一块儿吃干的，有稀的，咱们一块儿喝稀的，没吃的大家一块儿扛着。只怕日子一长露了风，招来是非。松河你给听着点，有往乡下去的大杠，请了文场和吹鼓手的那种杠时，咱们想个辙，给达子弄个位置，让他乘乱混出城去。

全家人点头说是，不能出去说。这时，松山插了句话，把一家子人弄没了声，他说：爸，我刚才瞧见杠头刘跟鬼子带着狗，顺着神路街奔南跑下去啦！

6

日本人带了狼狗追达子，直追到了东土城也没看见个人影。日本侦缉队的队长气得大骂刘杠头，大皮鞋往杠头后腰踹了好几脚。拉了狼狗，骂骂咧咧把刘杠头带回了侦缉队。渡丸气得在屋里直转磨，大皮靴子噔噔的踩地声，吓得刘杠头一个劲儿地哆嗦，生怕小日本抓不住达子，拿他出气。果然，渡丸在屋里转了几个圈后，突然站在了刘杠头面前，他笑眯眯地用拳头捅了刘杠头的胸脯一下，问他：你的，什么的干活？怎么知道有人杀了我们的人。

性本善

刘杠头一瞧日本人抬手，心里一颤，以为小鬼子要打他。但鬼子没打他，而是笑着跟他说话，他心里塌实多了。便冲着渡丸点头哈腰地说：我的，抬杠的干活，抬杠！您的明白？他怕日本人听不懂，还使俩手比划着解释：抬死人的干活。光棍儿，光棍儿！您明白？我的去找窑姐儿。我是良民，良民！

他的话音刚落，渡丸急了，八嘎——！抽不冷子，渡丸抡圆了胳膊，照着刘杠头的脸上狠狠打了几拳。把刘杠头打的嘴犄角流出了鲜血，噔噔噔向后倒退了好几步。还没站稳，后边一个日本兵，照着他的后腰上砸了一枪托子。门边上卧着的大狼狗，也激灵一下站了起来，俩耳朵支棱着，舌头吐出老长，冲刘杠头呜——呜——呜地直发威。刘杠头被吓得浑身哆嗦，赶忙跌跌撞撞回到渡丸面前，渡丸不等他站稳，抬脚对着他的小肚子踹了一脚。嘴里还骂着：你的，良心大大地坏了！

刘杠头哎哟哎哟叫唤着捂着肚子，蹲在了屋子中间，心里还想呢：我好心来报告，你却打我，不知道好歹的畜类！你他妈的是猪！

渡丸一挥手，站在门边的两个日本兵扑了上来，枪托子，大皮靴子在刘杠头肥胖的身上，噼里啪啦地一通乱砸乱踢。刘杠头捂着脑袋，在地上打滚，嘴和鼻子流着血，脑袋也肿了。他不敢叫唤，嘴里只是一个劲儿地求饶：太君，太君！您饶了我吧，别打了。我，我……刘杠头喘着气，爬起身跪在了渡丸面前。

渡丸一看他一个劲儿地求饶，抓住刘杠头的衣服把他揪了起来。咬牙切齿地问刘杠头：你的说，凶手是谁？中国人的是谁？

刘杠头心惊肉跳，他让日本人给打怕了，他看着小鬼子的眼睛，感觉鬼子的眼睛里放出了刀光剑影，冷冰冰地带着寒气，直逼他的灵魂深处。日本人再打他俩嘴巴，甚至再捅他一手指头，没准他就把达子供出来了。日本人不打了，也使刘杠头有了喘气的机会。屋子里突然静下来，静得能听见汽灯燃烧发出的嘶嘶声。刘杠头虽然骨头软，他毕竟是在世面上混过的人，见过的各色人各种事也多，什么时候玩什么把戏心里还是很清楚的。他很快把事情的前前后后掂量清楚了，他知道，只要他不说出达子的名字，日本人很难找到是谁弄死了小鬼子。在北平城里要找个人，跟在大海里捞针一样难。何况达子跑出了城，找不到，还怎么抓？达子他还敢回来？有了命案，死的还是日本人，在日本人的天下，他还敢回来？刘杠头想着，心里漾出了一丝乐。浑身骚劲儿的谷香，仍然是他刘杠头嘴里的肉。但是，他要把达子供出来，谷香的事不仅吹了，日本人还会把他看做达子的同谋，抓不着达子，能把他给毙喽抵命。说不定，谷香也得死。所以他狠了狠心，为了得到谷香，他咬着自己的牙根说：太君，我真不知道是谁。只看见是一个中国人。您想啊，我已经来报告了，我知道是谁，还能不说吗？附近方圆多半个城的人，我熟啊，哪一个让我看看背影，我准能说出是谁来，当时天太黑，离得远，我刚往跟前一凑合，人就跑了。我，我，我赶紧来报告了。

渡丸盯着刘杠头，俩日本兵也端着刺刀枪对准他的后背，刺刀尖紧紧地顶着杠头，似乎要结果他的性命了。隔着厚厚的棉衣，刘杠头也感到了刀尖的接触，肉体的疲软，正在阻碍他精神的支撑，恶狠狠地左右了他的行为。然而事情却发生了变化。渡丸没要杠头的命，更没有接着打他，折磨他。突然，渡丸脸上有了笑容，他笑眯眯地对刘杠头说：你的，真的是良民？喜欢大日本皇军？

杠头做梦也没想到渡丸还会对他和气，一个挂着军刀的鬼子兵说出的话，竟这么温柔。杠头觉得自己的头皮发麻发木，晕晕忽忽的感觉里，把日本鬼子当了爹。他俩腿一软，跪在渡丸面前说：我是良民！我是良民啊！跟着便给日本人磕头。

渡丸伸出手，慢慢托起杠头的下巴，俩小眼睛往下盯着刘杠头。

他盯了刘杠头好一会儿，才抬起另一只手，摸了摸自己的小胡子，皮笑肉不笑地说：你的，起来的说话。

刘杠头颤巍巍地立起了身子，腰仍然大虾一样的弯弯着，还不断地冲渡丸点头哈腰。

你的抬杠？抬死人的干活？渡丸问。

是，是！我抬过死人的干活。现在的磨剪子磨刀，死人我会抬，会抬！杠头让自己的嘴犄角咧出了点笑样。

你的！磨剪子磨刀的不要，大日本国民的抬抬！送葬的干活，你的明白？

说完，渡丸使劲跺着脚，转回他的桌子后面，并不坐下。他用两只手支着桌子，突然对刘杠头大喊一声：我的，要为大日本国民的送葬，大大的仪式，城里的转一转，让你们中国的百姓为大日本帝国的英灵送葬。你去找人，我的，要在你们送葬的时候，大搜查，明白？！你？你的明白！你的不用抬，领着我们搜查的干活。明白？

渡丸挥舞着双手，又从桌子后面转了出来，他耀武扬威地跺着脚在刘杠头面前站住，重新用凶狠冰冷的眼睛盯着杠头。

听着，看着，刘杠头的心里咯噔一下，身子也随着心的颤抖而轻轻地抖了一次。但是很快地，他让自己心平静下来。他努力地把身子站得直一点，努力地控制着自己的双腿不打颤，努力使自己看起来更坦荡更自然点。他心里琢磨，要像小鬼子说的去办，事情就闹大发了。只要一大张旗鼓地给小鬼子送葬，酷爱凑热闹的街坊四邻得出来看，日本兵再借机一搜查，得，全他妈的乱套了，非得弄得鸡飞狗跳墙，说不准小鬼子们得借机会杀人。邻居的老少爷们看了，准把我当汉奸，大家伙还得跟着受罪。完了事，鬼子还不定宰我不宰呢。不要我的命，也得扒我层皮。为他妈的一个小寡妇，一个小寡妇！让街坊们跟着受牵连，我……我造了孽呦！

刘杠头心里正嘀咕，寻思着答应不答应小鬼子。渡丸跺着脚，气势汹汹地在屋子里转了几个圈，然后，他使劲地跺了一下脚，眼露凶光地站到刘杠头面前，俩小眼睛盯着杠头，一只手扶在武装带上挂着的小手枪上。随着他的跺脚声，一直卧在一边的两条大狼狗，也噌地直起了腰身，耳朵竖立着，舌头耷拉出来老长，浑浊的狗眼，死死地盯着刘杠头看着。刘杠头看看渡丸，又斜了眼珠去看两条狗，他感觉，自己看到的不是人，也不是狗，而是阎王爷身边的牛头马面。他暗暗地给自己鼓劲，让自己慌乱的心安定一些，他把眼光收回来，慢慢地放在渡丸腰里别着的手枪上。枪很小，牛皮的小枪套制作得十分精巧，光洁的牛皮面，在汽灯下闪着白亮白亮的光，非常有气派。两颗紫铜色的搭扣点缀在枪套上，使人看上去挺有玩意儿，也挺招人喜爱。杠头想，这枪要不为杀人而造，弄一支没事的时候玩儿玩儿，一定很惬意。如果它不在小鬼子的腰里挂着，而是被谷香抓在小手里，一定充满了情趣，哪怕是谷香绵软的小白手，紧紧地握着手枪，对准了自己的胸膛，啪！地一声要了自己的命……刘杠头想着，他闭上了自己的眼睛。

小鬼子在刘杠头面前站定了，啪、啪地两声脆响，声音不大，但啪啪的声响，带着透入人灵魂的力道，立刻吸引了刘杠头的眼光。渡丸慢慢地抠开了小手枪皮盖儿上的金属扣子，用手把小小的手枪，抠起来，却并不抽出，他等枪身快要抽离枪套的时候，只轻轻地一按，又把它推回到枪套里去，然后一拍，盖紧盖子。跟着，再啪、啪地将盒儿盖抠开，慢慢把枪抠起来，再推回去，反反复复地重复着动作。他每抠响两个紫铜扣子，刘杠头的心跟着惊跳两下，身子也随了心的跳动一紧一紧地抽搐。他细微的表情和动作，没能逃过渡丸狼狗一样机警的眼睛，他看到了杠头在颤抖。一丝奸笑从渡丸嘴角滑过，然后，他用一只手摸着自己的小胡子，另一只手仍然不停地抠动着他枪套上的紫铜扣子，让它发出啪、啪地响声。

渡丸的小眼珠子，亮亮地闪着凶狠的光，逼视得刘杠头不敢正眼看他。刘杠头心灵里残存着的良心，在鬼子凶狠的目光中，在鬼子抠动枪套的声音中慢慢地消失了。

7

松山的话，让一屋子人都惊呆了。

杠头怎么与小鬼子搅和到了一块儿。莫非杠头要害达子？桂二太太的话一出口，达子一哆嗦。桂二瞧见达子的哆嗦了，抬眼瞪着桂二太太骂：你个娘们儿懂个屁，别胡搅，赶紧去干你的正经事。对了，嘱咐嘱咐惠芬她们，别让她们到外边说。桂二太太答应着，转身出了屋。

其实桂二心里清楚，他媳妇说的话，正是他心里最怕的。

爸。站在一边的松河说：达子来咱家，没人知道吧。您甭怕！小鬼子再霸道，他不能随便来搜抄老百姓的家吧，他们不能凭白无故地把咱们家翻个个儿，逮人，抢东西吧。再说了，还有我们哥儿仨，松山也回来了，杠头他能翻天？松山一身的功夫，一个人便能把他给办喽！

老二松海在一边说：大哥！三兄弟还是孩子。再说杠头身后有日本侦缉队呢！回过头他又冲桂二说：爸，咱们甭怕，有我呢！只要小鬼子敢来咱们家抓人，咱们跟他们拼了！

桂二瞧了瞧俩儿子，没言声。拼了？他心说，鬼子，那些没人性的东西，哪是好招惹的。

达子垂了头，闷声说：杠头王八蛋，当时拍着胸脯子跟我说，让我放心地跑，快跑，千万别耽误着，还让我从皇姑庵儿那边出土城。感情他是为了到侦缉队告发我。甭猜疑，他准是带了鬼子去追我，他知道我奔那边跑了。他怕受牵连，还惦记着谷香，说好话，不干好事。人面兽心啊。二大爷，我真他妈恨我自己，您说，您说我多笨！我当着好好的警察，这不是没事闲的，给我自己招惹是非吗。多亏我没往土城跑下去，要奔了土城，说不准早让小鬼子抓了去。说着，他突然不言声了，脸上又见了白色儿。

桂二不言声，只呆呆地坐着，脸色儿铁青，俩眼发直。他心里十分清楚，真照松山说的，杠头和日本人搅和到一块儿，准是为了达子媳妇，他一直惦记着谷香。要不，凭杠头的秉性为人，绝不会去亲近日本人。

桂二感到了恐怖。一个平平常常的早晨，灾难悄悄地来了，天网一样笼罩在达子和他们一家人的头上。刘杠头，哪家哪户他不知道。藏，怎么藏？一个大活人，吃喝不说，他得拉吧撒吧，他不能成年累月地窝在院子里吧，谁伺候他？瞒日本人好办，搅和进了杠头，还瞒什么瞒？！桂二觉得自己做事毛糙了点，刚刚把达子留下是招惹了是非，虽说是积德的事，自己一大家子人呢！怎么办？怎么办？！桂二心里着了火一样的腾腾地烧。

沉闷中，桂二稳稳当当地坐着，他是一家之主，不能露出丁点的慌乱。桂二抬眼看达子，达子也正眯缝了眼睛瞧他，眼光里散漫着的是求乞，是信任。桂二不错眼珠儿，与达子眼对眼地互相看着。无奈和无谓在俩人的眼光里搅和，慢慢的，桂二的眼光生了热，他觉着眼眶子潮乎了，达子自打出生，先死爹后死妈，没享过一天的福，他是亲眼看着他长大的。好不容易熬到成了人，娶了谷香，又赶上来了小鬼子，哎——

桂二扭了头，他不能让眼泪流出来，扭了头狠狠地说了句：畜生！造罪啊！

说完了，桂二冲一家人摆摆手，让达子跟着桂家老大、老二两兄弟回东房。老三也想跟了去，却被桂二叫住了。

正房里只剩了松山跟桂二爷俩的时候，气氛轻松了许多。松山回家来，虽说又多了个吃饭的嘴，还是让桂二感觉心里也多了一点乐儿。他说：松山，回来啦。说着，眯了眼睛瞧着松山笑。

松山坐在炕沿儿，不说话，只瞧着桂二乐。桂二看着松山，渐渐地笑模样从脸上消失了，只阴沉着脸说：在庙里受气啦？

松山往炕头一歪，赌气说：中静没事老招惹我，老道偏向他，数落我，还罚我多干活儿，说说得了吧，我也不往心里去。但今儿个，老道非赶我走，绷着脸给我看，还吓唬我，说不走有灾祸，多耽误一会也不行，非逼着我立刻走。您是不知道，刚才有他妈多悬，日本兵的狗咬得狠啊，我慢一点，说不准已经被逮进日本侦缉队了。我刚跳进李六爹的院子，日本人跟狗也到了神路街口，吓得我蹲在墙根儿，不敢大口喘气！

你看见杠头跟日本人在一块儿了？

我扒门缝看来了，天没大亮，看不清楚。可我听清楚了。错不了，准是杠头。松山说，我听见吵吵闹闹的声音里，有杠头的声音，我还跟李六爹儿说了呢。他也不信，还不让我胡说呢。

老道说你有难？桂二问松山。

是，他还说，让我必须赶在我妈出摊前回到家里，一切会过去的。

桂二冲松山摆了摆手说：老道有个算计啊。他没说别的？没跟你说怎么防着？能不能解？

没有，除了赶我走，老道只说天机不可泄露，没说别的。

哎——，桂二长长出了口气，说：要真是杠头带了鬼子去追达子，这事不好办了。去，喊你大哥、二哥和达子来，你去帮你妈归置卖豆汁儿的家伙。我得跟他们商量商量怎么办。

什么怎么办？杠头跟日本兵搅和在一块儿，想要祸害达子，咱们还商量什么呀？做了他狗日的。您怕什么呀……

甭问了，你快去。桂二挥挥手，让他走。松山答应一声，转身出了正房。桂二想跟俩儿子商量商量，有什么法子赶紧把达子弄走，让他出了土城，奔乡下去躲着。刘杠头再跟鬼子搅和，也不怕了。但是，没容他和俩儿子商量，杠头到家来了。

桂二太太正在门外收拾东西，见松山出来，便一手拉了老儿子，先凑到眼前细细地瞧了他，又伸手摸了摸他的脸蛋儿说：去，帮妈把装豆汁儿的大铜瓮抱到小车上去。然后，桂二太太冲西屋大声地喊了惠芬，说收拾收拾家伙，咱们准备走啊。

桂二太太站在房檐下，瞧着老三去搬东西，脸上带了笑。她下了台阶，往院门走去。等她把大门打开，转身回来迎惠芬的时候，身后跟进个人。

二嫂子！早啊您呢！刘杠头抽不冷子这一嗓子，差点把桂二太太的魂儿给喊没喽。刚刚被桂二折腾得发酸的俩腿，抽了筋一样软得直打颤。

杠头进了院子，大大咧咧往里走，嘴里还不停地说着，我二哥起了吗？二嫂子，您勤快啊。我找松河，今儿个我接了个杠！死了个日本人，他们要出殡。杠头不停地说话的同时，仍然像以前来找松河一样，快步直奔东房走。

桂二太太想拦下杠头，跟他说几句话，让屋里的人听见，让达子有个藏身的时间。可她没拦住杠头，眼瞧着杠头快走到东房门口了。情急中，她便扯着嗓子喊：松河！松海！杠头来啦！桂二太太一急，喊声都嘶哑了。

随着桂二太太的喊声，那条瘦骨嶙峋的大黄狗，第一个惊醒了，它站起来，扬起头，耷拉着眼皮，斜眼看了看站在院子中的桂二太太，看了看急步走着的刘杠头，便汪汪汪，汪汪汪地叫了几声。然后，它

　　杠头没理会桂二太太的喊声，他不知道桂二太太干吗使劲儿地喊，更没理会桂二家已经多年没叫过的狗的叫声，只在心中暗藏着即将占有谷香的喜兴，很快地走进了桂二家的东房。

　　可他，再也没走出那几间小屋……

破天慌地离开墙根儿，飞速蹿进门道，脸朝里，站到了大门口，并且睁开了它耷拉了不知道多少年的上眼皮。

　　杠头没理会桂二太太的喊声，他不知道桂二太太干吗使劲儿地喊，更没理会桂二家已经多年没叫过的狗的叫声，只在心中暗藏着即将占有谷香的喜兴，很快地走进了桂二家的东房。

　　可他，再也没走出那几间小屋……

大风天

　　和杨大壮重逢是在我接到一个女人的电话后。我根本不认识那个女人，可她的电话却直接打到我的办公室。

　　12月初的一天下午，我在办公室为一个要"出国"的准兄弟办离开单位的介绍信、证明等一系列的各种手续。全部办好了，我又把盖着章的地方，用嘴吹了吹，仔细地看看确实干透了，我就把这些纸张弄整齐，装进一个档案袋里，回身放进了文件柜。下午三点多钟的时候黎卫东来了。黎卫东就是要出国的哥们儿，他一进屋，我就看到他眉笑眼也笑的得意劲儿。他先给我点上一支烟说，大哥，你帮我做了这么多事情，真得好好地感谢你。我看着他笑了笑说，没什么，这是我的工作，用不着谢。再说了，有你三姐的关系，咱们甭客气。然后，黎卫东就坐在我办公桌旁边，一声不吭地瞧着我把他的档案袋找出来，我又当着他的面，把各种文件重新看了一遍。我对他说，手续都办好了，应该没有问题，你自己再审查审查，哪儿不合适咱们马上重弄。

我知道，他此刻一定是压抑着自己内心的喜悦，目不转睛地看着我忙碌。我分明感到了他的呼吸都像在笑。他还故意把吸进嘴里的烟，使劲地吐出来，一团团的烟雾，带着他内心里得意忘形的奇形怪状，在我们办公室里弥漫飘动。他这回出去，肯定像他四姐黎英嫁出去一样，不会再回来了，所以他心里非常兴奋。原来他们家在国外根本没有任何亲属，只是前年他四姐突然闪电一样离了婚，嫁给一个已经秃了顶的加拿大老头，并跟着那老鬼子回加拿大了。

黎卫东则因他四姐的改嫁，成了加拿大老鬼子的小舅子。他呢，把这个当成了可依赖的海外关系，不断地跟他四姐通电话，非得让他四姐给他办出国去。黎卫东有四个姐姐，他最小，是家里惟一的男孩子，父母的非常宠爱他。他的四个姐姐也都喜欢这个小弟弟，而他的四姐黎英最疼他。因此，当黎卫东的四姐决定跟那老鬼子回加拿大时，黎卫东特意跑到饭店，缠着他四姐说，四姐，我也要去加拿大。

黎英逗他说，小弟，我还没去呢，你怎么去，那老东西也未必愿意你去呀。再说了，你以为出国那么简单，你跟人家又没一点关系。

黎卫东听四姐这么说，当时就急了，怎么没关系呀！你嫁给了他，你就不是我姐姐啦？黎卫东搬着四姐的肩膀，盯着她看了又看。哼了一声接着问黎英，四姐，你没跟那老鬼子上床睡觉呀？你们不是夫妻吗，这无论在中国还是在加拿大都得算有关系吧。既然有关系，我不是那老鬼子的小舅子吗，你是我姐，他是我姐夫，就凭姐姐这么疼我，也不能说没关系呀。四姐，我跟你说，就这事，算我求你，你要不管我，从今天起，这辈子我也不认你了！

黎英一看黎卫东生气了，就说，瞧你急的，姐什么时候说不管你了？你得等我先去了以后才能办吧。又说，小弟你放心，姐一到那边住踏实喽，就给你办这件事，你新姐夫要是不同意给你办，你也甭着急，等我拿了绿卡就跟老东西离。到那会你再去，四姐就你这么一个小弟，姐姐帮你，跟你一块儿生活。那老鬼子，除了有点钱，还有什么呀，连毛都快掉没了。我图什么，我就是要让咱们家有点海外关系。

听姐姐这么说，黎卫东乐得抱起四姐就抡了个圆圈，说，四姐你真好！从饭店出来时，黎卫东顺手拿了那老鬼子的两盒烟，还拥抱着他的新姐夫说，咱们加拿大见！

今年6月份的时候，她四姐来电话告诉他，办好了。是那老鬼子给他办的，按照探亲办的，时间半年，到期时，还可以再续几个月。你新姐夫为你来费了不少劲，你来时，想着给他带两瓶酒，他爱喝咱北京产的酒。一定要好好地谢谢他，他对咱们挺好的。

黎卫东的四姐没走之前，在一个国营菜市场里卖菜。当然了，他四姐的模样不像卖菜的。黎卫东的四姐与他三姐一样，长得很漂亮。他四姐三十五、六岁的人了，仍然有条有型曲线迷人的身子，皮肤也保养得很好，说她是演员也有人信。没人相信的是她怎么会一直卖菜。至于她是怎么认识的那个加拿大老鬼子，版本有六七种之多，褒贬都有，但没人能说清楚到底是哪种正确。据她自己说，有一天她正在往货架子上摆放西红柿，那老鬼子给她拍了张照片，拍完了，还冲她伸出俩手指摇晃，哈喽！哈喽地笑。她急了，立刻绕出柜台，追上那老鬼子，一把揪住他。嚷嚷着让他把胶卷拉出来暴光。那老鬼子没急，仍然笑眯眯地看着黎卫东的四姐，就是不把照相机里的胶卷拉出来。黎卫东四姐单位的领导就报了警。外事警察来了后，询问了事情经过，做了笔录，知道了那鬼子是来旅游的，顺便拍点照片，为的是宣传中国，没有恶意。所以，警察也没要求那老鬼子把照相机里的胶卷暴光。后来照片洗出来了，那鬼子还专门跑到菜市场给黎卫东的四姐送照片，还用半生不熟的中国话对黎英说，你很美，我喜欢！黎英一看照片，是特写，她细腻的脸蛋儿衬着红色的西红柿和绿色的柿子椒，笑得满嘴白牙灿烂，确实把她照得很美，她就高兴了，还跟那老鬼子拉了拉手，她说那是她所有照片里最好的一张。

没过多久，黎英就跟丈夫提出了离婚。她很干脆地扔了孩子、丈夫跟老鬼子走了。黎英跟丈夫离婚的时候也没打没闹，那鬼子还特意送给她前夫一台高档照相机，那种镜头老长老长的照相机。老鬼子说，就是在菜市场里给黎英照相的那架照相机，留给他做纪念。

从黎卫东的四姐的电话一来，这哥们儿就放出风来说，这回去找她四姐，说是到加拿大去探亲，哼，我到时就不回，我四姐还把我吃了不成？从黎卫东四姐走的这两年多时间里，他为了达到目的，只谈恋爱玩，绝不结婚，为的就是走的时候轻巧，省得有媳妇和孩子麻烦。

我把黎卫东称为准兄弟，并不是男人之间具有广泛意义的那种称呼，而是因为许多年以前，我和他三姐黎珞是中学同学。我们中学毕业后，又一起被分配到市政公司，去当壮工修马路。那个时候，我曾经追求过他三姐，梦想过她能成为我的媳妇。但我没有成功。那时候我年轻，行为放荡不羁，不服从任何人的管束，还经常顶撞领导，不想上班时就去医院泡病假，然后和杨大壮等几个工友一起去王府井、西单等繁华的商业街区追女孩子。因为经常泡病假，我们上班时也总得装出身体病弱的样子，根本不卖力气。工队领导们恨透了我们，把我们几个家伙视为落后分子，人前人后，会上会下总把我们叫做"流氓"，说我们是社会的渣滓。

在我追得黎珞不得不有所表示的时候，她咨询了一个祖籍北京怀柔县的老马路工以后，相信了那个认识不了几个字，只能把自己名字写得歪七扭八的老东西的话。她最后得出的结论是：即使我不是坏人，看我目前的状态和行为，将来也不会有什么大出息。除了别人说三道四，她还知道我的许多秘密，为此，她总是埋怨我，说我不务正业。

譬如我去医院泡病假，开来发烧的病假条。她知道我去医院泡病假时，在自己的衣服口袋里放个装热水的小瓶子，试表时用手指紧紧地捏着，等护士叫我过去看表时，我自己就先把温度表拿出来，这时候温度计上显示的温度，已经离发烧差不了多少了。我故意放慢动作，用捏热水瓶的手指捏住温度表有水银头的那一侧，然后温度表的温度就根据自己想要的高度往上升，升高到发烧的温度，赶快把温度计递给护士说，还真有点发烧。这个时候，病假实际上就已经到手了。那年代看病是全部公费，所以看病的人非常多，每个医院的每个科室前都坐满了人。医生们从一上班开始，就不停地看病人，一天下来很累很累。所以，很多时候，你被叫进去坐到医生面前，而医生根本就不看你这个人。你坐到他面前，他连头都不抬地问，哪儿不合适？然后不等你回答，他看看护士转给他的记录着试表温度的小纸条，马上说感冒发烧，给你开点药吃吧。说完，他会很认真地边开药边对你说：再给你开三天假，回家好好休息，要多喝白开水啊！那个时候，泡病假很简单的。

我们还有许多许多泡病假的手段，人们根本想象不出来的手段。什么"高血压""肝炎""痢疾"等等，凡是必须休息的病，我们都可以轻而易举地弄得逼真。譬如看高血压的病吧，医生把血压计绑在我们胳膊上的时候，我们只用屁股坐在凳子边上，眼睛盯着医生，只要他一捏那个充气的橡皮球，我们就俩腿绷紧使劲，逼迫血液不能顺利流到身体下部，结果血压计的显示会失灵。有的医生也产生过怀疑，他或她会换个血压计，再给我们测一次，但结果往往差不多。把自己做成肝炎病就更简单，但这涉及到血液的纯净，我就不能把这个秘密方法说出来了。还有"腰肌劳损""腱鞘发炎"什么的，这两种病开病假也很方便，只要医生一摸你，你就说疼，两天或三天的假条就到手了，但往往要被打封闭针，无缘无故挨一针是很痛苦的事情，我们一般不会看这两种病的。

有了这么多的病做后盾，几乎所有的人都相信我们几个是病人，只有黎珞知道是我们自己弄虚作假泡病假。可是，她从来没对外人说破过这件事。因为大家都是从一个学校来的，我们也没拿她当过外人。

黎珞有了正确的决断后，她就约我单独出去，说是谈谈。我至今记着那个黄昏。那是个初春的晚上，风很大，气温不高。当时我们是在门头沟的山区里修路，所以我和黎珞离开工棚区，沿着弯弯的山道，向山里走。山路两侧就是陡峭的山坡，灌木丛干枯的细枝条，被大风吹拂得摇摇摆摆，发出尖细悠长的鸣叫声。我走黎珞的左边，我看到她额头前、鬓角边散碎的头发在风中抖动着。我们默默地走了很长很长一段路。

我记着，那天她没说我不好，也没告诉我她咨询过别人，只是非常委婉地拒绝了我。她说不是我不喜欢你，但我真的不能答应你。你想想，咱们俩要是恋爱结婚，是不是得组织一个家庭啊。可是你再仔细想想，一个家庭里，怎么可以两个人都修马路呢，将来有了小孩子怎么办？她还对我说如果真想交女朋友，她可以帮我找个女朋友，保证漂亮。我没有答应。我说：怎么会一个家庭两个修马路的呢，我不会永远在这里当修马路的苦力。你也不会呀。她低着头笑了笑说：不修马路你还能干什么呢？马路你都修不好呢！你还有病。

我说你胡说，我没病，这些事别人不知道，你还不知道的吗？病假条上写的那些病，都是假的，是我去泡病假时做出来的。可她说，我知道你身体没病，你的思想有病！

我有苦难言，我想对她说我思想也没病，只是不愿意干修马路的工作，泡病假就是为了将来调动工作打基础。可她根本就不相信。她对我的拒绝，伤了我的心。

当时我觉得，在我的眼睛里，黎珞是个十分完美的女孩子，没有

　　我们笑着把被拒绝的原因做了个总结，但我们谁
也没说一句黎珞的坏话。她毕竟还为我们保守着泡病
假的秘密！那时的黎珞，真的是个很完美的姑娘。

谁会比她更漂亮了。虽然那个年代的姑娘穿着很朴素，一律穿军绿、深蓝或铁灰色的衣服，但无论是裁剪简单的工作服，还是制服，都遮掩不住她苗条的形体，就连散乱垂在她额前的头发，都对我充满了诱惑。我无法抵御她对我的吸引力，我总是用眼光追随她的身影，我曾经在爆土扬尘的工地上寻找她留下的小脚印，她每次从我身边经过，我都会闻到一种淡淡的清香，我就使劲地深深地呼吸，试图将她身体带来的气味吸进我的身体里。我认准了，有资格成为"我媳妇"的女人只有她，这也是我33岁才成家的重要原因。

　　我追求黎洛有两个原因，一个是我真心喜欢她，绝对与我们追女孩子交朋友玩是两回事。我就是想让她成为"我媳妇"，绝不仅仅是让她成为我的女朋友。二是我知道杨大壮也在千方百计地追求她，所以，我们哥几个之间也有个竞争，心里都在暗自较劲，我必须主动出击。后来我才知道，在被黎珞拒绝的人里，真的也包括杨大壮。我想她对杨大壮说的话，也一定和对我说的话是一样的。杨大壮和我，何其相象呀，我们一样的心里，一样不愿意修马路，一样去泡病假，所以我们从来也没因为共同追求黎珞而产生矛盾，我们只在背地里各自努力。

　　在我们都彻底失败后，大家才说破了当时的情景，我对杨大壮说：她说我有病。杨大壮就乐了，她也说我有病，思想有病。我们一起大笑。

　　我们笑着把被拒绝的原因做了个总结，但我们谁也没说一句黎珞的坏话。她毕竟还为我们保守着泡病假的秘密！那时的黎珞，真的是个很完美的姑娘。对黎珞的追求失败以后，我的思维便把我的身体给弄活了，我对女孩子产生了一种向往之情，总想着和她们在一起。青春不容人消沉，在黎珞那里得到的失落，逼使着我们走上了对女孩子的追逐之路，也使我们获得了泡病假以外的另一种快乐。

　　根据我们的经验，追女孩子的过程，和谈恋爱完全不是一回事。

到处追逐女孩儿是一种冒险，也是一种快乐。那种由绝对陌生变为相对亲近，甚至极其亲密的经历，总是充满了人性的诱惑，让我们在重体力劳作后兴奋不已。我们并不在乎结局和把一个女孩子追到手以后做什么，只是在确信能够随时把她叫出来去看电影、去滑野冰或去公园划船，然后再又打又闹地去钻树丛就知足了。哥几个互相吹牛时，把自己追到的姑娘拿出来比较，谁的女朋友更漂亮，谁就牛气。因为我们那时追女孩儿，并不是要找老婆，仅仅是排解生活里的苦闷和无聊。超重体力的劳动和无休无止的政治学习，使我们的青春如同被风化了的石灰岩，干涩得没有一丁点水分，我们青春的粉末，随时随地地在空气中飘飞。

当我们意气风发地巡视在北京的繁华商业大街上，盯着所有过往的青春漂亮的女孩儿看的时候，我们就像发情的大狗一样快乐极了。我们可以从王府井大街或者西单大街的这头走到那头，然后再走回来，盼着多遇到几个漂亮女孩，有时还要来来回回地逡巡好几次。

那时，无论在什么地方，我们只要一发现远处走来个和我们年龄相近的女孩子的身影，立刻就会极度兴奋起来。我们会低声商量：谁上？然后看看周围如果没有公安或工人民兵什么的情况，便由选中的一个人，迅速地迎着她走去。走到她对面的时候，拦住她的同时，大脑里还要飞快地估计她的年龄，然后马上微笑着压低声音对她说：同学，请停一下行么？我想认识你，跟你交个朋友！只耽误你一分钟。遇到看起来年龄大一点的女孩子，我们就叫"大姐"，年龄相近的我们一律都叫"同学"。

就在拦住她开始说话的这一刹那，你会看到她白皙的小脸一下子变得红红的，她的眼睛里，也流露出一种惊异、惧怕、兴奋和害羞的表情。这个时候，如果她没有立刻转身离去，也没有开口大声地骂你"臭流氓"，只是抬眼皮盯着你看了一眼，甭管她的眼神里是恐惧还是温柔，你都必须死皮赖脸地转过身，紧紧地追在她身边，不停地对她说你刚才说过的话，还要不断地表白：我没有别的意思，我也不是流氓，只是想认识你，和你交朋友。只耽误你一分钟。你真的很漂亮！

这样追在她身边走出一段距离后，也许刚刚走出十米，二十米，她往往会乜斜你几眼，再不经意间地四下里看看。当她认为再没有别人注意了你们了，她就会停下脚步，像老熟人似的和你交谈，或者假装生气地对你说：你干吗？臭流氓样儿！她说你臭流氓样儿的时候，声音很低很低，只有你们俩人可以听到。到了这样的地步，无论她和你交谈还是继续骂你流氓，事情往往都会很平静地进行下去，至于以后有没有结果，成不成功，都看你的运气和俩人的缘分了。但仅仅是这个过程，就对我们充满了诱惑和刺激，让我们乐此不疲。

不断地追逐女孩子，不断地把她们变成自己的女友，再毫不留情地冷落、疏远、最后抛弃了她们，真的是种生命的快乐呢。这种看似离奇，不合社会规范的做法，使我们的青年时期显得充实了许多，由此也冲淡了生命被重体力劳作折磨的痛苦。

如果是别人给你介绍了女朋友，直接进入搞对象的阶段，那么，这个充满激情的过程和快乐就无法体验了。

说实话，要不是那时黎珞的无情拒绝，我可能会失去这样的青春体验，只能在干涩冷寂的社会环境中长大成人。当然了，我更不会为改变修马路的身份而发奋读书，千方百计地离开市政公司去上大学了。所以我并不记恨黎珞。

由于有了这个特殊的经过，我和黎卫东的关系当然也不一般了。

我和杨大壮大学毕业后，一起分配到了这家铁工厂。进厂后，我们又被安排到锻造车间实习，我就在黎卫东所在的锻工班里实习了六个月。杨大壮则被安排了去翻砂班。

我们这个锻工班负责打造全厂的模具坯子，整天就是叮叮当当地

> 那老鬼子不是喜欢我四姐么，他那样一个秃了脑
> 瓜顶的洋老梆子，娶了我四姐这样一个美人，他能不
> 听他夫人的话？

打铁。因为我曾经修过马路，所以对这样艰苦的工作环境并不陌生，对工友们粗犷的性格，粗野的话语也熟悉。我很快就和他们这些打铁的青年工人成为了哥们儿，我和他们一起抡起大锤锤打红彤彤燃烧着的铁块儿，一起放开喉咙大声喊着骂粗话。说真的，我真的喜欢打铁，它像及了我们当年追女孩子的过程，充满了刺激！总是让我兴奋。当炉头喊一声：开炉！我们赤裸着上身，手持工具蜂拥而上，把那燃烧着的铁块用搭钩抬到砧子上，抡开大铁锤，嗨！嗨！嗨！地打铁，不敢怠慢，也不敢疏懒。在锻工班实习的那六个月，让我又找到了当年追女孩子一样的兴奋点。

当然了，工人们都知道我不会长久地呆在锻工班，却仍然很喜欢我这个和他们有着一样粗犷性格的干部。由于和黎珞的关系，我与黎卫东则更比别人亲密一层。

写好了所有的证明材料，我回身找了个档案袋，把材料放进去交给黎卫东。我说：都办好了，再缺什么，还需要办什么手续，归不归我管，只要我能做的我都会帮你，你尽管来找我。

他接过档案袋，把一直放在手边的纸包儿往前推了推，对我说：大哥，我的事情也不瞒你，我这回走，除非是我那洋姐夫告发我非法移民，加拿大政府把我给驱逐出境，我他妈的是绝不回来了，咱们这也叫生活？你瞧瞧我那洋姐夫，都他妈的五十多岁了，脑袋上的毛也快掉没了，可还跟个小青年似的那么浪漫欢实。甭管在什么地方，甭管当着什么人，只要见到我四姐，抱着就啃，我四姐享福喽。可他敢啃我四姐，却绝不敢不听我四姐的话，所以加拿大政府"驱逐我出境"是不可能的。我那四个姐姐都非常疼我，这你是知道的，而我四姐在这个疼字上又加了更字。那老鬼子不是喜欢我四姐么，他那样一个秃了脑瓜顶的洋老梆子，娶了我四姐这样一个美人，他能不听他夫人的话

话？他敢去告发我么？他不敢。不仅不敢，还得为我移民积极地做出贡献。所以我肯定是不回来了。

　　大哥，从现在起，咱们就是两股道上跑的车了。这是两条烟，可也不是什么好烟，外销的精品烟，三十多块一盒呢。平时咱们可抽不起，这是特意感谢你才买的。为我这事你没少费心，算是谢了。本来打算请你上哪儿去吃顿饭，再叫上我三姐让你们也借机会聚聚，你年轻时毕竟追过她，可我三姐不干。她不去，光咱们哥俩也没什么意思了是吧。我是想让你们叙叙旧情，她离婚后挺孤独挺烦的。你们见了面，你不是可以给她点快乐么。对男女间的这些事，我不介意，虽然她是我三姐。我四姐既然能跟鬼子跑了，咱们自己人之间自由点有什么不好啊，彼此也是个安慰，你说是吧。可她不想见你，说当年要不是那个老马路胡说八道，她也不会拒绝你，现在还是不见的好。就是俩人重新好了，再做什么事情，也没有了当年那样的感觉了。

　　我三姐不去，我也没有吃饭的兴致了。这年头吃饭是件很累的事，谁也不缺那口吃的。钱花了也就香香嘴臭臭屁股，不如给你弄两条烟实惠，省着点儿能抽二十多天，小一个月那。

　　兄弟跟你说句心里话，我真愿意你是我姐夫，哪怕是"准姐夫"，你人不错，就是没赶上正点儿。这些年了，我们在这儿熬着，贡献不小，收获不大，还将大好时光消磨没了，我觉得他妈的冤！你瞧人家"大牛"，走了就没回来，肯定发了大财了。我记得，他跟你一样，也是干部，可人家走得多干脆！义无反顾啊！

　　我跟三姐说起你的时候，她老说，你不像你年轻的时候了，她说你那时非常坏，什么坏事都敢做，但挺招人喜欢的。可现在你却没了那样的活力，假正经，这也是她不愿意见你的原因之一。我还好说，一个破打铁的工人，在哪里干都他妈的是苦力。可你，可你！记得咱们一块儿打铁的时候，咱们不是都抡圆了那大锤玩命的干活么，不是咱们不容易呀，活没少干，劲没少使，可落什么好了吗？落什么实惠了吗？没有，咱们什么也没落着。

都放开嗓子骂人么。那时候，咱们一个月挣几十块钱，吃也吃不着什么，喝也喝不着什么，就是窝头、馒头就小菜儿，没人觉得有什么不好的地方。谁能想到没过几年，咱们还是打铁不说，没铁打了也不说，竟有人他妈的变成了千万富翁。怎么变的？不是有人老说没有天上掉馅饼的好事吗，可你说天上要不是掉了馅饼，那比咱们整个工厂还有钱的人，是凭什么在几年的时间里"胖"得没了边！不贪不污他能行？

咱们不容易呀，活没少干，劲没少使，可落什么好了吗？落什么实惠了吗？没有，咱们什么也没落着。早先咱们还有个好听的名字：工人阶级！可现在呢？我再不走，过不了多长时间，准他妈的连这个班儿都没的上了，准得落入那个"先下岗，后拆房，有病自己扛"的悲惨境地。

为这，我得感谢我四姐，她真是我的好姐姐。你说，她怎么就肯舍得孩子跟了那老鬼子呢？为钱？当然了，这年头为钱也没什么不对。你就说我四姐吧，把自己嫁给了一个有钱的男人，这就好比嫁给一个钱柜，想花钱的时候，开开门抓一把，甭管抓住的是哪国的鸡巴，可那就是钱啊！总比那些零敲碎打地卖的女孩子要体面得多，也没什么被公安抓、得爱滋什么的危险呀，你说是吧。还有那洋老帮子，万水千山地来到中国，就为娶我四姐么，不是，他是给我送希望来了。什么叫命？这就是命运的造化！

大哥，兄弟我没念过几年书，没什么知识，也说不出很多道理，可我得劝劝你：别老在这儿窝着了，想想辙吧，挺有才的。对了，我三姐经常在家跟我们叨唠说你有才。你老在这儿窝着，你得什么时候富起来？挣这点钱，你敢进酒吧敢进茶馆夜总会么？要不，我出去以后，也帮你活动活动？你也去加拿大看看？

我笑了笑，很不自然地扔给他一支烟。情我领了，烟你拿回去，我不要！工资虽说不高，可目前烟还抽得起！咱不能抽中华，也不能抽你这个什么外销的精品烟，那些东西燎嘴熏屁股！那都不是人嘴抽的烟啊！再说了，你出去行，你有你四姐和你的洋姐夫，我不行，老喽。

我知道我当时的样子肯定特别尴尬，他也似乎觉到了什么，点上烟，使劲儿把吸进去的烟雾吹向我说：算了，算了。你这是干嘛呀？燎嘴熏屁股那是说光抽不买的人呢，咱们这是自己的钱买的，自己买自己抽没那个说法。再说了，不就两条烟吗，咱们哥们儿一块儿混这么多年了，你还跟我三姐搞过对象，虽然你没成为我三姐夫，可两条烟在咱们之间算什么呢。咱这是哥们儿情分，到哪儿，也算不上行贿受贿！再说，我也没说非得把你给弄出去呀。其实，你就在这儿当人事科长也不错，只要你能放开。要是能干到退休，这中间不定得长多少回工资呢！

看着他的得意劲儿，我挺烦的，就站起身对他说：长工资能长到哪儿去，咱又不是公务员！不是有句老话说：好汉子不挣有数的钱吗。是吧。所以，从今天起，你就是好汉了。你都能到加拿大去挣鬼子的钱了，这是爱国呀。祝你走运！对不起，快下班了，我还有工作没干完呢。我不客气的话语，可能很不中听，他什么都没说，转身就走。临出门时，他回头看了我一眼，又扫了一眼桌子上的两条烟。他说：有工夫去看看我三姐，她老念叨你，她一个人不容易，真的啊，去看看她，主动地给她点快乐！

黎卫东走了。

我看看表，已经4点35分，马上就可以下班了。

我把两条烟放进文件柜，又收拾提包，做好下班的准备。收拾完了，我点上一支烟，坐在那里犯愣。心里却盘算着女儿上高考补习班的那笔学费，还有下学期给学校的赞助费，到时候要是真没办法，也说实话，心里是真他妈的烦。我一个身高体壮的大老爷们儿，浑身上下的零件齐全，也没什么毛病，可每月就这700元钱，竟不能使自己从从容容地面对生活中的零七八碎。

只好求媳妇再向谁去借，实在借不到，就得向老爹老妈开口了。说实话，心里是真他妈的烦。我一个身高体壮的大老爷们儿，浑身上下的零件齐全，也没什么毛病，可每月就这700元钱，竟不能使自己从从容容地面对生活中的零七八碎。当这么一个破人事科长，20多年的工龄，还不如一个大学刚毕业，在写字楼里给洋人干活的大学生呢。要不是岁数大点了，舍不得这好几十年的工龄，真想辞了这工作去练摊儿，去私人公司应聘。我甚至想过，去舞厅去酒吧去夜总会里找个空虚得瞎转悠的款姐儿傍傍，听她的调遣，给她服务，不就给她倒酒点烟么，顶多了也就是把身子给她使唤使唤。虽说年龄大了点，可早先修路当壮工时练就的满身肌肉至今见棱见角，哪个女人不喜欢摸摸坚硬的肌肉啊。

　　人呢，心眼一活动，就他妈的胡思乱想，我这个想法，连我自己都觉得他妈的下三烂，也让我十分害怕，我怕我媳妇也这么想。早先我们受的教育都很正统，让我们全心全意为人民服务，而今，而今，谁他妈的有钱，我们就可以为谁服务，您说我这么想是不是堕落啊。我倒是想堕落呢，可怎么个堕落法子我不知道，我只知道这人只要一堕落，钱就富裕了。

　　可我就是闹不明白，刚刚三五年的工夫，有些小女人，也没做出什么惊天地泣鬼神的事情来，也没一个劲儿地怀孕卖孩子，怎么就又是香车又是豪宅的，不是总经理就是董事长了，都成了款姐了呢？莫非她们真是靠挨饿减肥弄苗条的身子、美容做出来的漂亮脸蛋儿和硅胶垫鼓起来的乳房创造了利润？！创造了属于她们的事业？也不知道是谁养育了这些女人，纵容娇惯了这些女人，让她们没皮没脸地活得轻轻松松，无所事事地只剩下了招猫逗狗。瞧瞧吧，抽烟喝酒搓麻将，一方面她们被男人消费，另一方面她们也消费男人，开放了的社会，活泛多了！可咱的年龄又过岗了，真是早生一天赶上穷，晚走一步穷是不是我从前的某个同事、同学发了大财来找我，或是哪个朋友给我拉的皮条，给我一个挣外块的机会呢？突然我想起来，信息时代，任何机会都不应该错过，可电话已经挂断了。我真笨！

赶上。

　　我这儿正胡思乱想，电话铃突然响了，它那刺耳的声音下我一跳。我不想接，都快下班了，有什么事也得等明天了。可电话铃响个没完没了，我怕是厂长那儿真有什么急事，只好抓起听筒：喂！喂！谁呀！讲话！

　　你好。请给我找郑白。

　　听筒里传来一个陌生女人的声音，那声音软软的，水灵灵地透着温柔。她在知道了我就是郑白后，让我猜猜她是谁。我心里正烦着，哪有闲心和不认识的女人闲逗，就生气地把电话听筒摔在话机上，挂断了电话。可我猛地想起来，这要是个有钱的女人呢？是不是我从前的某个同事、同学发了大财来找我，或是哪个朋友给我拉的皮条，给我一个挣外块的机会呢？突然我想起来，信息时代，任何机会都不应该错过，可电话已经挂断了。我真笨！我生气地抄起提包，就往外走。这时，电话又打进来。我转回身，瞧那电话，它"铃铃铃"的声音此时此刻竟是别样的一种温柔。我赶忙回到桌旁，抄起电话听筒，里面立刻传出了那个软绵绵的声音：

　　喂——，郑白啊，你别挂电话呀！是杨大壮托我打电话给你，他好不容易才找到你的电话号码的。

　　听到杨大壮这个名字我一愣。年轻的时候，我们在一起修马路时情同手足，是一个大通铺上滚出来的哥们儿。后来，1977年恢复高考的消息传出来时，我们聚在一起痛痛快快地喝过一回，醉过一回，大家晕头醉眼地把手拉在一起发了誓言，要改邪归正。后来我和杨大壮就一起考进了工业大学，一起分配到这家铁工厂。没过几年，经济改革了，国门一打开，他就凭着自己父母的一点关系，去日本国留学。刚开始我们还通过信，后来不知怎么，联系就渐渐地断了。算来我们

先不说她不是大壮的原配，就说她那带着水声的
"我是大壮的夫人"，这句软绵绵的有点咬舌的普通
话，已经让我的浑身起了一层鸡皮疙瘩。

已经很久没有联系了。

我赶忙问那女人是谁，真希望她说是杨大壮介绍给我的朋友。可她说是大壮的夫人。听了她的话，我这心里很不是滋味。大壮的媳妇我认识，也是我们大学的同学，是个挺爽快的挺漂亮的女人。怎么会换成了这么一个"嗲嗲"的她了呢？先不说她不是大壮的原配，就说她那带着水声的"我是大壮的夫人"，这句软绵绵的有点咬舌的普通话，已经让我的浑身起了一层鸡皮疙瘩。

原先我和大壮都管妻子叫"媳妇"，文雅作态的时候才叫"爱人"。可大壮这小子，一到了日本，就，就离了自己的原配妻子，娶了个不知什么鸟样的女人，还自称他妈的什么"夫人"。可见这人的脸一阔，就会不知自己卖多少钱一斤，把祖宗忘了的都有。但是，腻歪归腻歪，毕竟人家大壮刚一回国，就跟咱联系，肯定是没忘喽哥们儿的旧情义。于是，我记下那女人说的见面的地方，就把电话挂断了。心里那点郁闷，竟也因有了这么一点点的喜悦，而消失得无影无踪了。

周末下了班，我没有回家，而是按照约定的时间去了今日旅游饭店。那天晚上很冷，风也很大，气温还在下降。天气预报说明天北京的气温将达到零下十二度。由于风大，沙尘漫天飞舞，街灯下看得见黄蒙蒙的一片雾样的扬尘。路上的人们都把自己包裹的很严实，挂在树上的破塑料袋，有黑色的，黄色的，也有白色的，它们被大风吹得"哗啦哗啦"地颤抖，仿佛是许多旗帜在夜幕中飘扬。

大街上车水马龙，人群熙来攘往，霓虹灯欢快地闪烁，连空气都"嗡嗡——嗡嗡——嗡嗡"地闹腾着。就是交通堵塞的很厉害，可我不怕，咱骑着自行车，转转绕绕地还是正点赶到了今日旅游饭店。但让人生气的是，我围着这个五星级的大饭店转了三圈，也没找到放自行车的地方。我站在饭店前的广场上趑趄，看到靠左边的栏杆处有几棵

松树，饭店的射灯照射得树背后有片黑影，挺僻静的，我觉得把车放那儿得了，碍不着谁的事。我推着自行车穿过绿地，刚想把车放在一棵松树后面的背影处，就有一身"制服"迈着飞快的脚步，绕过花坛和绿地，向我快步走过来。到了我面前，他非常有礼貌地向我弯了弯身子说：先生，对不起，这里不能放自行车。

听了他的话，我在心里骂我自己，骂杨大壮，也骂这个受过专业训练的保安。我骑这么一辆破自行车，可他还管我叫"先生"，给我鞠躬，这不是骂人吗。再说这个杨大壮，挣了俩破钱就不知道天高地厚了，随便找个小地方聚聚得了，非定这么一个大饭店，这不是成心出我的洋相吗。我对那保安大声说：这儿不让放！你说我把它放哪儿去？我总不能扛着它进饭店里去吃饭吧？

真得佩服这"制服"训练有素的涵养，他不急也不恼，仍然很和气地对我说：对不起先生！您可以把自行车放进地下车库。车库在饭店后面，您从这里向前走，向左拐，再向右拐，再向右拐，您就看到地下车库了。您要是嫌费事，也可以把车推到饭店外面，随便搁在胡同里的什么地方，不远，也就三、四百米。许多骑自行车的人，都把自行车放在外面，也就是放到胡同里，然后再走过来。但是这儿不能放自行车，这是饭店的规定，广场上只能放汽车。先生，对不起！他一边说一边跟我点头哈腰，两只手还张着，像是在赶鸡似的。

我想跟他发火，可一瞧他那低三下四的奴才样，或是文质彬彬的绅士样，我也就不好意思了。我只好对他说声谢谢，重新推着我的自行车，出了饭店的大门，七拐八拐地进了胡同。

胡同里人不多，却有许多的站街女人，我每向前走一米，都能听到她们热情的招呼声，先生，洗个头吧！先生，你来我给你洗洗脚！喊着话，她们还用又白又嫩的小手向我摇摆。我不敢停下脚步，眼睛也不敢看她们，只胡乱趑摸哪里能放下我的车。

胡同两侧散乱地堆放着许多自行车，留给人通行的地方已经不是很宽敞了，只那么窄窄地一条。我推着车走进去很远，才找到了可以放车的地方。我把自行车推到一个发廊的侧面房山处，立刻有个女人走过来对我说：老板，进去洗个头吧。送头部按摩！我们这里的小姐都是专业的，冰火、推油、泰式、日式什么都行，都是做大活儿的高手，特殊要求也满足呢！！

我没看她。因为我牢牢地记着一个笑话，那笑话说，动物们对自己的名字都愤愤不平，袋鼠说：唉，口袋再大，里边没钱也还得叫"鼠"；鸡说：干脆以后就叫我"小姐"吧，还好听点；乌贼说：他妈的，我满肚子墨水，还是管我叫贼！我知道，现在人们都有各自的烦恼，所以甭管是谁，甭管干什么职业，只要能挣到钱养活自己的肉身子，都是合理的。精神现如今是蹦子儿不值了。我把自行车放到墙角，锁好车，我又看了看发廊门口那个旋转着的灯，它正在不知疲倦地旋转着，向外放射着很亮很亮的光。于是，我心里涌出一种莫名的惆怅。那女人仍然在叫我，还不停地冲我点头招手，表情夸张得满脸都是热情洋溢。

返回饭店的时候，约定的时间已过去二十多分钟。

我走进饭店大堂，看见杨大壮和一个女人坐在一个十分宽大的沙发里，正探头探脑地往饭店门口看。我猜坐在大壮身边的女人，就是打电话给我自称"杨大壮夫人"的人。

五星级的大饭店，的确让我开了眼界。大堂里富丽堂皇，灯火通明，地板明亮得像个清水平静的池塘，充满了迷人的温情和诱惑，天花板上繁星一样的灯光，悄悄撒在地板上，五光十色像是在荡漾。

大堂里的地板，可以用一尘不染来形容。即使已经非常干净了，仍然有三、四个清洁女工蹲在地板上不停地用双手擦地板，还有几个女工，手里拿着白白的抹布，在大堂的各个地方不停手地擦拭。大堂

里没有一处不显示着涉外饭店的气魄。还有许多漂亮的女服务员穿着
漂亮的制服，或站立或走动着，鲜花一样点缀着这灯火通明的大堂，
给这里平添了许多暖乎乎的人气，让人倍感温馨。

大壮看见我从饭店的转门哪儿转进来，就赶忙和他的夫人赶过来。
那个热情劲儿啊，瞧着就让人的心眼和肉眼一块儿发热。我们俩人的
手握到一起的时候，大壮的另一只手使劲地拍着我的肩膀，亲热地叫
了我一声"脖子"！我年轻时很瘦，所以脖子显得很长，大家给我起
了个"脖子"的绰号。我也想像早先那样，喊了他一声"大牛"。可一
看他那一身笔挺的白色西服和那条绣着金线红得耀眼的领带，还有他
身边如花似玉的年轻的"夫人"，到了嘴边的话就变了发音："啊——
杨老板！好久不见，发财发财！"

杨大壮笑了，笑得阳光灿烂。满脸的笑纹四散开来，在那支支线
线的皱纹上颤动着的全是得意。他说：怎么这么晚才来，这可不是咱
们那会儿打架追女孩子时的作风啊，说好的时间么，按点来，咱们好
多聊会呀，你呆会儿进去瞧瞧吧，大伙早到了，就等你一个人了。来
我介绍一下：我夫人。

我一边跟大壮的夫人握手，一边对他说：抱歉抱歉。这来晚了不
能怨我。其实我也早就到了，可没地方放车。广场上那个保安，支使
着我在外边瞎转了半天，所以晚了。

行啊！哥们儿，买车啦！可见咱们的经济改革是成功了！连你这
么普普通通的小干部都挣了大钱喽。大壮误解了我的话，以为我说的
是汽车，就兴奋地使劲打了我一拳，大声问我：什么牌子的？

听了大壮的话，我十分不好意思笑了笑，假装很神秘地凑到大壮
耳边小声说：永久牌的。

杨大壮就笑起来，那笑声仍然像他年轻时的笑声一样洪亮，只是
更加无拘无束。于是，我和大壮的夫人就把他夹在中间，走进了饭店

餐厅里一个叫"桃园"的包间。这间包房挺大，也很气派，两扇很大的窗户，挂着紫红色的窗帘。餐桌摆放在一侧，另一侧靠墙放着一排宽大的真皮沙发，茶几上还摆着一盆鲜花。屋子里温度很高，能感觉到暖和的热气扑人脸。

先到的哥们儿看见我们进来，就都七嘴八舌地和大壮打招呼，杨老板长，杨老板短的声音，乱哄哄地塞满了一屋子。而大家对我也仅仅是打个招呼，说句客气话而已。

杨大壮高兴地笑着坐到了主位上，他先把自己的"夫人"介绍给我们，然后说：不好意思劳动大家，本应到诸位的府上去一一拜访，可一家一家的太费时间。如今不同咱们修马路那会儿，经济社会里，时间就是金钱是吧？咱们上学时不是学过，一寸光阴一寸金，寸金难买寸光阴吗。所以我把哥几个请来，为的是节约点时间。

为了表示我对诸位的想念之情，点了几样小菜儿，咱们随便聚聚，今天啊，咱们哥几个随便吃随便聊。吃完饭，咱们再去 OK 厅，嗷嗷嗓子！嗓子痛快完了，咱们去桑拿蒸。啊，我请客！咱们闹他一个系列！对！谁有特殊要求啊？有需要特殊服务的，跟我说，我也满足。说着，他对一直站在门边等候的服务小姐挥了挥手：上菜吧。

菜是流水一样端上来的，先不说菜的质量有多好，光是身穿旗袍的小姐们那袅袅扭动的身体，已经使人充满了食欲。光从杨大壮定的这个饭店，点的这些菜品来看，这小子肯定在日本国发了财。叙旧是我们聚会的主题，但也不能排除他想在我们面前，炫耀自己发了财的企图。不就想听奉承话吗？如今好话谁不会说。于是，我们大家吃着干靠大虾、香辣大闸蟹、红烧石斑鱼、澳洲鲍、三纹鱼、海蛇炖王八汤、淮山枸杞鱼翅羹等等的山珍海味，嘴里一个劲儿地叫着"杨老板。"并说着感谢他的盛情款待，也感谢地球上的丰盛物产和人类才是生猛动物之类的话。再说，都是十几年的哥们儿了，没必要客气。

他边喝酒边手舞足蹈地说他刚到日本时，不仅举
目无亲，一切都得从头开始，而且干得活比我们年轻
修路时还辛苦，苦得连媳妇都跟人家跑了。

酒过三巡，有人提议让杨大壮说说在日本的发家史，可他小子总是绕开这个问题，只说他去日本这几年是五味俱全，艰苦过，郁闷过，也快乐过，挣的钱虽然不是很多，但肯定比在国内多得多；还给我们讲了他在日本时，曾经去消费过来自世界各地的女人。他边喝酒边手舞足蹈地说他刚到日本时，不仅举目无亲，一切都得从头开始，而且干得活比我们年轻修路时还辛苦，苦得连媳妇都跟人家跑了。那个时期很郁闷，所以就堕落了一阵子。他说得简单，什么事都是一带而过，大家不喜欢听，非让他说点什么快乐的事，说说日本那边的新鲜事，譬如什么红灯区、夜总会什么的，还说最好来点刺激事，越具体越实际越好，大家听了好痛痛快快地喝酒，说说你的堕落事也行。

杨大壮就笑了说，什么刺激的事？干是干过几回，也没什么可炫耀。这么说吧，跟咱们现在的国内差不多，我只是提前体验了几年。谁要是想刺激，一会咱们喝完酒，我请你刺激。现在的生活，妈的！有钱就刺激，没钱甭管是谁也得堕落喽。大壮说这话的时候，他夫人突然沉默了。她把头低着，用手轻轻地转动玻璃酒杯。可大壮不让她沉默，一把搂过身边的夫人说，就她，复旦大学中文系出去读博的硕士，险些沦落风尘。要不是在夜总会里遇见了我，唉，不说了，不说了，我倒是觉得我们俩人有缘分呢！这时我看到，大壮夫人的眼睛里汪满了泪水。说实话，她挺漂亮的，肤色白，眼睛大，也苗条，小小巧巧的属于招人疼爱的那种女人，只是身材和大壮比，稍稍矮了点。

杨大壮 1.85 米的个头，满脸的络腮胡子，又长得膘肥体壮，男人气十足。这时，他把他夫人搂在手臂里，很像搂着一个洋娃娃似的。这时候，我突然明白了，刚才大壮说他在日本风流时，为什么一点都不避讳他夫人了。他们肯定是邂逅在那样的场所里，然后大壮看上了她，并娶了她。这样想着，我就地问大壮，你媳妇呢，怎么跑的？他不理我，我再问，他还不理我。只对我随意地挥了挥手。我就不好意

思再问了。

这顿饭，我们闹闹嚷嚷地吃了三个多钟头，光白酒我们就喝了3瓶，啤酒瓶子一大堆，还有红酒什么的。十来年没见面，我们把该说和不该说的都说了，有人说生存的艰难，有人说事业的坎坷，也有人说活得挺得意。当然大家都认准了混得最好的还是杨大壮，他毕竟出过国，毕竟离过婚，他毕竟有钱么。

肚子里有了酒以后的人，说起话来就絮絮叨叨的了。有人喊热，大家也像是突然发现了热似的，便跟着大声喊着开窗户！开窗户！服务小姐就到窗边打开了一扇窗子，冷空气随着窗户的打开，猛地冲进屋子，掀动了垂挂着的紫红色窗帘。外面的风确实很大。也不知道是谁提议，说大家挨个儿敬"杨老板"杨大壮一杯，借他的酒席，算是给他接风。于是，大家纷纷站起来，闹闹哄哄地一个接一个用双手把酒杯举到了杨大壮的面前，说着奉承他的吉祥话，大声地喊着他"杨老板"。

可是，谁也没想到，就在这样的兴头上，杨大壮却急啦！

他的俩眼珠子通红，像是要往外喷火，像是要把他看到的一切都烧毁似的。

杨大壮骂着，抡圆了胳膊，把他手里的酒杯狠狠地摔在地板上。酒杯的碎片，带着红色的葡萄酒液四处飞溅，惊吓得服务员开门逃了出去。我们大家也都愣在那里。没有人劝大壮，我们都知道他的酒量，我们没醉，他更醉不了。只是大家不知道他这是怎么了？因为什么，跟谁呀这是？他的"夫人"很沉稳，仍然不声不响地坐在那里，脸上也没有表情，过了一会儿，她抬起头，两眼直呆呆地看着杨大壮。

沉闷的气氛僵持了好半天，包间的门口站了许多人，除了为我们服务的那几个小姐，还来了六、七个男服务生，大概是饭店管理人员

　　　　我的这些朋友，一直问我怎么发的财，我没说，
　　　没说，不是不愿意说，是不好意思说。

怕我们闹事。我有点害怕，这里毕竟是高级的涉外饭店，肯定与公安局有着某种联系。可杨大壮不怕，大概是财大气粗吧。

　　杨大壮理直气壮地抬起手来，对着站在包间门那里的许多人指了指说：来这么多人干吗！没看见过摔酒杯的么？没见过？！那我就再让你们看看！

　　说着话，他又抓起一个酒杯狠狠地摔在地板上。那一声响亮很清脆，让每一个在场的人都心惊肉跳目瞪口呆，摔碎的酒杯碎片带着细小清脆的声音四散开去，划出了许多美妙好看的弧线。屋子里骤然安静了。

　　你们不必这么紧张，我不就摔了个酒杯么？怎么了？！摔碎的东西我赔，你这个破酒杯能值多少钱？我有钱！我告诉你们，早先我这兜里，比他妈的脸还干净，吃根儿炸油条我都得算计算计吃几根儿，吃三根儿我就能喝碗豆浆，要是吃四根儿，我就不敢喝两碗豆浆了，只能喝一碗，吃五根儿我就没有豆浆喝了，得他妈的干咽！可如今呢，我吃什么都用不着算计，我有钱，就是有钱！

　　说着话，杨大壮把手放在他夫人的脸蛋儿上轻轻捏弄着。

　　停了一会儿，他换了一种较为温和的声音接着说：我的这些朋友，一直问我怎么发的财，我没说，没说，不是不愿意说，是不好意思说。一说心里就难受。现在我想说，现在我想说了！再不说，他们还管我叫老板！

　　你们也进来听听，听听我在日本是怎么发的财。告诉你们，我没喝多喽，至少还有半斤的量，这些他们都知道。年轻的时候，我们一块儿修马路，喝白酒都是一人一瓶地招呼，要是不信你们就问他们，我绝对没喝多。

　　我求你们进来听听。行吗？

　　我们大家看到这样的局面，赶忙七嘴八舌顺着大壮的话说，是，是。没醉，根本就没多！你们甭怕。进来一块儿听听吧。也顺便把这

些碎玻璃清理清理。

包间的三个服务小姐和一个领班，只好在大壮和我们的邀请下走了进来，怯怯地站在门边。那个漂亮的领班和一个小姐走到杨大壮身旁，她们蹲下去，用手轻轻地挑拣着地板上的酒杯碎片，一边还要抬头安慰杨大壮：老板！请您不要生气。您有什么需要，请吩咐，我们随时为您服务。

好，好！你们也叫我老板，还叫我老板，我谢谢你们了！你先让小姐给我换个酒杯，再把酒倒满成吗？这时的杨大壮好像又温柔了许多。领班小姐站起来，小心翼翼地为大壮倒好一杯葡萄酒，恭恭敬敬地放到他的面前。

杨大壮端起酒杯，向我们大家说：哥几个，还有你们几位服务员，这杯酒，算我给大家道歉了。扫了大伙的兴，对不起了！可有句话我不能不说，不说出来，我得委屈死！

他一仰脖喝光了杯子里的酒，接着说：从今天起，谁要是再管我叫'杨老板'，我就跟他不共戴天，再也不是朋友了，不管是谁。你们看我穿了这身破西服，敢请你们吃山珍海味，看到我有钱了，就奉承我，叫我杨大壮'老板'。可你们知道吗？这话扎我的心窝子呀！咱们哥们儿，是一块儿修马路，一块儿滚大铺，一块儿追女孩子，一块儿喝大酒，一块儿骂领导，一块儿泡病假的哥们儿啊，怎么连一句知心的话都没有了呢。

这时，杨大壮像想起了什么，突然停下不说了。他看着我，并对服务员挥挥手说：你给这位先生的酒倒满，我让他先给大家说个我们年轻时的故事，真实的故事，咱们大家伙先开开心。

我不明白大壮的意思，可这个时候也不敢驳了他的面子，就看着服务员给我倒满了酒。

"脖子"，你给大伙讲讲那年咱们五个人怎么在一天当中，全部被

大风天

医院扣留的。

我瞧瞧杨大壮，瞧瞧他身边的夫人，瞧瞧几个服务员。我说我不说，这地方不合适说这个，再说，那都过去很久了。不说不说！

可是杨大壮不干，大伙也起哄，连那几个服务员也含羞带笑地看着我，想听听我们五个人是怎么被扣留的。

我的脸有点烧，不是酒烧的。

我说：那年夏天，我们一起去泡病假。我们是一起去一个叫"小庄"的医院。大家伙商量好了，这次争取多开几天，一起骑车去北戴河玩。可要想多开假，就得病重，一般的病，只能开个一天两天的。于是我们大家坐在医院门口商量，去看什么病，怎么才能开多几天病假。这时候，我突然看到了医院大门靠里的位置，有个白底儿红字的路标，上面写着：肠道门诊部。字的下面，还用红油漆画着一个很粗很醒目的指示方向的箭头。

一看到"肠道门诊"这几个字，我就乐了。当时正是夏天，看肠道门诊的人多，那病也有传染性，所以单独隔开在相对人流小的地方。我对哥几个说，你们看见那个牌子了么？咱们今天都看"拉稀"吧。这病简单，表面瞧不出来什么来，甭管他多么高明的大夫，使眼睛是瞧不出你是否有病的。这病就是化验，大便里只要有了红、白血球，就能开假，一般情况下假也开得多，最少也得开三天呢。而且这病省事，除了化验，没别的检查方式。大伙一听，都说好。可是咱们看"拉稀"，谁都没毛病，怎么看"拉稀"呀？我说"拉稀"的人多了，咱们每人先去拿个化验大便用的小纸盒，然后到卫生间外面去等着，只要有进卫生间的人，咱们也跟着弄他点大便，然后连同我们自己的挂号单，送去化验。万无一失啊，哥们儿——！

我们大家狂笑，都跑去挂了号。

挂好了号，我们就跑到卫生间外等着。先来了个挺漂亮的妇女，看样子有三十多岁吧。有人就悄悄地鼓动我跟上。我说：操！这不合适，怎么能跟人家女同志要大便呢？跟着进卫生间都不行，这是流氓行为，比猥亵妇女的行为还恶劣。咱别病假还没开，先让公安抓走。

我们正嘻嘻哈哈地逗笑，从医院大门口转进来个小伙子。他脸色儿发白发青，微微弯着腰，俩手捂着肚子。大壮凑到我耳边说：这哥们儿八成"拉稀"。

我一看，是呀，就他这模样，不拉稀才怪呢。我迎着他走过去问，果然是。于是，我跟他说用完卫生间千万别冲水。他说干吗不冲水啊，不冲多脏！

我说，求你了，千万别冲，我们用你的那东西。小伙子乐了说，操！真他妈的邪行了，还有用大便的？干什么用呀？我说，我们几个人是马路公司的，就是修马路的啊，那活儿特累，我们不想干，想泡几天病假，也弄点你的东西去化验。我们去蒙大夫，与你无关。那小伙子一听就乐了，说没问题，这忙我得帮！使我的东西去化验，你们每人最少能开一星期的假，没准还能多。他说我保证不冲水，你们可得快点，别让别人给冲喽。说完他就走了。

我们五个人都用了这个小伙子的大便。可化验完了，我去让医生看的时候，对了，我是第三个进去让他看的。那医生一脸不理解的样儿，脑袋摇了又摇。然后，他把我带到了一个单独的房间，安排我在床上躺好，让我等着，他就出去了。没多一会儿，来了好几个医生，还有背着喷雾消毒器的工作人员。我不知道发生了什么事，就眯缝着眼睛躺在床上看着他们。

先前带我来的那位医生问我，这几天都去过哪儿，我说没去过哪儿，我都拉稀了，我还能去哪儿呢，就在家呆着来的。他又问你家住哪儿。我说：大夫，我看病你干吗问我家住哪儿啊。医生说你的病传染，很严重，你得立刻住院隔离治疗。得通知你家，还得到你家去消毒！我一听就知道坏了，这是玩现了。怪不得那小伙子说最少开一星期的假呢，他知道自己得的是什么病，可没跟我们说。丫够坏的！

我赶紧从床上坐起来，对医生说"拉点稀"有那么严重吗？我这不是好好的吗？医生不理我，只逼问我说：你家住什么地方？你在什么单位工作？问我话的时候，医生们离开我一点距离，并不挨近我身边站着，也不伸手摸我。

我说我怎么了医生，您得告诉我，我到底得了什么病呀。医生说，你得的是"中毒性痢疾"，不仅传染，还有生命危险。听了医生的话，我觉得这病不能再看下去了，再看下去事就大了，就化验了一点大便，怎么就到了鬼门关呢？我得赶紧跑。我猛地下了床，往门口冲去，想溜之大吉。可是门口站着俩背喷雾器的工作人员，他们堵在门口不让开，还用带着胶皮手套的手，紧紧地抓住我。

于是，我的阴谋被医院识破，并把我扣留了。那天，医院专门开辟了一个房间，把我们五个人集中在一起，最后把我们一起转送公安局了。送我们去公安局的时候，医生还对警察说，我说怎么会有那么多的"中毒性痢疾"呀，吓死人了，跟霍乱爆发一样可怕。敢情是捣乱。他妈的！不像话！现在的年轻人呀，没他妈的一点道德观念了！你们狠着点处理他们呀！

我讲到这里，杨大壮接着说：最后我们五个人被公安警察押着，到门头沟的煤矿里为公安局背了三天煤。说这是扰乱社会治安的最轻惩罚。

喝酒！杨大壮说。大家便把酒喝了一口。

年轻的时候，我们因为泡病假背过煤。杨大壮接着说，其实那不算什么，因为我们本身就是修马路的苦力，背几天煤算什么呢！只不过人们把那样的做法看做是惩罚就是了。今个儿突然想起说这个，是

> 她在一个饭店里打工，我去建筑工地打工。她虽
> 然也很辛苦，但毕竟要比我轻松许多。每到了夜晚的
> 时候，我浑身跟散了架一样，常常是倒头就睡。

想说我们的背上老有点什么沉重，压得人喘不过气来。

不瞒你们，我是有钱了，可你们知道我的钱是怎么挣来的吗？你们不是要听听我在日本是怎么发财的吗？

说到这儿，杨大壮突地站起来，眼眶里好像有泪珠在转悠。

我们大家谁也不说话，以为他又要喝酒，就都不约而同地站起来，举着酒杯看着他。杨大壮先坐下了，他伸手示意让我们大家也坐下。看到大家都坐好了，他给每个人都发了支烟，说：你们该吃吃，该喝喝，该抽抽，我说，你们听。

杨大壮也给自己点了支烟，他狠狠地抽了两口烟，接着说：

我是老板吗？！我有了钱就是老板吗？

在日本打工的时候，我连人都不是，是"孙子"啊！我今天跟哥几个说实话：我这钱是在日本建筑工地当苦力、背灰土、背沙石，还有，还有背死尸挣来的。日本鬼子，拿我们留学生不当人啊。

你们都知道，我是跟媳妇一起去的日本。到了那儿，我们俩人生地不熟，一切都从头开始。说是留学，可你首先得解决生存问题，你得吃饭吧，你得租房吧。可你没钱呀。没钱就得想办法去挣。我们有一多半的时间是打工。到日本的第二年，我媳妇就跟我离了。这都是因为打工。她在一个饭店里打工，我去建筑工地打工。她虽然也很辛苦，但毕竟要比我轻松许多。每到了夜晚的时候，我浑身跟散了架一样，常常是倒头就睡。为什么呢，不打工的时候，不是还得去上学么。一天 24 小时，剩下一点时间只能睡觉，睡了觉也休息不过来。

这么着，我荒疏了和我媳妇的夫妻生活。这样就让她打工的饭店里一个鬼子钻了空子。那东西是个高级经理，有房有别墅有汽车，他还以不用再打工，只管安心学习来引诱我媳妇。咱们不是有句老话说人为财死，鸟为食亡么。我媳妇也不能例外，她也想活得自在点啊。

开始我什么都不知道，他们瞒着我，悄悄地来往。直到一个准备

说实话，这头一回把死人搁自己身上，心里还真
有点打鼓。

回国的东北人问我，敢背死人么？干那个挣钱多，你去不去？我一听
挣钱多，立刻就答应他去。我想，背一个死人，他再怎么沉重也比一
趟接一趟不停地背砖头要轻松吧。他说，看你们俩太辛苦了，我来的
早，钱也挣得差不多了，不想干了，把这差使让给你吧，我要不回国，
就想辙去做点别的什么生意。我说好啊，我去，我接你的位置。我要
真是背死人挣了钱，将来好好的谢谢你。于是，他给了我一身制服，
又给了我一双白手套。第二天，他带我去了一个公寓。

　　那公寓三十多层，站在公寓楼下，我抬头看，那楼真高。东北人
跟我说，头一趟我帮你，咱们俩人来背，挺累的。你试试，要是干不
了，完事你直接跟我说，我找别人来干，想干这个活儿的哪个地区来
的学生都有，我担心你们北京人受不了这个苦。

　　我抬起头，看那公寓，楼窗一排一排地很整齐，越往上看起来越
小，它好象高高地耸入了天空里，整个楼体仿佛倾斜着。天空蓝蓝的
透明一样，空气都亮得晃眼睛。我对那东北人说，我行，我早先修过
马路，我还背过煤，来日本后我也背过砖什么的。我受过苦，我也受
过"一不怕苦，二不怕死"的教育，我不怕苦不怕累，我自己连死都
不怕了，还怕死人吗？我不怕！

　　说完了，那东北人问我，没问题，我说没问题。他没再说什么，
只对我微微摆了摆头，我就跟着他上去了。

　　说实话，这头一回把死人搁自己身上，心里还真有点打鼓。敢情
这跟背活人完全不同的感觉，虽说我将要背起来的仍然是个人，但他
毕竟是个死人了。手接触的地方，虽然我戴着手套，虽然死人也穿着
衣服，但是相接触的地方，仍然是一种从未感觉过的阴凉！那种凉的
感觉，不像接触自然的物体的那种凉，也不像接触冰块儿或从冰箱里
拿出来的东西的那种凉，而是感觉到一种彻骨的阴森森的寒气，从接
触的部位，手、腰、背部等地方，往身体的最深处渗透。我知道，这

是灵魂与灵魂相逢的感觉，也是死鬼对人世间最后的眷顾。

按照唯心的说法，活人和死人是属于两个不同的世界，心灵和灵魂也是两种绝不相同的概念。有句俗话说，人死如虎，虎死如棉。人活着不可怕，死了就可怕；老虎活着可怕，死了就不可怕了。在医学的范畴里，死人的确切叫法应该是"尸体"。说"背人"，是做我们这行的人给自己的一点安慰。但我没有其它的办法，我必须面对现实，我需要钱来维持我的生活和生命。我把心横下来，想着要是干这个真的能挣到钱，我就不让我媳妇出去打工了，我得让她塌塌实实地学习，我们俩人将来回国时，怎么也得有一人成就了事业呀。不出去打工，她回家来还能给我做做饭。有了这样的想法，我心里便有了无穷无尽地鼓舞，也就安定了许多。

死人在第 29 层，我们坐电梯上去。我以为下来时也坐电梯，心里还暗自高兴呢，这算什么呢？不就把死人背着弄下去吗。可东北人在电梯里说，下来人家就不让坐电梯了。得把死人背下去。

到了 29 层，我看到了那个死鬼。他像所有的日本人一样，个头不大。我估计分量也不会很重的。于是我便自告奋勇，首先把那死鬼背了起来。

我背着死尸下到了 18 层的时候，感觉很累了，嘴里喘着粗气。其实，若光背着那死鬼下几层楼，是不会这么喘气的。要命的是，那尸体散发着一种怪味，让人喘不匀气，老让人不敢敞开了呼吸。东北人看我喘气的样子就说，你歇会儿，我背。你以后得学着换气，死人散发的这种气体，很厉害。你要不学会换气，你的身体很快就会完蛋的。我喘着粗气点头说，回头你给我讲讲，怎么换气。

东北人答应着，让我把死尸挪给他，由他接着背。我跟在他身边往下走，边注意看他是怎么呼吸的，边负责接各个住户给的钱。到这时，我才明白东北人说的挣钱多是怎么回事。原来几乎所有的住户都

　　　　我明白了一个道理。我们活着，不管男人和女

　　人，谁都想过更好的日子。

怕死尸停在自己家门口，所以，每层楼每个家门口都站着人。背死尸人的过来时，他们都会说着客气话，把钱塞给背死尸的人，还不停地冲你鞠躬，为的是不让你在他家门口停下来。

　　下到第 7 层的时候，我对东北人说，我来吧，他没让，只微微侧了头说，今天你就是试试，以后不管多高，都是你自己了。我们两人正停在那里说话，左侧住户的门开了，出来个身穿日本睡袍的女人。她一出来就鞠躬，并把手里举着的一个白色信封往我手里塞。就在她鞠躬抬起头的一瞬间，我看清楚了，那女人，是我媳妇。

　　我的脸腾地就红了。我感觉奇怪。这个时候，她应该在饭店里打工才对呀，怎么会在这里？而且还穿着睡衣。猛然间，我明白了。

　　我明白了一个道理。我们活着，不管男人和女人，谁都想过更好的日子。虽然我媳妇和我，我媳妇和那鬼子，我们不同的人员组合，在床上进行相同的活动，不可能有很大的不同，但是从床上站起来以后，我和那个鬼子给她提供的环境却有天大的不同了。这么想了，我也就知道我和我媳妇的缘分尽了，我横了横心，接过她递过来的钱，头也不回地下楼去了。

　　干完活，东北人问我在 7 层时，跟那女人说什么了。我说那是我媳妇。我还对他说，我已经下了狠心，以后就他妈的干这个了。东北人尴尬地笑了笑，拍了拍我的肩膀说，这个世界，哈哈，就是个混蛋的世界呀。

　　他把这一趟活挣的钱拿出来，分给我一半，才说，老弟，别生气，人的一生里，什么事情都会发生。你也不要难为她，再怎么，她不也是咱们中国人么。大家出来都不容易。然后他若无其事地问我，能干么？我只点了头，什么也没说。当时我就想哭。他看出来了，便拍着我的肩膀说，以后你好自为之吧。再有活儿的时候，我让山田君直接找你……好吗。

第二天我媳妇回到家里，第一件事就是跟我提出
了离婚。在此之外，她还想解释什么，我没让她说。

　　第二天我媳妇回到家里，第一件事就是跟我提出了离婚。在此之外，她还想解释什么，我没让她说。我都看见了，还说什么呢。离婚的事，我没拦着她，也没难为她。我知道这种事拦不住。心都走了，你留住她的人又怎么样啊。再说了，你连正常的夫妻生活都给不了她，你留下她还有什么意义。离了，就这么简单。

　　她搬出我们的小屋之前对我说，我想……，我想……

　　我知道她想说什么，但我没理她，只斜倚在沙发里说我不想。听了我的话，她站在那里，踌躇了一会儿，没再说什么就转身走了。我看见她的眼睛有点湿润了。

　　她走以后，我有五、六天没怎么吃东西，整天在床上躺着。当时我就想，我来干吗来了，留学？把鬼子的话学会了就叫留学么？把自己的媳妇给日本鬼子送来了就叫留学？

　　不知道过去了几天的那天夜里，我起来为自己煮了两包方便面，还炒了三个鸡蛋。没菜，我吃不起青菜，更吃不起水果。吃完饭，我下了决心，我不上学了，专心打工，挣够了钱我就回国。

　　于是，我不仅仅背死尸，还干所有能干的零工，就是不去上学了。

　　在日本修地铁当苦力的时候，我差点没他妈的累死，我也知道了什么是剥削。日本侵略中国时抓走的劳工怎么干活我没瞧见过，可我们自己怎么干活可是亲身体验了，那可是一分钟都不能闲着啊。有时候累得站着就能睡着喽！

　　再说背死尸，你只要一把死人背出屋子，就得一口气走到底下的运尸车那儿。二、三十层高的楼，哪层楼都不能停下喘口气，哪层楼那儿，都站着个或男或女的小鬼子，点头哈腰地监视着你。他们怕你背着死尸停下来休息，怕晦气，就往你的兜里塞小费。日本人，全他妈的心灵卑鄙，猥琐，阴损！在那儿，我连牛马都不如啊。所以，当我后来有了钱的时候，我白天打零工、背死尸，到了晚上，我就到茶

八年啊，在日本生活的八年里，我哪儿有做人的
尊严啊！我背着死尸的时候，我想：我是人么？！

　　室、到酒吧、到妓院、夜总会，到繁华商业街去寻找女人。日本的休
闲娱乐场所里，卖身的女人很多，哪个国家的女人都有。

　　这事儿，谁也拦不住，包括我后来的夫人。我得给自己的心里找
一点平衡，不能就那么心甘情愿地给日本鬼子当牛做马。八年啊，在
日本生活的八年里，我哪儿有做人的尊严啊！我背着死尸的时候，我
想：我是人么？！我把日本女人压在身下的时候，我也想：我是人
么？！一到了这种时候，我就想我媳妇，我们是一起出去的，却不能
在一起共患难。想她的时候，我想哭，可那是我的心想哭，我根本没
有眼泪！我还想家啊……

　　今天，我好不容易回来了，跟哥几个凑到一块儿，就是要说说
掏心窝子的话，再重新当一回人！可你们却管我叫杨老板！哈哈哈
哈……老板，老板！日本鬼子就他妈的管我们干背死人这行的人叫
'老板子'。听见'老板'这俩字我的心就疼！你们为什么不像从前似
的叫我'大牛'啊？为什么啊！

　　你们要是还是我的哥们儿，就陪我把这杯酒干了，再陪着我像
二十年前，咱们一块儿修马路时那样，一块儿滚大铺、一块儿敞开量
地喝酒、一块儿无拘无束地骂人那样，咱们痛痛快快地骂一次闹一次
喝一次，行吗？

　　哥们儿，我求你们了！叫我'大牛'吧。

　　"这几位陌生的小姐，也叫我一声'大牛'吧！"

　　"你们叫我大牛，我听着亲切！我求求你们了！我求求你们了！"
这时大壮的夫人和那几个服务小姐已经哭出了声，大壮也抬起手去揉
眼睛了。

　　我看到饭店窗户上挂着的厚重的紫红色窗帘，在冷风吹拂下慢慢
晃动……

（全文完）